ईदगाह

और अन्य कहानियाँ

31 जुलाई, 1880 को वाराणसी के निकट लमही नमक ग्राम में जन्मे धनपतराय श्रीवास्तव या मुंशी प्रेमचंद, एक ऐसा व्यक्तित्व है जिसे परिचय की आवश्यकता नहीं। प्रेमचंद ने अपने जीवनकाल में हिन्दी और उर्दू साहित्य को अपनी बेशकीमती रचनाओं से अलंकृत किया है। इनमें *सेवासदन, प्रेमाश्रम, रंगभूमि, निर्मला, गबन, कर्मभूमि, गोदान* आदि लगभग डेढ़ दर्जन उपन्यास तथा *कफन, पूस की रात, पंच परमेश्वर, बड़े घर की बेटी, बूढ़ी काकी, दो बैलों की कथा* आदि तीन सौ से अधिक कहानियाँ शामिल हैं। उन्होंने अपने दौर की सभी प्रमुख उर्दू और हिन्दी पत्रिकाओं— *जमाना, सरस्वती, माधुरी, मर्यादा, चाँद, सुधा* आदि में लिखा। उन्होंने हिन्दी समाचार पत्र *जागरण* तथा साहित्यिक पत्रिका *हंस* का संपादन और प्रकाशन भी किया।

उनकी रचनाओं में समाज सुधार आन्दोलनों, स्वाधीनता संग्राम तथा प्रगतिवादी आन्दोलनों के सामाजिक प्रभावों का स्पष्ट चित्रण है। उनमें दहेज, अनमेल विवाह, पराधीनता, लगान, छूआछूत, जाति भेद, विधवा विवाह, आधुनिकता, स्त्री-पुरुष समानता आदि, उस दौर की सभी प्रमुख समस्याओं का चित्रण मिलता है। अपने जीवन के अंतिम दिनों तक वे साहित्य सृजन में लगे रहे। हिन्दी साहित्य के क्षेत्र में 1918-1936 के काल खंड को 'प्रेमचंद युग' भी कहा जाता है।

ईदगाह

और अन्य कहानियाँ

मुंशी प्रेमचंद

ekadā

ekadā

First published in Hindi as *Idgaah aur Anya Kahaniyan* in 2023 by Eka, an imprint of Westland Books, a division of Nasadiya Technologies Private Limited

Published in 2025 by Ekadā, an imprint of Westland Books, a division of Nasadiya Technologies Private Limited

No. 269/2B, First Floor, 'Irai Arul', Vimalraj Street, Nethaji Nagar, Alapakkam Main Road, Maduravoyal, Chennai 600095

ISBN: 9789357769099

10 9 8 7 6 5 4 3

Typeset in ChanakyaUni by Neo Software Consultants, Prayagraj

Printed at HT Media Ltd, Greater Noida

विषय-सूची

अलग्योझा

भोला महतो ने पहली स्त्री के मर जाने के बाद दूसरी सगाई की तो उसके लड़के रग्घू के लिये बुरे दिन आ गये। रग्घू की उम्र उस समय केवल दस वर्ष की थी। चैन से गाँव में गुल्ली-डंडा खेलता फिरता था! माँ के आते ही चक्की में जुतना पड़ा। पन्ना रूपवती स्त्री थी और रूप और गर्व में चोली-दामन का नाता है। वह अपने हाथों से कोई मोटा काम न करती। गोबर रग्घू निकालता, बैलों को सानी रग्घू देता। रग्घू ही जूठे बरतन माँजता। भोला की आँखें कुछ ऐसी फिरीं कि उसे अब रग्घू में सब बुराइयाँ-ही-बुराइयाँ नजर आतीं। पन्ना की बातों को वह प्राचीन मर्यादानुसार आँखें बन्द करके मान लेता था। रग्घू की शिकायतों की जरा भी परवाह न करता। नतीजा यह हुआ कि रग्घू ने शिकायत करना छोड़ दिया। किसके सामने रोये? बाप ही नहीं, सारा गाँव उसका दुश्मन था। बड़ा जिद्दी लड़का है, पन्ना को तो कुछ समझता ही नहीं; बेचारी उसका दुलार करती है, खिलाती-पिलाती है। यह उसी का फल है। दूसरी औरत होती, तो निबाह न होता! वह तो कहो, पन्ना इतनी सीधी-सादी है कि निबाह होता जाता है। सबल की शिकायतें सब सुनते हैं, निर्बल की फ़रियाद भी कोई नहीं सुनता। रग्घू का हृदय माँ की ओर से दिन-दिन फटता जाता था। यहाँ तक कि आठ साल गुजर गये। और एक दिन भोला के नाम मृत्यु का सन्देश आ पहुँचा।

पन्ना के चार बच्चे थे—तीन बेटे और एक बेटी। इतना बड़ा खर्च और कमानेवाला कोई नहीं। रग्घू अब क्यों बात पूछने लगा। यह मानी हुई बात थी। अपनी स्त्री लायेगा और अलग रहेगा। स्त्री आकर और भी आग लगायेगी। पन्ना को चारों ओर अँधेरा-ही-अँधेरा दिखाई देता था। पर कुछ

भी हो, वह रग्घू की आसरैत बनकर घर में न रहेगी। जिस घर में उसने राज किया, उसमें अब लौंडी न बनेगी। जिस लौंडे को अपना गुलाम समझा, उसका मुँह न ताकेगी। वह सुन्दर थी, अवस्था भी कुछ ऐसी ज्यादा न थी। जवानी अपनी पूरी बहार पर थी। क्या वह कोई दूसरा घर नहीं कर सकती? यही न होगा, लोग हँसेंगे। बला से! उसकी बिरादरी में क्या ऐसा होता नहीं। ब्राह्मण-ठाकुर थोड़े ही थी कि नाक कट जायेगी। यह तो ऊँची जातों में होता है कि घर में चाहे जो कुछ करो, बाहर परदा ढँका रहे। वह तो संसार को दिखाकर दूसरा घर कर सकती है। फिर वह रग्घू की दबैल बनकर क्यों रहे?

भोला को मरे एक महीना गुजर चुका था। संध्या हो गई थी। पन्ना इसी चिन्ता में पड़ी हुई थी कि सहसा उसे खयाल आया, लड़के घर में नहीं हैं। यह बैलों की लौटने की बेला है, कहीं कोई लड़का उनके नीचे न आ जाये। अब द्वार पर कौन है, जो उनकी देखभाल करेगा। घर से बाहर निकली, तो देखा रग्घू सामने झोंपड़े में बैठा ऊख की गँड़ेरियाँ बना रहा है, तीनों लड़के उसे घेरे खड़े हैं और छोटी लड़की गर्दन में हाथ डाले उसकी पीठ पर सवार होने की चेष्टा कर रही है। पन्ना को अपनी आँखों पर विश्वास न आया। आज तो यह नई बात है! शायद दुनिया को दिखाता है कि मैं अपने भाइयों को कितना चाहता हूँ और मन में छुरी रक्खी हुई है। घात मिले तो जान ही ले ले। काला साँप है, काला साँप। कठोर स्वर में बोली—'तुम सब-के-सब वहाँ क्या करते हो? घर में आओ, साँझ की बेला है, गोरू आते होंगे।'

रग्घू ने विनीत नेत्रों से देखकर कहा—'मैं तो हूँ ही काकी, डर किस बात का है?'

बड़ा लड़का केदार बोला—'काकी, रग्घू दादा ने हमारे लिए दो गाड़ियाँ बना दी हैं। यह देख, एक पर हम और खुन्नू बैठेंगे, दूसरी पर लछमन और झुनिया। दादा दोनों गाड़ियाँ खींचेंगे।'

यह कहकर वह कोने से छोटी-छोटी गाड़ियाँ निकाल लाया, चार-चार पहिए लगे थे, बैठने के लिए तख्ते और रोक के लिए दोनों तरफ बाजू थे।

पन्ना ने आश्चर्य से पूछा—'ये गाड़ियाँ किसने बनायीं?'

केदार ने चिढ़कर कहा—'रग्घू दादा ने बनायी हैं, और किसने। भगत के घर से बसूला और रुखानी माँग लाये और झटपट बना दीं। खूब दौड़ती

हैं काकी। बैठ खुन्नू, मैं खींचूँ।'

खुन्न गाड़ी में बैठ गया। केदार खींचने लगा। चर-चर का शोर हुआ, मानो गाड़ी भी इस खेल में लड़कों के साथ शरीक है।

लछमन ने दूसरी गाड़ी पर बैठकर कहा—'दादा खींचो।'

रग्घू ने झुनिया को भी गाड़ी में बैठा दिया और गाड़ी खींचता हुआ दौड़ा। तीनों लड़के तालियाँ बजाने लगे। पन्ना चकित नेत्रों से यह दृश्य देख रही थी और सोच रही थी कि यह वही रग्घू है या और।

थोड़ी देर के बाद दोनों गाड़ियाँ लौटीं; लड़के घर में आकर इस यान-यात्रा के अनुभव बयान करने लगे। कितने खुश थे सब, मानो हवाई जहाज पर बैठ आये हों।

खुन्नू ने कहा—'काकी सच, पेड़ दौड़ रहे थे।'

लछमन—'और बछिया कैसी भागीं, सब-की-सब दौड़ीं।'

केदार—'काकी, रग्घू दादा दोनों गाड़ियाँ एक साथ खींच ले जाते हैं।'

झुनिया सबसे छोटी थी। उसकी व्यंजनाशक्ति उछल-कूद और नेत्रों तक परिमित थी—'तालियाँ बजा-बजाकर नाच रही थी।'

खुन्नू—'अब हमारे घर गाय भी आ जायेगी काकी। रग्घू दादा ने गिरधारी से कहा है कि हमें एक गाय ला दो। गिरधारी बोला—कल लाऊँगा।'

केदार—'तीन सेर दूध देती है काकी। खूब दूध पीयेंगे।'

इतने में रग्घू भी अन्दर आ गया। पन्ना ने अवहेलना की दृष्टि से देखकर पूछा—'क्यों रग्घू, तुमने गिरधारी से कोई गाय माँगी है?'

रग्घू ने क्षमा-प्रार्थना के भाव से कहा—'हाँ माँगी तो है, कल लावेगा।'

पन्ना—'रुपये किसके घर से आयेंगे? यह भी सोचा है।'

रग्घू—'सब सोच लिया है काकी। मेरी यह मुहर नहीं है। इसके पच्चीस रुपये मिल रहे हैं; पाँच रुपये बछिया के मुजरा दे दूँगा। बस गाय अपनी हो जायेगी।'

पन्ना सन्नाटे में आ गयी। अब उसका अविश्वासी मन भी रग्घू के प्रेम और सज्जनता को अस्वीकार न कर सका। बोली—'मुहर को क्यों बेचे देते हो? गाय की अभी कौन जल्दी है। हाथ में पैसे हो जायें, तो ले लेना।

सूना-सूना गला अच्छा न लगेगा। इतने दिनों गाय नहीं रही; तो क्या लड़के नहीं जिये?'

रग्घू दार्शनिक भाव से बोला—'बच्चों के खाने-पीने के यही दिन हैं काकी। इस उम्र में न खाया, तो फिर क्या खायेंगे। मुहर पहनना मुझे अच्छा भी नहीं मालूम होता, लोग समझते होंगे कि बाप तो मर गया, इसे मुहर पहनने की सूझी है।'

भोला महतो तो गाय की चिन्ता ही में चल बसे, न रुपये आये और न गाय मिली, मजबूर थे। रग्घू ने वह समस्या कितनी सुगमता से हल कर दी। आज जीवन में पहली बार, पन्ना को रग्घू पर विश्वास आया, बोली—'जब गहना ही बेचना है, तो अपनी मुहर क्यों बेचोगे। मेरी हँसली ले लेना।'

रग्घू—'नहीं काकी! वह तुम्हारे गले में बहुत अच्छी लगती है। मर्दों को क्या, मुहर पहने या न पहने।'

पन्ना—'चल, मैं बूढ़ी हुई। मुझे अब हँसली पहनकर क्या करना है। तू अभी लड़का है, तेरा सूना गला अच्छा न लगेगा।'

रग्घू मुस्करा कर बोला—'तुम अभी से कैसे बूढ़ी हो गयीं? गाँव में, कौन तुम्हारे बराबर है?'

रग्घू की सरल आलोचना ने पन्ना को लज्जित कर दिया। उसके रूखे-मुरझाये मुख पर प्रसन्नता की लाली दौड़ गयी।

2

पाँच साल गुजर गये। रग्घू का-सा मेहनती, ईमानदार, बात का धनी दूसरा किसान गाँव में न था। पन्ना की इच्छा के बिना कोई काम न करता। उसकी उम्र अब 23 साल की हो गयी थी। पन्ना बार-बार कहती—'भइया बहू को बिदा करा लाओ। कब तक नैहर में पड़ी रहेगी। सब लोग मुझी को बदनाम करते हैं कि यही बहू को नहीं आने देती,' मगर रग्घू टाल देता था। कहता कि अभी जल्दी क्या है। उसे अपनी स्त्री के रंग-ढंग का कुछ परिचय दूसरों से मिल चुका था। ऐसी औरत को घर में लाकर वह अपनी शान्ति में बाधा नहीं डालना चाहता था।

आखिर एक दिन पन्ना ने जिद करके कहा—'तो तुम न लाओगे?'

'कह दिया कि अभी कोई जल्दी नहीं है।'

'तुम्हारे लिए जल्दी न होगी, मेरे लिए तो जल्दी है। मैं आज आदमी भेजती हूँ।'

'पछताओगी काकी, उसका मिजाज अच्छा नहीं है।'

'तुम्हारी बला से। जब मैं उससे बोलूँगी ही नहीं; तो क्या हवा से लड़ेगी। रोटियाँ तो बना लेगी। मुझसे भीतर-बाहर का सारा काम नहीं होता, मैं आज बुलाये लेती हूँ?'

'बुलाना चाहती हो, बुला लो; मगर फिर यह न कहना कि यह मेहरिया को ठीक नहीं करता, उसका गुलाम हो गया।'

'न कहूँगी, जाकर दो साड़ियाँ और मिठाई ले आ।'

तीसरे दिन मुलिया मैके से आ गई। दरवाजे पर नगाड़े बजे। शहनाइयों की मधुर ध्वनि आकाश में गूँजने लगी। मुँह-दिखावे की रस्म अदा हुई। वह इस मरुभूमि में निर्मल जल-धारा थी। गेहुँआ रंग था, बड़ी-बड़ी नोकीली पलकें, कपोलों पर हल्की सुर्खी, आँखों में प्रबल आर्कषण, रग्घू उसे देखते ही मन्त्र-मुग्ध हो गया।

प्रात:काल पानी का घड़ा लेकर चलती, तब उसका गेहुँआ रंग प्रभात की सुनहली किरणों से कुन्दन हो जाता, मानो उषा अपनी सारी सुगन्ध सारा विकास और सारा उन्माद लिये मुसकराती चली जाती हो।

3

मुलिया मैके से ही जली-भुनी आयी थी, मेरा शौहर छाती फाड़कर काम करे, और पन्ना रानी बनी बैठी रहे, उसके लड़के रईसजादे बने घूमें। मुलिया से यह बरदाश्त न होगा। वह किसी की गुलामी न करेगी। अपने लड़के तो अपने होते ही नहीं, भाई किसके होते हैं। जब तक पर नहीं निकलते हैं, रग्घू को घेरे हुए हैं। ज्योंही जरा सयाने हुए, पर झाड़कर निकल जायेंगे। बात भी न पूछेंगे।

उस दिन उसने रग्घू से कहा—'तुम्हें इस तरह गुलामी करनी हो तो करो, मुझसे न होगी।'

रग्घू—'तो फिर क्या करूँ, तू ही बता? लड़के तो अभी घर का काम

करने लायक भी नहीं हैं।'

मुलिया—'लड़के रावत के हैं, कुछ तुम्हारे नहीं हैं। यही पन्ना है, जो तुम्हें दाने-दाने को तरसाती थी। सब सुन चुकी हूँ। मैं लौंडी बनकर न रहूँगी। रुपये-पैसे का मुझे कुछ हिसाब नहीं मिलता। न जाने तुम क्या लाते हो? और वह क्या करती है। तुम समझते हो रुपये घर ही में तो हैं; मगर देख लेना, तुम्हें जो एक फूटी कौड़ी भी मिले।'

रग्घू—'रुपये-पैसे तेरे हाथ में देने लगूँ, तो दुनिया क्या कहेगी, यह तो सोच।'

मुलिया—'दुनिया जो चाहे, कहे। दुनिया के हाथों बिकी नहीं हूँ। देख लेना, भाड़ लीपकर हाथ काला ही रहेगा। फिर तुम अपने भाइयों के लिए मरो, मैं क्यों मरूँ?'

रग्घू ने जवाब न दिया—उसे जिस बात का भय था, वह इतनी जल्द सिर पर आ पड़ी। अब अगर उसने बहुत तत्थोथंभी किया, तो साल-छः महीने और काम चलेगा। बस, आगे यह डोंगा चलता नजर नहीं आता। बकरे की माँ कब तक खैर मनायेगी?

एक दिन पन्ना ने महुए का सुखावन डाला। बरसात शुरू हो गई थी। बखार में अनाज गीला हो रहा था। मुलिया से बोली—'बहू, जरा देखती रहना, मैं तालाब से नहा आऊँ।'

मुलिया ने लापरवाही से कहा—'मुझे नींद आ रही है, तुम बैठकर देखो, एक दिन न नहाओगी तो क्या होगा।'

पन्ना ने साड़ी उठाकर रख दी, नहाने न गई। मुलिया का वार खाली गया।

कई दिन के बाद एक शाम को पन्ना धान रोपकर लौटी, अँधेरा हो गया था। दिन भर की भूखी थी, आशा थी, बहू ने रोटी बना रखी होगी, मगर देखा तो यहाँ चूल्हा ठंडा पड़ा हुआ था, और बच्चे मारे भूख के तड़प रहे थे। मुलिया से आहिस्ते से पूछा—'आज अभी चूल्हा नहीं जला?'

केदार ने कहा—'आज दोपहर को भी चूल्हा नहीं जला काकी! भाभी ने कुछ बनाया ही नहीं।'

पन्ना—'तो तुम लोगों ने खाया क्या?'

केदार—'कुछ नहीं, रात की रोटियाँ थीं, खुन्नू और लछमन ने खायीं। मैंने सत्तू खा लिया।'

पन्ना—'और बहू?'

केदार—'वह तो पड़ी सो रही है, कुछ नहीं खाया।'

पन्ना ने उसी वक्त चूल्हा जलाया और खाना बनाने बैठ गयी। आटा गूँथती थी और रोती थी। क्या नसीब है, दिन-भर खेत में जली, घर आई तो चूल्हे के सामने जलना पड़ा।

केदार का चौदहवाँ साल था। भाभी के रंग-ढंग देखकर सारी स्थिति समझ रहा था। बोला—'काकी, भाभी अब तुम्हारे साथ रहना नहीं चाहती।'

पन्ना ने चौंककर पूछा—'क्या, कुछ कहती थी?'

केदार—'कहती कुछ नहीं थी; मगर है उसके मन में यही बात। फिर तुम क्यों नहीं छोड़ देतीं? जैसे चाहे रहे; हमारा भी भगवान है।'

पन्ना ने दाँतों से जीभ दबाकर कहा—'चुप, मेरे सामने ऐसी बात भूल कर भी न कहना। रग्घू तुम्हारा भाई नहीं, तुम्हारा बाप है। मुलिया से कभी बोलोगे, तो समझ लेना जहर खा लूँगी।'

4

दशहरे का त्योहार आया। इस गाँव से कोस-भर पर एक पुरवे में मेला लगता था। गाँव के सब लड़के मेला देखने चले। पन्ना भी लड़कों के साथ चलने को तैयार हुई; मगर पैसे कहाँ से आयें? कुंजी तो मुलिया के पास थी।

रग्घू ने आकर मुलिया से कहा—'लड़के मेले जा रहे हैं, सबों को दो-दो आने पैसे दे दे।'

मुलिया ने त्योरियाँ चढ़ाकर कहा—'पैसे घर में नहीं हैं।'

रग्घू—'अभी तो तेलहन बिका था, क्या इतनी जल्दी रुपये उठ गये?'

मुलिया—'हाँ, उठ गये।'

रग्घू—'कहाँ उठ गये? जरा सुनूँ, आज त्योहार के दिन लड़के मेला देखने न जायेंगे?'

मुलिया—'अपनी काकी से कहो, पैसे निकालें, गाड़कर क्या करेंगी।'

खूँटी पर कुंजी लटक रही थी। रग्घू ने कुंजी उतारी और चाहा कि संदूक खोले कि मुलिया ने उसका हाथ पकड़ लिया और बोली—'कुंजी मुझे दे दो, नहीं तो ठीक न होगा। खाने-पहनने को भी चाहिये, कागज-किताब को भी चाहिये, उस पर मेला देखने को भी चाहिये। हमारी कमाई

इसलिये नहीं है कि दूसरे खायँ और मूँछों पर ताव दें।'

पन्ना ने रग्घू से कहा—'भइया, पैसे क्या होंगे। लड़के मेला देखने न जायेंगे।'

रग्घू ने झिड़ककर कहा—'मेला देखने क्यों न जायेंगे? सारा गाँव जा रहा है। हमारे ही लड़के न जायेंगे।'

यह कहकर रग्घू ने अपना हाथ छुड़ा लिया और पैसे निकालकर लड़कों को दे दिये; मगर कुंजी जब मुलिया को देने लगा, तब उसने उसे आँगन में फेंक दिया और मुँह लपेटकर लेट गयी। लड़के मेला देखने न गये।

इसके बाद दो दिन गुजर गये। मुलिया ने कुछ नहीं खाया, और पन्ना भी भूखी रही। रग्घू कभी इसे मनाता, कभी उसे; पर न यह उठती न वह। आखिर रग्घू ने हैरान होकर मुलिया से पूछा—'कुछ मुँह से तो कह, चाहती क्या है?'

मुलिया ने धरती को सम्बोधित करके कहा—'मैं कुछ नहीं चाहती, तू मुझे मेरे घर पहुँचा दे।'

रग्घू—'अच्छा उठ, बना खा। पहुँचा दूँगा।'

मुलिया ने रग्घू की ओर आँखें उठाईं। रग्घू उसकी सूरत देखकर डर गया। वह माधुर्य, वह मोहकता, वह लावण्य गायब हो गया था। दाँत निकल आये थे, आँखें फट गयी थीं और नथुने फड़क रहे थे। अंगारे की-सी लाल आँखों से देखकर बोली—'अच्छा, तो काकी ने यह सलाह दी है, यह मन्त्र पढ़ाया है? तो यहाँ ऐसी कच्ची नहीं हूँ। तुम दोनों की छाती पर मूँग दलूँगी। हो किस फेर में।'

रग्घू—'अच्छा, तो मूँग ही दल लेना। कुछ खा-पी लेगी, तभी तो मूँग दल सकेगी।'

मुलिया—'अब तो तभी मुँह में पानी डालूँगी, जब घर अलग हो जायेगा। बहुत झेल चुकी, अब नहीं झेला जाता।'

रग्घू सन्नाटे में आ गया, एक मिनट तक तो उसके मुँह से आवाज ही न निकली। अलग होने की उसने स्वप्न में भी कल्पना न की थी। उसने गाँव में दो चार परिवारों को अलग होते देखा था। वह खूब जानता था, रोटी के साथ लोगों के हृदय भी अलग हो जाते हैं। अपने हमेशा के लिए गैर हो जाते हैं। फिर उसमें वही नाता रह जाता है, जो गाँव के और आदमियों में।

रग्घू ने मन में ठान लिया था कि इस विपत्ति को घर में न आने दूँगा; मगर होनहार के सामने उसकी एक न चली। आह! मेरे मुँह में कालिख लगेगी, दुनिया यही कहेगी कि बाप के मर जाने पर दस साल भी एक में निबाह न हो सका। फिर किससे अलग हो जाऊँ। जिनको गोद में खिलाया, जिनको बच्चों की तरह पाला, जिनके लिए तरह-तरह के कष्ट झेले, उन्हीं से अलग हो जाऊँ। अपने प्यारों को घर से निकाल बाहर करूँ। उसका गला फँस गया। काँपते हुए स्वर में बोला—'तू क्या चाहती है कि मैं अपने भाइयों से अलग हो जाऊँ? भला सोच तो; कहीं मुँह दिखाने लायक रहूँगा?'

मुलिया—'तो मेरा इन लोगों के साथ निबाह न होगा?'

रग्घू—'तो तू अलग हो जा। मुझे अपने साथ क्यों घसीटती है।'

मुलिया—'तो मुझे क्या तुम्हारे घर में मिठाई मिलती है, मेरे लिए क्या संसार में जगह नहीं है?'

रग्घू—'तेरी जैसी मर्जी, जहाँ चाहे रह। मैं अपने घरवालों से अलग नहीं हो सकता। जिस दिन इस घर में दो चूल्हे जलेंगे, उस दिन मेरे कलेजे के दो टुकड़े हो जायेंगे। मैं यह चोट नहीं सह सकता। तुझे जो तकलीफ हो, वह मैं दूर कर सकता हूँ। माल-असबाब की मालकिन तू है ही, अनाज-पानी तेरे ही हाथ है, अब रह क्या गया है? अगर कुछ काम-धन्धा करना नहीं चाहती, मत कर। भगवान ने मुझे समाई दी होती, तो तुझे तिनका तक उठाने न देता। तेरे यह सुकुमार हाथ-पाँव मेहनत-मजूरी करने के लिए बनाये ही नहीं गये हैं; मगर क्या करूँ अपना कुछ बस ही नहीं है। फिर भी तेरा जी कोई काम करने को न चाहे, मत कर; मगर मुझसे अलग होने को न कह, तेरे पैरों पड़ता हूँ।'

मुलिया ने सिर से आँचल खिसकाया और जरा समीप आकर बोली—'मैं काम करने से नहीं डरती, न बैठे-बैठे खाना चाहती हूँ; मगर मुझसे किसी की धौंस नहीं सही जाती। तुम्हारी ही काकी घर का काम-काज करती हैं, तो अपने लिए करती हैं, अपने बाल-बच्चों के लिए करती हैं। मुझ पर कुछ एहसान नहीं करतीं। फिर मुझ पर धौंस क्यों जमाती हैं। उन्हें अपने बच्चे प्यारे होंगे, मुझे तो तुम्हारा आसरा है। मैं अपनी आँखों से यह नहीं देख सकती कि सारा घर तो चैन करे, जरा-जरा से बच्चे तो दूध पीयें, और जिसके बल-बूते पर गृहस्थी थमी हुई है, वह मट्ठे को तरसे। कोई उसका पूछनेवाला न हो। जरा अपना मुँह तो देखो, कैसी सूरत निकल आयी है।

औरों के तो चार बरस में अपने पट्ठे तैयार हो जायेंगे। तुम तो दस साल में खाट पर पड़ जाओगे। बैठ जाओ, खड़े क्यों हो? क्या मारकर भागोगे! मैं तुम्हें जबरदस्ती न बाँध लूँगी या ऐसे निर्मोहिये से पाला पड़ेगा, तो इस घर में भूल से न आती। आती भी तो मन न लगाती, मगर अब तो मन तुमसे लग गया। घर भी जाऊँ, तो मन यहाँ ही रहेगा। और तुम जो हो, मेरी बात नहीं पूछते।'

मुलिया की ये रसीली बातें रग्घू पर कोई असर न डाल सकीं। वह उसी रुखाई से बोला—'मुलिया, मुझसे यह न होगा। अलग होने का ध्यान करते ही मेरा मन न जाने कैसा हो जाता है। यह चोट मुझसे न सही जायेगी।'

मुलिया ने परिहास करके कहा—'तो चूड़ियाँ पहनकर अन्दर बैठो न। लाओ मैं मूँछें लगा लूँ। मैं तो समझती थी कि तुममें भी कुछ कस-बल है। अब देखती हूँ, तो निरे मिट्टी के लोंदे हो।'

पन्ना दालान में खड़ी दोनों की बातचीत सुन रही थी। अब उससे न रहा गया। सामने आकर रग्घू से बोली—'जब वह अलग होने पर तुली हुई है, फिर तुम क्यों उसे जबरदस्ती मिलाये रखना चाहते हो? तुम उसे लेकर रहो, हमारे भगवान मालिक हैं। जब महतो मर गये थे, और कहीं पत्ती की भी छाँह न थी, जब उस वक्त भगवान ने निबाह दिया, तो अब क्या डर? अब तो भगवान की दया से तीनों लड़के सयाने हो गए हैं। अब कोई चिन्ता नहीं।'

रग्घू ने आँसू भरी आँखों से पन्ना को देखकर कहा—'काकी, तू भी पागल हो गयी है क्या? जानती नहीं, दो रोटियाँ होते ही दो मन हो जाते हैं।'

पन्ना—'जब वह मानती ही नहीं, तब तुम क्या करोगे? भगवान की यही मरजी होगी, तो कोई क्या करेगा। परालब्ध में जितने दिन एक साथ रहना लिखा था, उतने दिन रहे, अब उसकी यही मरजी है, तो यही सही। तुमने मेरे बाल-बच्चों के लिए जो कुछ किया, वह मैं भूल नहीं सकती। तुमने इनके सिर पर हाथ न रक्खा होता तो आज इनकी न जाने क्या गति होती, न जाने किसके द्वार पर ठोकरें खाते होते, न जाने कहाँ-कहाँ भीख माँगते फिरते। तुम्हारा जस मरते दम तक गाऊँगी, अगर मेरी खाल तुम्हारे जूते बनाने के काम आये, तो खुशी से दे दूँ। चाहे तुमसे अलग हो जाऊँ, पर जिस घड़ी तुम पुकारोगे, कुत्ते की तरह दौड़ी आऊँगी। यह भूलकर भी न सोचना की तुमसे अलग होकर मैं तुम्हारा बुरा चेतूँगी। जिस दिन तुम्हारा अनभल मेरे मन में आयेगा, उसी दिन विष खाकर मर जाऊँगी। भगवान

करे, तुम दूधों नहाव, पूतों फलो। मरते दम तक यही असीस मेरे रोएँ-रोएँ से निकलती रहेगी। और अगर लड़के भी अपने बाप के हैं, तो मरते दम तुम्हारा पोस मानेंगे।'

यह कहकर पन्ना रोती हुई वहाँ से चली गई। रग्घू वहीं मूर्ति की तरह खड़ा रहा। आसमान की ओर टकटकी लगी थी और आँखों से आँसू बह रहे थे।

5

पन्ना की बातें सुनकर मुलिया समझ गयी कि अब अपने पौ बारह हैं। चटपट उठी, घर में झाड़ू लगाया, चूल्हा जलाया और कुएँ से पानी लाने चली। उसकी टेक पूरी हो गयी थी।

गाँव में स्त्रियों के दो दल होते हैं—एक बहुओं का, दूसरा सासों का। बहुएँ सलाह और सहानुभूति के लिए अपने दल में जाती हैं, सासें अपने दल में। दोनों की पंचायतें अलग होती हैं। मुलिया को कुएँ पर दो-तीन बहुएँ मिल गयीं। एक ने पूछा—'आज तो तुम्हारी बुढ़िया बहुत रो-धो रही थी।'

मुलिया ने विजय के गर्व से कहा—'इतने दिनों से घर की मालकिन बनी हुई हैं, राज-पाट छोड़ते किसे अच्छा लगता है। बहन, मैं उनका बुरा नहीं चाहती; लेकिन एक आदमी की कमाई में कहाँ तक बरकत होगी। मेरी भी तो यही खाने-पीने, पहनने-ओढ़ने के दिन हैं। अभी उनके पीछे मरो, फिर बाल-बच्चे हो जायें, उनके पीछे मरो। सारी जिन्दगी रोते ही कट जाये।'

एक बहू—'बुढ़िया यही चाहती है कि यह बस जन्म भर लौंडी बनी रहें। मोटा-झोटा खाएँ और पड़ी रहें।'

दूसरी बहू—'किस भरोसे पर कोई मरे। अपने लड़के तो बात नहीं पूछते, पराये लड़कों का क्या भरोसा? कल इनके हाथ-पाँव हो जायेंगे, फिर कौन पूछता है। अपनी-अपनी मेहरियों का मुँह देखेंगे। पहले से ही फटकार देना अच्छा है। फिर तो कोई कलक न होगा।'

मुलिया पानी लेकर गयी, खाना बनाया और रग्घू से बोली— 'जाओ, नहा आओ, रोटी तैयार है।'

रग्घू ने मानो सुना ही नहीं। सिर पर हाथ रखकर द्वार की तरफ ताकता रहा।

मुलिया—'क्या कहती हूँ, कुछ सुनाई देता है? रोटी तैयार है, जाओ नहा आओ।'

रग्घू—'सुन तो रहा हूँ, क्या बहरा हूँ? रोटी तैयार है, तो जाकर खा ले। मुझे भूख नहीं है।'

मुलिया ने फिर कुछ नहीं कहा। जाकर चूल्हा बुझा दिया, रोटियाँ उठाकर छींके पर रख दीं और मुँह ढाँककर लेट रही।

जरा देर में पन्ना आकर बोली—'खाना तो तैयार है, नहा-धोकर खा लो! वह भी तो भूखी होगी?'

रग्घू ने झुँझलाकर कहा—'काकी, तू घर में रहने देगी कि मुँह में कालिख लगाकर कहीं निकल जाऊँ? खाना तो खाना ही है, आज न खाऊँगा, कल खाऊँगा; लेकिन अभी मुझसे न खाया जायेगा। केदार क्या अभी मदरसे से नहीं आया?'

पन्ना—'अभी तो नहीं आया, आता ही होगा।'

पन्ना समझ गयी कि जब तक वह खाना बनाकर लड़कों को न खिलायेगी और खुद न खायेगी, रग्घू न खायेगा। इतना ही नहीं, उसे रग्घू से लड़ाई करनी पड़ेगी, उसे जली-कटी सुनानी पड़ेगी, उसे यह दिखाना पड़ेगा कि मैं ही उससे अलग होना चाहती हूँ, नहीं तो वह इसी चिन्ता में घुल-घुलकर प्राण दे देगा। यह सोचकर उसने अलग चूल्हा जलाया। और खाना बनाने लगी। इतने में केदार और खुन्नू मदरसे से आ गये। पन्ना ने कहा—'आओ बेटा, खा लो रोटी तैयार है।'

केदार ने पूछा—'भइया को बुला लूँ न?'

पन्ना—'तुम आकर खा लो। उनकी रोटी बहू ने अलग बनायी है।'

खुन्नू—'जाकर भइया से पूछ न आऊँ?'

पन्ना—'जब उनका जी चाहेगा, खायेंगे। तू बैठकर खा, तुझे इन बातों से क्या मतलब। जिसका जी चाहेगा, खायेगा, जिसका जी न चाहेगा न खायेगा। जब वह और उसकी बीबी अलग रहने पर तुले हैं, तो कौन मनाये?'

केदार—'तो क्यों अम्माँजी, क्या हम अलग घर में रहेंगे?'

पन्ना—'उनका जी चाहे एक घर में रहें, जी चाहे आँगन में दीवार डाल लें।'

खुन्नू ने दरवाजे पर आकर झाँका, सामने फूस की झोपड़ी थी, वहीं

खाट पर पड़ा रग्घू नारियल पी रहा था।

खुन्नू—'भइया तो अभी नारियल लिये बैठे हैं।'

पन्ना—'जब जी चाहेगा खायेंगे।'

केदार—'भइया ने भाभी को डाँटा नहीं?'

मुलिया अपनी कोठरी में पड़ी सुन रही थी। बाहर आकर बोली—'भइया ने तो नहीं डाँटा, अब तुम आकर डाँटो।'

केदार के चेहरे का रंग उड़ गया। फिर जबान न खोली। तीनों लड़कों ने खाना खाया, और बाहर निकले। लू चलने लगी थी। आम के बाग में गाँव के लड़के-लड़कियाँ हवा से गिरे हुए आम चुन रहे थे। केदार ने कहा—'आज हम भी आम चुनने चलें, खूब आम गिर रहे हैं।'

खुन्नू—'दादा जी बैठे हैं. . . .'

लछमन—'मैं न जाऊँगा, दादा घुड़केंगे।'

केदार—'वह तो अब अलग हो गये।'

लछमन—'तो अब हमको कोई मारेगा, तब भी दादा न बोलेंगे?'

केदार—'वाह, तब क्यों न बोलेंगे?'

रग्घू ने तीनों लड़कों को दरवाजे पर खड़े देखा, पर कुछ बोला नहीं! पहले तो वह घर से बाहर निकलते ही उन्हें डाँट बैठता था; पर आज वह मूर्ति के समान निश्चल बैठा रहा। अब लड़कों को कुछ साहस हुआ। कुछ दूर और आगे बढ़े। रग्घू अब भी न बोला, कैसे बोले। वह सोच रहा था, काकी ने लड़कों को खिला-पिला दिया, मुझसे पूछा तक नहीं। क्या उसकी आँखों पर भी परदा पड़ गया है; अगर मैंने लड़कों को पुकारा और वह न आये तो? मैं उनको मार-पीट तो सकूँगा? लू में सब-के-सब मारे-मारे फिरेंगे। कहीं बीमार न पड़ जायें। उसका दिल मसोसकर रह जाता था; लेकिन मुँह से कुछ कह न सकता था। लड़कों ने देखा कि यह बिल्कुल नहीं बोलते, तो निर्भय होकर चल पड़े।

सहसा मुलिया ने आकर कहा—'अब तो उठोगे कि अब भी नहीं? जिनके नाम पर फाका कर रहे हो, उन्होंने मजे से लड़कों को खिलाया और आप खाया अब आराम से सो रही हैं। *मोर पिया मोरी बात न पूछें मोर सुहागिन नाँव।* एक बार भी तो मुँह से न फटा कि भइया, खा लो।'

रग्घू को इस समय मर्मान्तक पीड़ा हो रही थी। मुलिया के इन कठोर शब्दों ने घाव पर नमक छिड़क दिया। दु:खित नेत्रों से देखकर बोला—'तेरी

जो मर्जी थी, वही तो हुआ। अब जा ढोल बजा!'

मुलिया—'नहीं, तुम्हारे लिए थाली परोसे बैठी हैं!'

रग्घू—'मुझे चिढ़ा मत। तेरे पीछे मैं भी बदनाम हो रहा हूँ। जब तू किसी की होकर नहीं रहना चाहती; तो दूसरे को क्या गरज है, जो तेरी खुशामद करे। जाकर काकी से पूछ, लड़के आम चुनने गये हैं, उन्हें पकड़ लाऊँ।'

मुलिया अंगूठा दिखाकर बोली—'यह जाता है! तुम्हें सौ बार गरज हो, जाकर पूछो।'

इतने में पन्ना भी भीतर से निकल आयी। रग्घू ने पूछा—'लड़के बगीचे में चले गये काकी, लू चल रही है।'

पन्ना—'अब उनका कौन पुछत्तर है। बगीचे में जायें, पेड़ पर चढ़े, पानी में डूबें। मैं अकेली क्या-क्या करूँ?'

रग्घू—'जाकर पकड़ लाऊँ?'

पन्ना—'जब तुम्हें अपने मन से नहीं जाना है, तो फिर मैं जाने को क्यों कहूँ? तुम्हें रोकना होता, तो रोक न देते? तुम्हारे सामने ही तो गये होंगे।'

पन्ना की बात पूरी न हुई थी कि रग्घू ने नारियल कोने में रख दिया और बाग की तरफ चला।

6

रग्घू लड़कों को लेकर बाग से लौटा, तो देखा मुलिया अभी तक झोपड़े में खड़ी है। बोला—'तू जाकर खा क्यों नहीं लेती। मुझे तो इस बेला भूख नहीं है।'

मुलिया ऐंठकर बोली—'हाँ, भूख क्यों लगेगी। भाइयों ने खाया, वह तुम्हारे पेट में पहुँच ही गया होगा।'

रग्घू ने दाँत पीसकर कहा—'मुझे जला मत मुलिया, नहीं अच्छा न होगा। खाना कहीं भागा नहीं जाता। एक बेला न खाऊँगा, तो मर न जाऊँगा। क्या तू समझती है, घर में आज कोई छोटी बात हो गई है? तूने घर में चूल्हा नहीं जलाया, मेरे कलेजे में आग लगाई है। मुझे घमण्ड था कि और चाहे कुछ हो जाये, पर मेरे घर में फूट का रोग न आने पावेगा, पर तूने मेरा घमंड

चूर कर दिया। परालब्ध की बात है।'

मुलिया तिनककर बोली—'सारा मोह-छोह तुम्हीं को है कि और किसी को भी है? मैं तो किसी को तुम्हारी तरह बिसूरते नहीं देखती।'

रग्घू ने ठण्डी साँस खींचकर कहा—'मुलिया घाव पर नोन न छिड़क। तेरे ही कारन मेरी पीठ में धूल लग रही है। मुझे इस गृहस्थी का मोह न होगा, तो किसे होगा? मैंने ही तो इसे मर-मर जोड़ा। जिनको गोद में खेलाया, वही अब मेरे पट्टीदार होंगे। जिन बच्चों को मैं डाँटता था, उन्हें आज कड़ी आँखों से भी नहीं देख सकता। मैं उनके भले के लिए भी कोई बात करूँ, तो दुनिया यही कहेगी कि यह अपने भाइयों को लूटे लेता है। जा, मुझे छोड़ दे, अभी मुझसे कुछ न खाया जायेगा।'

मुलिया—'मैं कसम रखा दूँगी, नहीं चुपके से चले चलो।'

रग्घू—'देख, अब भी कुछ नहीं बिगड़ा है। अपनी हठ छोड़ दे।'

मुलिया—'हमारा ही लहू पिये, जो खाने न उठे।'

रग्घू ने कानों पर हाथ रखकर कहा—'यह तूने क्या किया मुलिया? मैं तो उठ ही रहा था। चल खा लूँ। नहाने-धोने कौन जाये, लेकिन इतना कहे देता हूँ कि चाहे चार की जगह छः रोटियाँ खा जाऊँ, चाहे तू मुझे घी के मटके में ही डुबा दे; पर यह दाग मेरे दिल से न मिटेगा।'

मुलिया—'दाग-साग सब मिट जायेगा। पहले सबको ऐसा ही लगता है। देखते नहीं हो, उधर कैसी चैन की बंसी बज रही है। वह तो मना ही रही थी कि किसी तरह यह सब अलग हो जायें। अब वह पहले की-सी चाँदी तो नहीं है कि जो कुछ घर में आवे, सब गायब! अब क्यों हमारे साथ रहने लगीं।'

रग्घू ने आहत स्वर में कहा—'इसी बात का तो मुझे गम है। काकी से ऐसी आशा न थी।'

रग्घू खाने बैठा, तो कौर विष के घूँट-सा लगता था। जान पड़ता था, रोटियाँ भूसी की हैं। दाल पानी-सी लगती थी। पानी भी कंठ के नीचे न उतरता था। दूध की तरफ़ देखा तक नहीं। दो-चार ग्रास खाकर उठ गया, जैसे किसी प्रियजन के श्राद्ध का भोजन हो।

रात का भोजन भी उसने इसी तरह किया। भोजन क्या किया, कसम पूरी की। रात-भर उसका चित्त उद्विग्न रहा। एक अज्ञात शंका उसके मन

पर छाई हुई थी, जैसे भोला महतो द्वार पर बैठा रो रहा हो। वह कई बार चौंककर उठा। ऐसा जान पड़ा, भोला उसकी ओर तिरस्कार की आँखों से देख रहा है।

वह दोनों जून का भोजन करता था; पर जैसे शत्रु के घर। भोला की शोक मग्न मूर्ति आँखों से न उतरती थी। रात को उसे नींद न आती। वह गाँव में निकलता, तो इस तरह मुँह चुराये, सिर झुकाये, मानो गोहत्या की हो।

7

पाँच साल गुजर गये। रग्घू अब दो लड़कों का बाप था। आँगन में दीवार खिंच गई थी, खेतों में मेड़ें डाल दी गयी थीं, और बैल-बधिये बाँट लिये गये थे। केदार की उम्र अब सोलह साल की हो गई थी। उसने पढ़ना छोड़ दिया था और खेती का काम करता था। खुन्नू गाय चराता था। केवल लछमन अब तक मदरसे जाता था। पन्ना और मुलिया दोनों एक दूसरे की सूरत से जलती थीं। मुलिया के दोनों लड़के बहुधा पन्ना ही के पास रहते। वही उन्हें उबटन मलती, वही काजल लगाती, वही गोद में लिए फिरती; मगर मुलिया के मुँह से अनुग्रह का एक शब्द भी न निकलता। न पन्ना ही इसकी इच्छुक थी। वह जो कुछ करती निर्ब्याज भाव से करती थी। उसके दो-दो लड़के कमाऊ हो गए थे। लड़की खाना पका लेती थी। वह खुद ऊपर का काम-काज कर लेती। इसके विरुद्ध रग्घू अपने घर का अकेला था, वह भी दुर्बल, अशक्त और जवानी में बूढ़ा। अभी आयु तीस वर्ष से अधिक न थी; लेकिन बाल खिचड़ी हो गये थे, कमर भी झुक चली थी। खाँसी ने जीर्ण कर रक्खा था। देखकर दया आती थी। और खेती पसीने की वस्तु है। खेतों की जैसी सेवा होनी चाहिए, वह उससे न हो पाती। फिर अच्छी फसल कहाँ से आती! कुछ ऋणी भी हो गया था। वह चिन्ता और भी मारे डालती थी। चाहिए तो यह था कि अब उसे कुछ आराम मिलता। इतने दिनों के निरन्तर परिश्रम के बाद सिर का बोझ कुछ हल्का होता; किन्तु मुलिया की स्वार्थपरता और अदूरदर्शिता ने लहराती हुई खेती उजाड़ दी; अगर सब एक साथ रहते, तो वह अब तक पेंशन पा जाता, मजे से द्वार पर बैठा हुआ नारियल पीता। भाई काम करता, वह सलाह देता। महतो बना फिरता। कहीं किसी के झगड़े चुकाता। कहीं साधु-सन्तों की सेवा करता; पर वह अवसर

हाथ से निकल गया। अब तो चिन्ताभार दिन-दिन बढ़ता जाता था।

आखिर उसे धीमा-धीमा ज्वर रहने लगा। हृदय-शूल, चिन्ता, कड़े परिश्रम और अभाव का यही पुरस्कार है। पहले कुछ परवाह न की। समझा आप ही आप अच्छा हो जायेगा; मगर कमजोरी बढ़ने लगी, तो दवा की फिक्र हुई। जिसने जो बता दिया, खा लिया। डाक्टरों और वैद्यों के पास जाने की सामर्थ्य कहाँ? और सामर्थ्य भी होती, तो रुपये खर्च कर देने के सिवा और नतीजा ही क्या था। जीर्ण ज्वर की औषधि आराम है और पुष्टिकारक भोजन। न वह बसन्त-मालती का सेवन कर सकता था और न आराम से बैठकर बलवर्धक भोजन कर सकता था, कमज़ोरी बढ़ती ही गयी।

पन्ना को अवसर मिलता तो वह आकर उसे तसल्ली देती; लेकिन उसके लड़के अब रग्घू से बात भी न करते थे। दवा-दारू तो क्या करते, उसका और मजाक उड़ाते। भैया समझते थे कि हम लोगों से अलग होकर सोने की ईंट रख लेंगे। भाभी भी समझती थीं, सोने से लद जाऊँगी। अब देखें, कौन पूछता है। सिसक-सिसककर न मरें, तो कह देना। बहुत 'हाय! हाय!' भी अच्छी नहीं होती। आदमी उतना काम करे, जितना हो सके। यह नहीं कि रुपये के लिए जान ही दे दे।

पन्ना कहती—'रग्घू बेचारे का कौन दोष है।'

केदार कहता—'चल, मैं खूब समझता हूँ। भैया की जगह मैं होता तो डंडे से बात करता। मजाल थी कि औरत यों जिद करती। यह सब भैया की चाल थी। सब सधी-बदी बात थी।'

आखिर एक दिन रग्घू का टिमटिमाता हुआ जीवन-दीपक बुझ गया। मौत ने सारी चिन्ताओं का अन्त कर दिया।

अन्त समय उसने केदार को बुलाया था, पर केदार को ऊख में पानी देना था। डरा, कहीं दवा के लिए न भेज दें। बहाना बता दिया।

8

मुलिया का जीवन अंधकारमय हो गया। जिस भूमि पर उसने मंसूबों की दीवार खड़ी की थी, अब नीचे से खिसक गई थी। जिस खूँटे के बल पर वह उछल रही थी, वह उखड़ गया था। गाँववालों ने कहना शुरू किया, ईश्वर ने कैसा तत्काल दण्ड दिया। बेचारी मारे लाज के अपने बच्चों को

लिये रोया करती। गाँव में किसी को मुँह दिखाने का साहस न होता। प्रत्येक प्राणी उससे यह कहता हुआ मालूम होता था—'मारे घमण्ड के धरती पर पाँव न रखती थी, आखिर सजा मिल गई कि नहीं।' अब इस घर में कैसे निबाह होगा? वह किसके सहारे रहेगी? किसके बल पर खेती होगी। बेचारा रग्घू बीमार था, दुर्बल था; पर जब तक जीता रहा, अपना काम करता रहा। मारे कमजोरी के कभी-कभी सिर पकड़कर बैठ जाता, और जरा दम लेकर फिर हाथ चलाने लगता था। सारी खेती तहस-नहस हो रही थी, उसे कौन सँभालेगा? अनाज की डाँठें खलियान में पड़ी थीं, ऊख अलग सूख रही थी। वह अकेली क्या-क्या करेगी? फिर सिंचाई अकेले आदमी का तो काम नहीं। तीन-तीन मजूरों को कहाँ से लाये? गाँव में मजूर थे ही कितने? आदमियों के लिए खींचातानी हो रही थी। क्या करे, क्या न करे?

इस तरह तेरह दिन बीत गये। क्रिया-कर्म से छुट्टी मिली। दूसरे ही दिन सबेरे मुलिया ने दोनों बालकों को गोद में उठाया और अनाज माँड़ने चली। खलिहान में पहुँचकर उसने एक को तो पेड़ के नीचे घास के नर्म बिस्तर पर सुला दिया और दूसरे को वहीं बैठाकर अनाज माँड़ने लगी। बैलों को हाँकती थी और रोती थी। क्या इसीलिए भगवान ने उसको जन्म दिया था? देखते-देखते क्या-से-क्या हो गया? इन्हीं दिनों पिछले साल भी अनाज माँड़ा गया था, वह रग्घू के लिए लोटे में शरबत और मटर की घुँघनी लेकर आयी थी। आज कोई उसके न आगे है न पीछे! लेकिन किसी की लौंडी तो नहीं हूँ? उसे अलग होने का अब भी पछतावा न था।

एकाएक छोटे बच्चे का रोना सुनकर उसने उधर ताका, तो बड़ा लड़का उसे चुमकारकर कह रहा था—'बैया, तुप रहो, तुप रहो।' धीरे-धीरे उसके मुँह पर हाथ फेरता था और चुप करने के लिए विकल था। जब बच्चा किसी तरह न चुप हुआ तो वह खुद उसके पास लेट गया और उसे छाती से लगाकर प्यार करने लगा; मगर जब यह प्रयत्न भी सफल न हुआ, तो वह रोने लगा।

उसी समय पन्ना दौड़ी आयी और छोटे बालक को गोद में उठाकर प्यार करती हुई बोली—'लड़कों को मुझे क्यों न दे आयी बहू? हाय! हाय! अभी बेचारा धरती पर पड़ा लोट रहा है। जब मैं मर जाऊँ, तो जो चाहे करना, अभी तो जीती हूँ। अलग हो जाने से बच्चे तो नहीं अलग हो गये।'

मुलिया ने कहा—'तुम्हें भी तो छुट्टी नहीं थी अम्माँ, क्या करती।'

पन्ना—'तो तुझे यहाँ आने की ऐसी क्या जल्दी थी। डाँठ माँड़ न जाती तीन-तीन लड़के तो हैं, और किस दिन काम आयेंगे। केदार तो कल ही माँड़ने को कह रहा था; पर मैंने कहा—पहले ऊख में पानी दे लो; फिर अनाज माँड़ना। मँड़ाई तो दस दिन बाद भी हो सकती है, ऊख की सिंचाई न हुई तो सूख जायेगी। कल से पानी चढ़ा हुआ है, परसों तक खेत पुर जायेगा। तब मँड़ाई हो जायेगी। तुझे विश्वास न आवेगा, जब से भैया मरे हैं, केदार को बड़ी चिंता हो गयी है। दिन में सौ-सौ बार पूछता है, भाभी बहुत रोती तो नहीं है? देख, लड़के भूखे तो नहीं हैं। कोई लड़का रोता है, तो दौड़ा आता है देख अम्माँ क्या हुआ, बच्चा क्यों रोता है? कल रोकर बोला—अम्माँ, मैं जानता कि भैया इतनी जल्दी चले जायेंगे, तो उनकी सेवा कर लेता। कहाँ जगाये-जगाये उठता था, अब देखती हो; पहर रात से उठकर काम में लग जाता है। खुन्नू कल जरा-सा बोला—पहले हम अपनी ऊख में पानी दे लेंगे, तब भैया की ऊख में देंगे। इस पर केदार ने ऐसा डाँटा कि खुन्नू के मुँह से फिर बात न निकली। बोला—कैसी तुम्हारी और कैसी हमारी ऊख। भैया ने जिला न लिया होता, तो आज या तो मर गये होते या कहीं भीख माँगते। आज तुम बड़े ऊखवाले बने हो! यह उन्हीं का पुन-परताप है कि आज भले आदमी बने बैठे हो। परसों रोटी खाने को बुलाने गयी; तो मड़ैया में बैठा रो रहा था। पूछा—क्यों रोता है? तो बोला—अम्माँ, भैया इसी 'अलग्योझे' के दुख से मर गये, नहीं अभी उनकी उमिर ही क्या थी। यह उस बखत न सूझा; नहीं उनसे क्यों बिगाड़ करते।

यह कहकर पन्ना ने मुलिया की ओर संकेतपूर्ण दृष्टि से देखकर कहा—'तुम्हें वह अलग न रहने देगा बहू; कहता है, भैया हमारे लिये मर गये तो हम भी उनके बाल-बच्चों के लिए मर जायेंगे।'

मुलिया की आँखों से आँसू जारी थे, पन्ना की बातों में आज सच्ची वेदना, सच्ची सांत्वना, सच्ची सद्चिन्ता भरी हुई थी। मुलिया का मन कभी उसकी ओर इतना आकर्षित न हुआ था। जिनसे उसे व्यंग्य और प्रतिकार का भय था, वे इतने दयालु, इतने शुभेच्छु हो गये थे।

आज पहली बार उसे अपनी स्वार्थपरता पर लज्जा आयी, पहली बार आत्मा ने अलग्योझे पर धिक्कारा!

9

इस घटना को हुए पाँच साल गुजर गये। पन्ना आज बूढ़ी हो गयी है। केदार घर का मालिक है। मुलिया घर की मालकिन है। खुन्नू और लछमन के विवाह हो चुके हैं; मगर केदार अभी तक क्वाँरा है। कहता है—मैं विवाह न करूँगा। कई जगहों से बातचीत हुई, कई सगाइयाँ आयीं; पर उसने हामी न भरी। पन्ना ने कम्पे लगाये, जाल फैलाये; पर वह न फँसा। कहता—औरतों से कौन सुख। मेहरिया घर में आयी और आदमी का मिजाज बदला। फिर जो कुछ है, वह मेहरिया है। माँ-बाप, भाई-बन्धु सब पराये हैं। जब भैया-जैसे आदमी का मिजाज बदल गया, तो फिर दूसरों की क्या गिनती। दो लड़के भगवान के दिए हैं, और क्या चाहिये। बिना ब्याह किये दो बेटे मिल गये, इससे बढ़कर और क्या होगा। जिसे अपना समझो, वह अपना है, जिसे गैर समझो, वह गैर है।

एक दिन पन्ना ने कहा—'तेरा वंश कैसे चलेगा?'

केदार—'मेरा वंश तो चल रहा है। दोनों लड़कों को अपना ही समझता हूँ।'

पन्ना—'समझने ही पर है, तो तू मुलिया को भी अपनी मेहरिया समझता होगा।'

केदार ने झेंपते हुए कहा—'तुम तो गाली देती हो अम्माँ!'

पन्ना—'गाली कैसी, तेरी भाभी ही तो है।'

केदार—'मेरे जैसे लट्ठ-गँवार को वह क्यों पूछने लगी!'

पन्ना—'तू करने को कह, तो मैं उससे पूछूँ?'

केदार—'नहीं मेरी अम्मा, कहीं रोने-गाने न लगे।'

पन्ना—'तेरा मन हो, तो मैं बातों-बातों में उसके मन की थाह लूँ?'

केदार—'मैं नहीं जानता, जो चाहे कर।'

पन्ना केदार के मन की बात समझ गयी। लड़के का दिल मुलिया पर आया हुआ है; पर संकोच और भय के मारे कुछ नहीं कहता।

उसी दिन उसने मुलिया से कहा—'क्या करूँ बहू, मन की लालसा मन में ही रही जाती है। केदार का घर भी बस जाता; तो मैं निश्चिन्त हो जाती।'

मुलिया—'वह तो करने ही नहीं कहते।'

पन्ना—'कहता है, ऐसी औरत मिले, जो घर में मेल से रहे, तो कर लूँ।'

मुलिया—'ऐसी औरत कहाँ मिलेगी? कहीं ढूँढ़ो।'

पन्ना—'मैंने तो ढूँढ़ लिया है।'

मुलिया—'सच! किस गाँव की है?'

पन्ना—'अभी न बताऊँगी, मुदा यह जानती हूँ कि उससे केदार की सगाई हो जाये, तो घर बस जाये और केदार की जिन्दगी भी सफल हो जाये। न जाने लड़की मानेगी कि नहीं!'

मुलिया—'मानेगी क्यों नहीं अम्माँ; ऐसा सुन्दर, कमाऊ, सुशील वर और कहाँ मिला जाता है। उस जनम का कोई साधु-महात्मा है, नहीं तो लड़ाई-झगड़े के डर से कौन बिना ब्याहा रहता है। कहाँ रहती है, मैं जाकर उसे मना लाऊँ।'

पन्ना—'तू चाहे, तो मना ले। तेरे ही ऊपर है।'

मुलिया—'मैं आज ही चली जाऊँगी अम्माँ! उसके पैरों पड़कर मना लाऊँगी।'

पन्ना—'बता दूँ! वह तू ही है!'

मुलिया लजाकर बोली—'तुम तो अम्माँ जी, गाली देती हो।'

पन्ना—'गाली कैसी, देवर ही तो है।'

मुलिया—'मुझ-जैसी बुढ़िया को वह क्यों पूछेंगे।'

पन्ना—'वह तुझी पर दाँत लगाये बैठा है। तेरे सिवा कोई और उसे भाती ही नहीं। डर के मारे कहता नहीं; पर उसके मन की बात मैं जानती हूँ।'

वैधव्य के शोक से मुरझाया हुआ मुलिया का पीत बदन कमल की भाँति अरुण हो उठा। दस वर्षों में जो कुछ खोया था, इसी एक क्षण में मानो ब्याज के साथ मिल गया। वही लावण्य, वही विकास, वही आकर्षण, वही लोच!

ईदगाह

रमज़ान के पूरे तीस रोज़ों के बाद आज ईद आयी है। कितना मनोहर, कितना सुहावना प्रभात है। वृक्षों पर कुछ अजीब हरियाली है, खेतों में कुछ अजीब रौनक है, आसमान पर कुछ अजीब लालिमा है। आज का सूर्य देखो, कितना प्यारा, कितना शीतल है, मानो संसार को ईद की बधाई दे रहा है। गाँव में कितनी हलचल है। ईदगाह जाने की तैयारियाँ हो रही हैं। किसी के कुरते में बटन नहीं है। पड़ोस के घर से सुई-धागा लेने दौड़ा जा रहा है। किसी के जूते कड़े हो गये हैं। उनमें तेल डालने के लिए तेली के घर भागा जाता है। जल्दी-जल्दी बैलों को सानी-पानी दे दें। ईदगाह से लौटते-लौटते दोपहर हो जायेगी। तीन कोस का पैदल रास्ता, फिर सैकड़ों आदमियों से मिलना-भेंटना। दोपहर के पहले लौटना असम्भव है। लड़के सबसे ज्यादा प्रसन्न हैं। किसी ने एक रोज़ा रखा है, वह भी दोपहर तक, किसी ने वह भी नहीं; लेकिन ईदगाह जाने की खुशी उनके हिस्से की चीज है। रोज़े बड़े-बूढ़ों के लिए होंगे। इनके लिए तो ईद है। रोज़ ईद का नाम रटते थे। आज वह आ गयी। अब जल्दी पड़ी है कि लोग ईदगाह क्यों नहीं चलते। इन्हें गृहस्थी की चिंताओं से क्या प्रयोजन! सेवैयों के लिए दूध और शक्कर घर में है या नहीं, इनकी बला से ये तो सेवैया खायेंगे। वह क्या जानें कि अब्बाजान क्यों बदहवास चौधरी कायमअली के घर दौड़े जा रहे हैं। उन्हें क्या ख़बर कि चौधरी आज आँखें बदल लें, तो यह सारी ईद मुहर्रम हो जाये। उनकी अपनी जेबों में तो कुबेर का धन भरा हुआ है। बार-बार जेब से अपना खजाना निकालकर गिनते हैं और खुश होकर फिर रख लेते हैं। महमूद गिनता है, एक-दो, दस-बारह। उसके पास बारह पैसे हैं।

मोहसिन के पास एक, दो, तीन, आठ, नौ, पन्द्रह पैसे हैं। इन्हीं अनगिनती पैसों में अनगिनती चीजें लायेंगे—खिलौने, मिठाइयाँ, बिगुल, गेंद और न जाने क्या-क्या। और सबसे ज्यादा प्रसन्न है हामिद। वह चार-पाँच साल का गरीब-सूरत, दुबला-पतला लड़का, जिसका बाप गत-वर्ष हैजे की भेंट हो गया और माँ न जाने क्यों पीली होती-होती एक दिन मर गयी। किसी को पता न चला, क्या बीमारी है। कहती भी तो कौन सुनने वाला था। दिल पर जो कुछ बीतती थी, वह दिल में ही सहती थी और जब न सहा गया तो संसार से बिदा हो गयी। अब हामिद अपनी बूढ़ी दादी अमीना की गोद में सोता है और उतना ही प्रसन्न है। उसके अब्बाजान रुपये कमाने गये हैं। बहुत-सी थैलियाँ लेकर आयेंगे। अम्मीजान अल्लाह मियाँ के घर से उसके लिए बड़ी अच्छी-अच्छी चीजें लाने गयी हैं; इसलिए हामिद प्रसन्न है। आशा तो बड़ी चीज है, और फिर बच्चों की आशा! उनकी कल्पना तो राई का पर्वत बना लेती है। हामिद के पाँव में जूते नहीं हैं, सिर पर एक पुरानी-धुरानी टोपी है, जिसका गोट काला पड़ गया है, फिर भी वह प्रसन्न है। जब उसके अब्बाजान थैलियाँ और अम्मीजान नियामतें लेकर आयेंगी, तो वह दिल के अरमान निकाल लेगा। तब देखेगा महमूद, मोहसिन, नूरे और सम्मी कहाँ से उतने पैसे निकालेंगे। अभागिन अमीना अपनी कोठरी में बैठी रो रही है। आज ईद का दिन और उसके घर में दाना नहीं! आज आबिद होता तो क्या इसी तरह ईद आती और चली जाती! इस अंधकार और निराशा में वह डूबी जा रही थी। किसने बुलाया था इस निगोड़ी ईद को। इस घर में उसका काम नहीं है, लेकिन हामिद! उसे किसी के मरने-जीने से क्या मतलब? उसके अन्दर प्रकाश है, बाहर आशा। विपत्ति अपना सारा दल-बल लेकर आये, हामिद की आनन्द-भरी चितवन उसका विध्वंस कर देगी।

हामिद भीतर जाकर दादी से कहता है—'तुम डरना नहीं अम्माँ, मैं सबसे पहले आऊँगा। बिलकुल न डरना!'

अमीना का दिल कचोट रहा है। गाँव के बच्चे अपने-अपने बाप के साथ जा रहे हैं। हामिद के बाप अमीना के सिवा और कौन है? उसे कैसे अकेले मेले जाने दे। उस भीड़-भाड़ में बच्चा कहीं खो जाये तो क्या हो। नहीं; अमीना उसे यों न जाने देगी। नन्हीं-सी जान! तीन कोस चलेगा कैसे! पैर में छाले पड़ जायेंगे। जूते भी तो नहीं हैं। वह थोड़ी-थोड़ी दूर पर उसे

गोद ले लेगी; लेकिन यहाँ सेवैयाँ कौन पकायेगा? पैसे होते तो लौटते-लौटते सब सामग्री जमा करके चटपट बना लेती। यहाँ तो घण्टों चीजें जमा करते लगेंगे। माँगे ही का तो भरोसा ठहरा। उस दिन फहीमन के कपड़े सिये थे। आठ आने पैसे मिले थे। उस अठन्नी को ईमान की तरह बचाती चली आती थी इसी ईद के लिए, लेकिन कल ग्वालन सिर पर सवार हो गयी तो क्या करती। हामिद के लिए कुछ नहीं है, तो दो पैसे का दूध तो चाहिए ही। अब तो कुल दो आने पैसे बच रहे हैं। तीन पैसे हामिद की जेब में, पाँच अमीना के बटवे में। यही तो बिसात है और ईद का त्योहार! अल्लाह ही बेड़ा पार लगावे। धोबन और नाइन और मेहतरानी और चूड़िहारिन सभी तो आयेंगी। सभी को सेवैयाँ चाहिए और थोड़ा किसी की आँखों नहीं लगता। किस-किस से मुँह चुरायेगी। और मुँह क्या चुराये? साल भर का त्यौहार है। ज़िन्दगी ख़ैरियत से रहे, उनकी तकदीर भी तो उसी के साथ है। बच्चे को खुदा सलामत रक्खे, ये दिन भी कट जायेंगे।

गाँव से मेला चला। और बच्चों के साथ हामिद भी जा रहा था। कभी सबके सब दौड़कर आगे निकल जाते। फिर किसी पेड़ के नीचे खड़े होकर साथवालों का इन्तज़ार करते। ये लोग क्यों इतना धीरे-धीरे चल रहे हैं। हामिद के पैरों में तो जैसे पर लग गये हैं। वह कभी थक सकता है! शहर का दामन आ गया। सड़क के दोनों ओर अमीरों के बगीचे हैं। पक्की चारदीवारी बनी हुई है। पेड़ों में आम और लीचियाँ लगी हुई हैं। कभी-कभी कोई लड़का कँकड़ी उठाकर आम पर निशाना लगाता है। माली अन्दर से गाली देता हुआ निकलता है। लड़के वहाँ से एक फलांग पर हैं। खूब हँस रहे हैं। माली को कैसे उल्लू बनाया है।

बड़ी-बड़ी इमारतें आने लगीं; यह अदालत है, यह कालेज है, यह क्लब-घर है। इतने बड़े कालेज में कितने लड़के पढ़ते होंगे? सब लड़के नहीं हैं जी! बड़े-बड़े आदमी है, सच उनकी बड़ी-बड़ी मूँछे हैं। इतने बड़े हो गये, अभी तक पढ़ने जाते हैं। न जाने कब तक पढ़ेंगे और क्या करेंगे इतना पढ़कर। हामिद के मदरसे में दो-तीन बड़े-बड़े लड़के हैं, बिलकुल तीन कौड़ी के, रोज़ मार खाते हैं, काम से जी चुरानेवाले। इस जगह भी उसी तरह के लोग होंगे और क्या। क्लब-घर में जादू होता है। सुना है, यहाँ मुरदे की खोपड़ियाँ दौड़ती हैं। और बड़े-बड़े तमाशे होते हैं, पर किसी को अन्दर नहीं जाने देते। और यहाँ शाम को साहब लोग खेलते हैं। बड़े-बड़े आदमी

खेलते हैं, मूँछों दाढ़ीवाले और मेमें खेलती हैं, सच! हमारी अम्माँ को वह दे दो, क्या नाम है, बैट, तो उसे पकड़ ही न सकें। घुमाते ही लुढ़क न जायें।

महमूद ने कहा—'हमारी अम्मीजान का तो हाथ काँपने लगे, अल्ला कसम।'

मोहसिन बोला—'अम्मी मनो आटा पीस डालती हैं। जरा-सा बैट पकड़ लेंगी, तो हाथ काँपने लगे। सैकड़ों घड़े पानी रोज निकालती हैं। पाँच घड़े तो मेरी भैंस पी जाती है। किसी मेम को एक घड़ा पानी भरना पड़े तो आँखों तले अँधेरा आ जाये।'

महमूद—'लेकिन दौड़ती तो नहीं, उछल-कूद तो नहीं सकतीं।'

मोहसिन—'हाँ, उछल-कूद नहीं सकतीं; लेकिन उस दिन मेरी गाय खुल गयी थी और चौधरी के खेत में जा पड़ी थी, तो अम्माँ इतनी तेज दौड़ीं कि मैं उन्हें न पा सका, सच?'

आगे चले। हलवाइयों की दुकानें शुरू हुईं। आज खूब सजी हुई थीं। इतनी मिठाइयाँ कौन खाता है। देखो न, एक-एक दूकान पर मनो होंगी। सुना है, रात को जिन्नात आकर खरीद ले जाते हैं। अब्बा कहते थे कि आधी रात को एक आदमी हर दूकान पर जाता है और जितना माल बचा होता है, वह तुलवा लेता है और सचमुच के रुपये देता है, बिलकुल ऐसे ही रुपये।

हामिद को यकीन न आया—ऐसे रुपये जिन्नात को कहाँ से मिल जायेंगे?

मोहसिन ने कहा—'जिन्नात को रुपये की क्या कमी? जिस खजाने में चाहें, चले जायें। लोहे के दरवाजे तक उन्हें नहीं रोक सकते जनाब, आप हैं किस फेर में। हीरे-जवाहरात तक उनके पास रहते हैं, जिससे खुश हो गये, उसे टोकरों जवाहरात दे दिये। अभी यहीं बैठे हैं, पाँच मिनट में कहो कलकत्ता पहुँच जायें।'

हामिद ने फिर पूछा—'जिन्नात बहुत बड़े-बड़े होते होंगे?

मोहसिन—'एक-एक आसमान के बराबर होता है जी। जमीन पर खड़ा हो जाये तो उसका सिर आसमान से जा लगे, मगर चाहे तो एक लोटे में घुस जाये।'

हामिद—'लोग उन्हें कैसे खुश करते होंगे? कोई मुझे वह मन्तर बता दे, तो एक जिन्न को खुश कर लूँ।'

मोहसिन—'अब यह तो मैं नहीं जानता, लेकिन चौधरी साहब के काबू में बहुत से जिन्नात हैं। कोई चीज चोरी हो जाये, चौधरी साहब उसका पता लगा देंगे और चोर का नाम भी बता देंगे। जुमराती का बछवा उस दिन खो गया था। तीस दिन हैरान हुए, कहीं न मिला। तब झख मारकर चौधरी के पास गये। चौधरी ने तुरन्त बता दिया कि मवेशीखाने में है, और वहीं मिला। जिन्नात आकर उन्हें सारे जहान की खबरें दे जाते हैं।'

अब उसकी समझ में आ गया कि चौधरी के पास क्यों इतना धन है, और क्यों उनका इतना सम्मान है।

आगे चले। यह पुलिस लाइन है। यहीं सब कानिसटिबल कवायत करते हैं। रैटन! फाय फो! रात को बेचारे घूम-घूमकर पहरा देते हैं, नहीं चोरियाँ हो जायें। मोहसिन ने प्रतिवाद किया—'यह कानिसटिबल पहरा देते हैं? तभी तुम बहुत जानते हो। अजी हजरत, यही चोरी कराते हैं। शहर के जितने चोर डाकू हैं, सब इनसे मिले रहते हैं। रात को ये लोग चोरों से तो कहते हैं, चोरी करो और आप दूसरे मुहल्ले में जाकर 'जागते रहो! जागते रहो?' पुकारते हैं। जभी इन लोगों के पास इतने रुपये आते हैं। मेरे मामूँ एक थाने में कानिसटिबल हैं। बीस रुपया महीना पाते हैं; लेकिन पचास रुपये घर भेजते हैं। अल्ला कसम। मैंने एक बार पूछा था कि मामूँ, आप इतने रुपये कहाँ से पाते हैं? हँसकर कहने लगे—बेटा, अल्लाह देता है। फिर आप ही बोले—हम लोग चाहें तो एक दिन में लाखों मार लायें। हम तो इतना ही लेते हैं, जिसमें अपनी बदनामी न हो और नौकरी न चली जाये।'

हामिद ने पूछा—'यह लोग चोरी करवाते हैं तो कोई इन्हें पकड़ता नहीं?'

मोहसिन उसकी नादानी पर दया दिखाकर बोला—'अरे पागल, इन्हें कौन पकड़ेगा। पकड़नेवाला तो यह खुद है; लेकिन अल्लाह इन्हें सजा भी खूब देता है। हराम का माल हराम में जाता है। थोड़े ही दिन हुए, मामूँ के घर में आग लग गयी। सारी लेई-पूँजी जल गयी। एक बरतन तक न बचा। कई दिन पेड़ के नीचे सोये, अल्ला कसम, पेड़ के नीचे। फिर न जाने कहाँ से एक सौ कर्ज लाये तो बरतन-भाड़े आये।'

हामिद—'एक सौ तो पचास से ज्यादा होते हैं?'

'कहाँ पचास कहाँ एक सौ। पचास एक थैली-भर होता है। सौ तो दो

थैलियों में भी न आवें।'

अब बस्ती घनी होने लगी थी। ईदगाह जानेवालों की टोलियाँ नजर आने लगीं। एक-से-एक भड़कीले वस्त्र पहने हुए। कोई इक्के-ताँगे पर सवार, कोई मोटर पर, सभी इत्र में बसे; सभी के दिलों में उमंग। ग्रामीणों का यह छोटा-सा दल अपनी विपन्नता से बेखबर, सन्तोष और धैर्य में मगन चला जा रहा था। बच्चों के लिए नगर की सभी चीजें अनोखी थीं। जिस चीज की ओर ताकते, ताकते ही रह जाते। और पीछे से बार-बार हार्न की आवाज होने पर भी न चेतते। हामिद तो मोटर के नीचे जाते-जाते बचा।

सहसा ईदगाह नजर आया। ऊपर इमली के घने वृक्षों की छाया। नीचे पक्का फर्श है, जिस पर जाजिम बिछा हुआ है। और रोजेदारों की पंक्तियाँ एक के पीछे एक न जाने कहाँ तक चली गयी हैं, पक्के जगत के नीचे तक, जहाँ जाजिम भी नहीं है। नये आनेवाले आकर पीछे की कतार में खड़े हो जाते हैं। आगे जगह नहीं है। यहाँ कोई धन और पद नहीं देखता। इस्लाम की निगाह में सब बराबर हैं। इन ग्रामीणों ने भी वजू किया और पिछली पंक्ति में खड़े हो गये। कितना सुन्दर संचालन है, कितनी सुन्दर व्यवस्था! लाखों सिर एक साथ सिजदे में झुक जाते हैं, फिर सब-के-सब एक साथ खड़े हो जाते हैं, एक साथ झुकते हैं और एक साथ घुटनों के बल बैठ जाते हैं। कई बार यही क्रिया होती है, जैसे बिजली की लाखों बत्तियाँ एक साथ प्रदीप्त हों और एक साथ बुझ जायें, और यही क्रम चलता रहे। कितना अपूर्व दृश्य था, जिसकी सामूहिक क्रियाएँ, विस्तार और अनन्तता हृदय को श्रद्धा, गर्व और आत्मानन्द से भर देती थी, मानो भ्रातृत्व का एक सूत्र इन समस्त आत्माओं को एक लड़ी में पिरोये हुए है।

2

नमाज खत्म हो गयी है। लोग आपस में गले मिल रहे हैं। तब मिठाई और खिलौने की दूकानों पर धावा होता है। ग्रामीणों का यह दल इस विषय में बालकों से कम उत्साही नहीं है। यह देखो, हिंडोला है। एक पैसा देकर चढ़ जाओ। कभी आसमान पर जाते हुए मालूम होंगे, कभी जमीन पर गिरते हुए। यह चर्खी है, लकड़ी के हाथी, घोड़े, ऊँट छड़ों से लटके हुए हैं। एक पैसा देकर बैठ जाओ और पच्चीस चक्करों का मजा लो। महमूद और मोहसिन

और नूरे और सम्मी इन घोड़ों और ऊँटों पर बैठते हैं। हामिद दूर खड़ा है। तीन ही पैसे तो उसके पास हैं। अपने कोष का तिहाई जरा-सा चक्कर खाने के लिए नहीं दे सकता।

सब चर्खियों से उतरते हैं। अब खिलौने लेंगे। इधर दूकानों की कतार लगी हुई है। तरह-तरह के खिलौने हैं—सिपाही और गुजरिया, राजा और वकील, भिश्ती और धोबिन और साधू। वाह! कितने सुन्दर खिलौने हैं। अब बोला ही चाहते हैं। महमूद सिपाही लेता है, खाकी वर्दी और लाल पगड़ीवाला, कन्धे पर बन्दूक रखे हुए। मालूम होता है, अभी कवायद किये चला आ रहा है। मोहसिन को भिश्ती पसन्द आया। कमर झुकी है, ऊपर मशक रखे हुए है। मशक का मुँह एक हाथ से पकड़े हुए है। कितना प्रसन्न है। शायद कोई गीत गा रहा है। बस, मशक से पानी उंडेला ही चाहता है। नूरे को वकील से प्रेम है। कैसी विद्वता है उसके मुख पर! काला चोगा, नीचे सफेद अचकन, अचकन के सामने की जेब में घड़ी, सुनहरी जंजीर, एक हाथ में कानून का पोथा लिए हुए। मालूम होता है, अभी किसी अदालत से जिरह या बहस किये चले आ रहे हैं। यह सब दो-दो पैसे के खिलौने हैं। हामिद के पास कुल तीन पैसे हैं; इतने महँगे खिलौने वह कैसे ले? खिलौना कहीं हाथ से छूट पड़े, तो चूर-चूर हो जाये। जरा पानी पड़े तो सारा रंग धुल जाये। ऐसे खिलौने लेकर वह क्या करेगा; किस काम के!

मोहसिन—'मेरा भिश्ती रोज पानी दे जायेगा; साँझ-सबेरे।'

महमूद—'और मेरा सिपाही घर का पहरा देगा। कोई चोर आवेगा, तो फौरन बन्दूक से फैर कर देगा!'

नूरे—'और मेरा वकील खूब मुकदमा लड़ेगा।'

सम्मी—'और मेरी धोबिन रोज कपड़े धोयेगी।'

हामिद खिलौने की निन्दा करता है—'मिट्टी ही के तो हैं, गिरे तो चकनाचूर हो जायें,' लेकिन ललचाई हुई आँखों से खिलौनों को देख रहा है और चाहता है कि जरा देर के लिए उन्हें हाथ में ले सकता। उसके हाथ अनायास ही लपकते हैं; लेकिन लड़के इतने त्यागी नहीं होते, विशेषकर जब अभी नया शौक है। हामिद ललचाता रह जाता है।

खिलौने के बाद मिठाइयाँ आती हैं। किसी ने रेवड़ियाँ ली हैं, किसी ने गुलाबजामुन, किसी ने सोहनहलुआ। मजे से खा रहे हैं। हामिद उनकी

बिरादरी से पृथक है। अभागे के पास तीन पैसे हैं। क्यों नहीं कुछ लेकर खाता? ललचायी आँखों से सबकी ओर देखता है।

मोहसिन कहता है—'हामिद, रेवड़ी ले जा, कितनी खुशबूदार है।'

हामिद को सन्देह हुआ, यह केवल क्रूर विनोद है, मोहसिन इतना उदार नहीं है; लेकिन यह जानकर भी वह उसके पास जाता है। मोहसिन दोने से एक रेवड़ी निकाल कर हामिद की ओर बढ़ाता है। हामिद हाथ फैलाता है। मोहसिन रेवड़ी अपने मुँह में रख लेता है। महमूद, नूरे और सम्मी खूब तालियाँ बजा-बजाकर हँसते हैं। हामिद खिसिया जाता है।

मोहसिन—'अच्छा, अबकी जरूर देंगे हामिद, अल्ला कसम, ले जाव।'

हामिद—'रखे रहो। क्या मेरे पास पैसे नहीं हैं?'

सम्मी—'तीन ही पैसे तो हैं। तीन पैसे में क्या-क्या लोगे?'

महमूद—'हमसे गुलाबजामुन ले जाव हामिद। मोहसिन बदमाश है।'

हामिद—'मिठाई कौन बड़ी नेमत है। किताब में इसकी कितनी बुराइयाँ लिखी हैं।'

मोहसिन—'लेकिन दिल में कह रहे होगे कि मिले तो खा लें। अपने पैसे क्यों नहीं निकालते?'

महमूद—'हम समझते हैं इसकी चालाकी। जब हमारे सारे पैसे खर्च हो जायेंगे, तो हमें ललचा-ललचाकर खायेगा।'

मिठाइयों के बाद कुछ दुकानें लोहे की चीजों की हैं। कुछ गिलट और कुछ नकली गहनों की। लड़कों के लिए यहाँ कोई आकर्षण न था। वह सब आगे बढ़ जाते हैं। हामिद लोहे की दूकान पर रुक जाता है। कई चिमटे रखे हुए थे। उसे खयाल आया, दादी के पास चिमटा नहीं है। तवे से रोटियाँ उतारती हैं, तो हाथ जल जाता है; अगर वह चिमटा ले जाकर दादी को दे दे, तो वह कितनी प्रसन्न होंगी? फिर उनकी उंगलियाँ कभी न जलेंगी। घर में एक काम की चीज हो जायेगी। खिलौने से क्या फायदा। व्यर्थ में पैसे खराब होते हैं। जरा देर ही तो खुशी होती है। फिर तो खिलौनों को कोई आँख उठा कर नहीं देखता। या तो घर पहुँचते-पहुँचते टूट-फूट बराबर हो जायेंगे, या छोटे बच्चे जो मेले में नहीं आए हैं, ज़िद करके ले लेंगे और तोड़ डालेंगे। चिमटा कितने काम की चीज है। रोटियाँ तवे से उतार लो, चूल्हे में

सेंक लो। कोई आग माँगने आवे तो चटपट चूल्हे से आग निकालकर उसे दे दो। अम्माँ बेचारी को कहाँ फुर्सत है कि बाजार आयें, और इतने पैसे ही कहाँ मिलते हैं। रोज हाथ जला लेती है। हामिद के साथी आगे बढ़ गये हैं। सबील पर सब-के सब शर्बत पी रहे हैं। देखो, सब कितने लालची हैं। इतनी मिठाइयाँ लीं, मुझे किसी ने एक भी न दी। उस पर कहते हैं, मेरे साथ खेलो। मेरा यह काम करो। अब अगर किसी ने कोई काम करने को कहा, तो पूछूँगा। खायें मिठाइयाँ, आप मुँह सड़ेगा, फोड़े-फुन्सियाँ निकलेंगी, आप ही जबान चटोरी हो जायेगी। तब घर के पैसे चुरायेंगे और मार खायेंगे। किताब में झूठी बातें थोड़े ही लिखी हैं। मेरी जबान क्यों खराब होगी। अम्मा चिमटा देखते ही दौड़कर मेरे हाथ से ले लेंगी और कहेंगी—मेरा बच्चा अम्माँ के लिए चिमटा लाया है! हजारों दुआएँ देगी। फिर पड़ोस की औरतों को दिखायेगी। सारे गाँव में चरचा होने लगेगी, हामिद चिमटा लाया है। कितना अच्छा लड़का है। इन लोगों के खिलौनों पर कौन इन्हें दुआएँ देगा। बड़ों की दुआएँ सीधे अल्लाह के दरबार में पहुँचती हैं, और तुरन्त सुनी जाती हैं। मेरे पास पैसे नहीं हैं। तभी तो मोहसिन और महमूद यों मिजाज दिखाते हैं। मैं भी इनको मिजाज दिखाऊँगा। खेलें खिलौने और खायें मिठाइयाँ। मैं नहीं खेलता खिलौने, किसी का मिजाज क्यों सहूँ। मैं गरीब सही, किसी से कुछ माँगने तो नहीं जाता। आखिर अब्बाजान कभी-न-कभी आयेंगे। अम्माँ भी आयेंगी ही। फिर इन लोगों से पूछूँगा, कितने खिलौने लोगे? एक-एक को टोकरियों खिलौने दूँगा और दिखा दूँगा कि दोस्तों के साथ इस तरह सलूक किया जाता है। यह नहीं कि एक पैसे की रेवड़ियाँ लीं तो चिढ़ा-चिढ़ाकर खाने लगे। सब-के-सब खूब हँसेंगे कि हामिद ने चिमटा लिया है। हँसें। मेरी बला से। उसने दूकानदार से पूछा—यह चिमटा कितने का है?

दूकानदार ने उसकी ओर देखा और कोई आदमी साथ न देखकर कहा—'यह तुम्हारे काम का नहीं है जी?'

'बिकाऊ क्यों नहीं है। और यहाँ क्यों लाद लाये हैं?'

'बिकाऊ है क्यों नहीं?'

'तो बताते क्यों नहीं, कै पैसे का है?'

'छै पैसे लगेंगे।'

हामिद का दिल बैठ गया।

'ठीक-ठीक पाँच पैसे लगेंगे, लेना हो लो, नहीं चलते बनो।'

हामिद ने कलेजा मजबूत करके कहा—'तीन पैसे लोगे?'

यह कहता हुआ वह आगे बढ़ गया कि दूकानदार की घुड़कियाँ न सुने। लेकिन दूकानदार ने घुड़कियाँ नहीं दीं। बुलाकर चिमटा दे दिया। हामिद ने उसे इस तरह कन्धे पर रक्खा, मानो बन्दूक है और शान से अकड़ता हुआ संगियों के पास आया। जरा सुनें, सब-के-सब क्या-क्या आलोचनाएँ करते हैं।

मोहसिन ने हँसकर कहा—'यह चिमटा क्यों लाया पगले। इसे क्या करेगा!'

हामिद ने चिमटे को जमीन पर पटककर कहा—'जरा अपना भिश्ती जमीन पर गिरा दो। सारी पसलियाँ चूर-चूर हो जायें बच्चा की।'

महमूद बोला—'तो यह चिमटा कोई खिलौना है?'

हामिद—'खिलौना क्यों नहीं? अभी कन्धे पर रखा, बन्दूक हो गयी। हाथ में लिया, फकीरों का चिमटा हो गया। चाहूँ तो इससे मजीरे का काम ले सकता हूँ। एक चिमटा जमा दूँ तो तुम लोगों के सारे खिलौनों की जान निकल जाये। तुम्हारे खिलौने कितना ही जोर लगावें, वे मेरे चिमटे का बाल भी बाँका नहीं कर सकते। मेरा बहादुर शेर है—चिमटा।'

सम्मी ने खँजरी ली थी। प्रभावित होकर बोला—'मेरी खँजरी से बदलोगे? दो आने की है।'

हामिद ने खँजरी की ओर उपेक्षा से देखा—'मेरा चिमटा चाहे तो तुम्हारी खँजरी का पेट फाड़ डाले। बस, एक चमड़े की झिल्ली लगा दी, ढब-ढब बोलने लगी। जरा-सा पानी लग जाये तो खतम हो जाये। मेरा बहादुर चिमटा आग में, पानी में, तूफान में बराबर डटा खड़ा रहेगा।'

चिमटे ने सभी को मोहित कर लिया; लेकिन अब पैसे किसके पास धरे हैं! फिर मेले से दूर निकल आये हैं, नौ कब के बज गये, धूप तेज हो रही है। घर पहुँचने की जल्दी हो रही है। बाप से जिद भी करें, तो चिमटा नहीं मिल सकता है। हामिद है बड़ा चालक। इसीलिए बदमाश ने अपने पैसे बचा रखे थे!

अब बालकों के दो दल हो गये हैं। मोहसिन, महमूद, सम्मी और नूर एक तरफ हैं, हामिद अकेला दूसरी तरफ। शास्त्रार्थ हो रहा है। सम्मी तो

विधर्मी हो गया। दूसरे पक्ष से जा मिला; लेकिन मोहसिन, महमूद और नूरे भी, हामिद से एक-एक, दो-दो साल बड़े होने पर भी हामिद के आघातों से आतंकित हो उठे हैं। उसके पास न्याय का बल है और नीति की शक्ति। एक ओर मिट्टी है, दूसरी ओर लोहा, जो इस वक्त अपने को फौलाद कह रहा है। वह अजेय है, घातक है। अगर कोई शेर आ जाये, तो मियाँ भिश्ती के छक्के छूट जायें, मियाँ सिपाही मिट्टी की बन्दूक छोड़कर भागें, वकील साहब की नानी मर जाये, चोगे में मुँह छिपाकर जमीन पर लेट जायें। मगर यह चिमटा, यह बहादुर, यह रुस्तमे-हिन्द लपककर शेर की गरदन पर सवार हो जायेगा और उसकी आँखें निकाल लेगा।

मोहसिन ने एड़ी-चोटी का जोर लगाकर कहा—'अच्छा, पानी तो नहीं भर सकता।'

हामिद ने चिमटे को सीधा खड़ा करके कहा—'भिश्ती को एक डाँट बतायेगा, तो दौड़ा हुआ पानी लाकर उसके द्वार पर छिड़कने लगेगा।'

मोहसिन परास्त हो गया; पर महमूद ने कुमक पहुँचाई—'अगर बच्चा पकड़ जायें तो अदालत में बँधे-बँधे फिरेंगे। तब तो वकील साहब के ही पैरों पड़ेंगे।'

हामिद इस प्रबल तर्क का जवाब न दे सका। उसने पूछा—'हमें पकड़ने कौन आयेगा?'

नूरे ने अकड़कर कहा—'यह सिपाही बन्दूक वाला।'

हामिद ने मुँह चिढ़ाकर कहा—'यह बेचारे हम बहादुर रुस्तमे-हिन्द को पकड़ेंगे! अच्छा लाओ, अभी जरा कुश्ती हो जाये। इसकी सूरत देखकर दूर से भागेंगे। पकड़ेंगे क्या बेचारे!'

मोहसिन को एक नयी चोट सूझ गयी—'तुम्हारे चिमटे का मुँह रोज आग में जलेगा।'

उसने समझा था कि हामिद लाजवाब हो जायेगा; लेकिन यह बात न हुई। हामिद ने तुरन्त जवाब दिया—'आग में बहादुर ही कूदते हैं जनाब, तुम्हारे यह वकील, सिपाही और भिश्ती लौंडियों की तरह घर में घुस जायेंगे। आग में कूदना वह काम है, जो रुस्तमे-हिन्द ही कर सकता है।'

महमूद ने एक जोर और लगाया—'वकील साहब कुर्सी-मेज पर बैठेंगे, तुम्हारा चिमटा तो बावर्चीखाने में जमीन पर खड़ा रहेगा।'

इस तर्क ने सम्मी और नूरे को भी सजीव कर दिया। कितने ठिकाने की बात कही है पट्ठे ने। चिमटा बावरचीखाने में पड़े रहने के सिवा और क्या कर सकता है।

हामिद को कोई फड़कता हुआ जवाब न सूझा तो उसने धाँधली शुरू की—'मेरा चिमटा बावरचीखाने में नहीं रहेगा। वकील साहब कुरसी पर बैठेंगे तो जाकर उन्हें जमीन पर पटक देगा और उनका कानून उनके पेट में डाल देगा।'

बात कुछ बनी नहीं। खासी गाली-गलौज थी; कानून को पेट में डालने वाली बात छा गयी। ऐसी छा गयी कि तीनो शूरमा मुँह ताकते रह गए, मानो कोई धेलचा कनकौआ किसी गण्डेवाले कनकौए को काट गया हो। कानून मुँह से बाहर निकलनेवाली चीज है। उसको पेट के अन्दर डाल दिया जावे, बेतुकी-सी बात होने पर भी कुछ नयापन रखती है। हामिद ने मैदान मार लिया। उसका चिमटा रुस्तमे-हिन्द है। अब इसमें मोहसिन, महमूद, नूरे, सम्मी किसी को भी आपत्ति नहीं हो सकती।

विजेता को हारनेवालों से जो सत्कार मिलना स्वाभाविक है, वह हामिद को भी मिला। औरों ने तीन-तीन, चार-चार आने पैसे खर्च किये; पर कोई काम की चीज न ले सके। हामिद ने तीन पैसे में रंग जमा लिया। सच ही तो है, खिलौनों का क्या भरोसा? टूट-फूट जायेंगे। हामिद का चिमटा बना रहेगा बरसों!

सन्धि की शर्त तय होने लगी। मोहसिन ने कहा—'जरा अपना चिमटा दो, हम भी देखें, तुम हमारा भिश्ती लेकर देखो।'

महमूद और नूरे ने भी अपने-अपने खिलौने पेश किये।

हामिद को इन शर्तों के मानने में कोई आपत्ति न थी। चिमटा बारी-बारी से सबके हाथ में गया; और उनके खिलौने बारी-बारी से हामिद के हाथ में आये। कितने खूबसूरत खिलौने हैं!

हामिद ने हारनेवाले के आँसू पोंछे—'मैं तुम्हें चिढ़ा रहा था, सच। यह लोहे का चिमटा भला इन खिलौनों की क्या बराबरी करेगा; मालूम होता है, अब बोले, अब बोले।'

लेकिन मोहसिन की पार्टी को इस दिलासे से संतोष नहीं हुआ। चिमटे का सिक्का खूब बैठ गया है। चिपका हुआ टिकट अब पानी से नहीं छूट

रहा है।

मोहसिन—'लेकिन इन खिलौनों के लिए कोई हमें दुआ तो न देगा।'

महमूद—'दुआ को लिए फिरते हो। उलटे मार न पड़े। अम्माँ जरूर कहेंगी कि मेले में मिट्टी के खिलौने तुम्हें मिले?'

हामिद को स्वीकार करना पड़ा कि खिलौनों को देखकर किसी की माँ इतनी खुश न होंगी, जितनी दादी चिमटे को देखकर होंगी। तीन पैसों ही में तो उसे सब कुछ करना था, और उन पैसों के इस उपयोग पर पछतावे की बिलकुल जरूरत न थी। फिर अब तो चिमटा रुस्तमे-हिन्द है और सभी खिलौनों का बादशाह।

रास्ते में महमूद को भूख लगी। उसके बाप ने केले खाने को दिये। महमूद ने केवल हामिद को साझी बनाया। उसके अन्य मित्र मुँह ताकते रह गये। यह उस चिमटे का प्रसाद था।

3

ग्यारह बजे सारे गाँव में हलचल मच गयी। मेलेवाले आ गये। मोहसिन की छोटी बहन ने दौड़कर भिश्ती उसके हाथ से छीन लिया और मारे खुशी के जो उछली, तो मियाँ भिश्ती नीचे आ रहे और सुरलोक सिधारे। इस पर भाई-बहन में मार-पीट हुई। दोनों खूब रोये। उनकी अम्माँ यह शोर सुनकर बिगड़ीं और दोनों को ऊपर से दो-दो चाँटे और लगाये।

मियाँ नूरे के वकील का अन्त उसके प्रतिष्ठानुकूल इससे ज्यादा गौरवमय हुआ। वकील जमीन पर या ताक पर तो नहीं बैठ सकता। उसकी मर्यादा का विचार तो करना ही होगा। दीवार में दो खूटियाँ गाड़ी गयीं। उन पर लकड़ी का एक पटरा रक्खा गया। पटरे पर कागज का कालीन बिछाया गया। वकील साहब राजा भोज की भाँति सिंहासन पर विराजे। नूरे ने उन्हें पंखा झलना शुरू किया। अदालतों में खस की टट्टियाँ और बिजली के पंखे रहते हैं। क्या यहाँ मामूली पंखा भी न हो। कानून की गर्मी दिमाग पर चढ़ जायेगी कि नहीं। बाँस का पंखा आया और नूरे हवा करने लगे। मालूम नहीं, पंखे की हवा से या पंखे की चोट से वकील साहब स्वर्गलोक से मर्त्यलोक में आ रहे और उनका माटी का चोला माटी में मिल गया! फिर बड़े जोर-शोर से मातम हुआ और वकील साहब की अस्थि घूर पर डाल दी गयी।

अब रहा महमूद का सिपाही। उसे चटपट गाँव का पहरा देने का चार्ज मिल गया; लेकिन पुलिस का सिपाही कोई साधारण व्यक्ति तो था नहीं; जो अपने पैरों चले। वह पालकी पर चलेगा। एक टोकरी आयी, उसमें कुछ लाल रंग के फटे-पुराने चिथड़े बिछाये गये, जिसमें सिपाही साहब आराम से लेटे। नूरे ने यह टोकरी उठायी और अपने द्वार का चक्कर लगाने लगे। उनके दोनों छोटे भाई सिपाही की तरफ से 'छोनेवाले, जागते लहो' पुकारते चलते हैं। मगर रात तो अँधेरी ही होनी चाहिए। महमूद को ठोकर लग जाती है। टोकरी उसके हाथ से छूटकर गिर पड़ती है और मियाँ सिपाही अपनी बन्दूक लिये जमीन पर आ जाते हैं और उनकी एक टाँग में विकार आ जाता है। महमूद को आज ज्ञात हुआ कि वह अच्छा डाक्टर है। उसको ऐसा मरहम मिल गया है, जिससे वह टूटी टाँग को आनन-फानन जोड़ सकते हैं। केवल गूलर का दूध चाहिए। गूलर का दूध आता है। टाँग जोड़ दी जाती है; लेकिन सिपाही को ज्योंही खड़ा किया जाता है, टाँग जवाब दे जाती है। शल्यक्रिया असफल हुई, तब उसकी दूसरी टाँग भी तोड़ दी जाती है। अब कम-से-कम एक जगह आराम से बैठ तो सकता है। एक टाँग से तो न चल सकता था न, बैठ सकता था। अब वह सिपाही संन्यासी हो गया है। अपनी जगह पर बैठा-बैठा पहरा देता है। कभी-कभी देवता भी बन जाता है। उसके सिर का झालरदार साफा खुरच दिया गया है। अब उसका जितना रूपान्तर चाहो, कर सकते हो। कभी-कभी तो उससे बाट का काम भी लिया जाता है।

अब मियाँ हामिद का हाल सुनिए। अमीना उसकी आवाज सुनते ही दौड़ी और उसे गोद में उठाकर प्यार करने लगी। सहसा उसके हाथ में चिमटा देखकर वह चौंकी।

'यह चिमटा कहाँ था?'

'मैंने मोल लिया है।'

'कै पैसे में?'

'तीन पैसे दिये।'

अमीना ने छाती पीट ली। यह कैसा बेसमझ लड़का है कि दो पहर हुआ, कुछ खाया न पिया। लाया क्या यह चिमटा! सारे मेले में तुझे और कोई चीज न मिली, जो यह लोहे का चिमटा उठा लाया।

हामिद ने अपराधी भाव से कहा—'तुम्हारी उँगलियाँ तवे से जल जाती

थीं; इसलिए मैंने इसे ले लिया।'

बुढ़िया का क्रोध तुरन्त स्नेह में बदल गया, और स्नेह भी वह नहीं, जो प्रगल्भ होता है और अपनी सारी कसक शब्दों में बिखेर देता है। यह मूक स्नेह था, खूब ठोस, रस और स्वाद से भरा हुआ। बच्चे में कितना त्याग, कितना सद्भाव और कितना विवेक है! दूसरों को खिलौने लेते और मिठाई खाते देखकर इसका मन कितना ललचाया होगा। इतना जब्त इससे हुआ कैसे? वहाँ भी इसे अपनी बुढ़िया दादी की याद बनी रही। अमीना का मन गद्गद् हो गया।

और अब एक बड़ी विचित्र बात हुई। हामिद के इस चिमटे से भी विचित्र। बच्चे हामिद ने बूढ़े हामिद का पार्ट खेला था। बुढ़िया अमीना बालिका अमीना बन गयी। वह रोने लगी। दामन फैलाकर हामिद को दुआएँ देती जाती थी और आँसू की बड़ी-बड़ी बूँदें गिराती जाती थी। हामिद इसका रहस्य क्या समझता!!

बेटों वाली विधवा

पण्डित अयोध्यानाथ का देहान्त हुआ तो सबने कहा, ईश्वर आदमी को ऐसी ही मौत दे। चार जवान बेटे थे, एक लड़की। चारों लड़कों के विवाह हो चुके थे, केवल लड़की क्वाँरी थी। सम्पत्ति भी काफी छोड़ी। एक पक्का मकान, दो बगीचे, कई हजार के गहने और बीस हजार नकद। विधवा फूलमती को वह शोक तो हुआ और कई दिन तक वह बेहाल रही; लेकिन जवान बेटों को सामने देखकर उसे ढाढ़स हुआ। चारों लड़के एक-से-एक सुशील, चारों बहुएँ एक-से-एक बढ़ कर आज्ञाकारिणी। जब वह रात को लेटती तो चारों बारी-बारी से उसके पाँव दबातीं। वह स्नान करके उठती, तो साड़ी छाँटतीं। सारा घर उसके इशारे पर चलता था। बड़ा लड़का कामता एक दफ्तर में 5०/- पर नौकर था, छोटा उमानाथ डाक्टरी पास कर चुका था, और कहीं औषधालय खोलने की फिक्र में था, तीसरा दयानाथ बी०ए० में फेल हो गया था और पत्रिकाओं में लेख लिखकर कुछ-न-कुछ कमा लेता था, चौथा सीतानाथ चारों में सबसे कुशाग्र और होनहार था और अबकी साल बी०ए० प्रथम श्रेणी में पास करके एम०ए० की तैयारी में लगा हुआ था। किसी लड़के में वह दुर्व्यसन, वह छैलापन, वह लुटाऊपन न था, जो माता-पिता को जलाता और कुलमर्यादा को डुबाता है। फूलमती घर की मालकिन थी। गोकि कुंजियाँ बड़ी बहू के पास रहती थीं। बुढ़िया में वह अधिकार-प्रेम न था, जो वृद्धजनों को कटु और कलहशील बना दिया करता है; किन्तु उसकी इच्छा के बिना कोई बालक मिठाई तक न मँगा सकता था।

सन्ध्या हो गयी थी। पंडित को मरे आज बारहवाँ दिन था। कल तेरही है। ब्रह्मभोज होगा। बिरादरी के लोग निमन्त्रित होंगे। उसी की तैयारियाँ हो

रही थीं। फूलमती अपनी कोठरी में बैठी देख रही थी कि पल्लेदार बोरे में आटा लाकर रख रहे हैं। घी के टिन आ रहे हैं। शाक-भाजी के टोकरे, शक्कर की बोरियाँ, दही के मटके चले आ रहे हैं। महापात्र के लिए दान की चीजें लायी गयीं—बर्तन, कपड़े, पलंग, बिछावन, छाते, जूते, छड़ियाँ, लालटेनें आदि किन्तु फूलमती को कोई चीज नहीं दिखायी गयी। नियमानुसार ये सब सामान उसके पास आने चाहिये थे। वह प्रत्येक वस्तु को देखती, उसे पसन्द करती, उसकी मात्रा में कमी-बेशी का फैसला करती, तब इन चीजों को भण्डारे में रक्खा जाता। क्यों उसे दिखाने और उसकी राय लेने की जरूरत नहीं समझी गयी? अच्छा! वह आटा तीन ही बोरा क्यों आया? उसने तो पाँच बोरों के लिए कहा था। घी भी पाँच ही कनस्तर है। उसने तो दस कनस्तर मँगवाये थे। इसी तरह शाक-भाजी, शक्कर, दही आदि में भी कमी की गयी होगी। किसने उसके हुक्म में हस्तक्षेप किया? जब उसने एक बात तय कर दी, तब किसे उसको घटाने-बढ़ाने का अधिकार है।

आज चालीस वर्षों से घर के प्रत्येक मामले में फूलमती की बात सर्वमान्य थी। उसने सौ कहा तो सौ खर्च किये गये, एक कहा तो एक! किसी ने मीन-मेख न की। यहाँ तक कि पं० अयोध्यानाथ भी उसकी इच्छा के विरुद्ध कुछ न करते थे; पर आज उसकी आँखों के सामने प्रत्यक्ष रूप से उसके हुक्म की उपेक्षा की जा रही है! इसे वह क्योंकर स्वीकार कर सकती!

कुछ देर तक तो वह जब्त किये बैठी रही; पर अन्त में न रहा गया। स्वायत्त-शासन उसका स्वभाव हो गया था। वह क्रोध में भरी हुई आयी और कामतानाथ से बोली—'क्या आटा तीन ही बोरे लाये? मैंने तो पाँच बोरे के लिए कहा था। और घी भी पाँच ही टिन मँगवाया! तुम्हें याद है, मैंने दस कनस्तर कहा था? किफायत को मैं बुरा नहीं समझती; लेकिन जिसने यह कुआँ खोदा उसी की आत्मा पानी को तरसे, यह कितनी लज्जा की बात है!'

कामतानाथ ने क्षमा-याचना न की, अपनी भूल स्वीकार न की, लज्जित भी नहीं हुआ। एक मिनट तो विद्रोही भाव से खड़ा रहा, फिर बोला—'हम लोगों की सलाह तीन ही बोरों की हुई और तीन बोरे के लिए पाँच टिन घी काफी था। इसी हिसाब से और चीजें भी कम कर दी गयी हैं।'

फूलमती उग्र होकर बोली—'किसकी राय से आटा कम किया गया?'

'हम लोगों की राय से।'

'तो मेरी राय कोई चीज नहीं है?'

'है क्यों नहीं; लेकिन अपना हानि-लाभ तो हम भी समझते हैं।'

फूलमती हक्का-बक्का होकर उसका मुँह ताकने लगी। इस वाक्य का आशय उसकी समझ में न आया। अपना हानि-लाभ! अपने घर में हानि-लाभ की जिम्मेदार वह आप है। दूसरों को, चाहे वे उसके पेट के जन्मे पुत्र ही क्यों न हों; उसके कामों में हस्तक्षेप करने का क्या अधिकार? यह लौंडा तो इस ढिठाई से जवाब दे रहा है, मानो घर उसी का है, उसी ने मर-मर कर गृहस्थी जोड़ी है, मैं तो गैर हूँ! जरा इसकी हेकड़ी तो देखो!

उसने तमतमाये हुए मुख से कहा—'मेरे हानि-लाभ के जिम्मेदार तुम नहीं हो। मुझे अख्तियार है, जो उचित समझूँ वह करूँ। अभी जाकर दो बोरे आटा और पाँच टिन घी और लाओ और आगे के लिए खबरदार, जो किसी ने मेरी बात काटी।'

अपने विचार से उसने काफी तम्बीह कर दी थी। शायद इतनी कठोरता अनावश्यक थी। उसे अपनी उग्रता पर खेद हुआ। लड़के ही तो हैं, समझे होंगे, कुछ किफायत करनी चाहिए। मुझसे इसलिए न पूछा होगा कि अम्माँ तो खुद हरेक काम में किफायत किया करती हैं। अगर इन्हें मालूम होता, कि इस काम में मैं किफायत पसन्द न करूँगी; तो कभी इन्हें मेरी उपेक्षा करने का साहस न होता। यद्यपि कामतानाथ अब भी उसी जगह खड़ा था और उसकी भावभंगी से ऐसा ज्ञात होता था कि इस आज्ञा का पालन करने के लिए वह बहुत उत्सुक नहीं है, पर फूलमती निश्चिंत होकर अपनी कोठरी में चली गयी। इतनी तम्बीह पर भी किसी को उसकी अवज्ञा करने की सामर्थ्य हो सकती है, इसकी सम्भावना का ध्यान भी उसे न आया।

पर ज्यों-ज्यों समय बीतने लगा, उस पर यह हकीकत खुलने लगी कि इस घर में अब उसकी वह हैसियत नहीं रही, जो दस-बारह दिन पहले थी। सम्बन्धियों के यहाँ से नेवते में शक्कर, मिठाई, दही, आचार आदि आ रहे थे। बड़ी बहू इन वस्तुओं को स्वामिनी-भाव से सँभाल-सँभाल कर रख रही थी। कोई भी उससे पूछने नहीं आता। बिरादरी के लोग भी जो कुछ पूछते हैं, कामतानाथ से, या बड़ी बहू से। कामतानाथ कहाँ का बड़ा इन्तजामकार है, रात-दिन भंग पिये पड़ा रहता है। किसी तरह रो-धोकर दफ्तर चला जाता

है। उसमें भी महीने में पन्द्रह नागों से कम नहीं होते। वह तो कहो, साहब पंडित जी का लिहाज करता है, नहीं अब तक कभी का निकाल देता। और बड़ी बहू जैसी फूहड़ औरत भला इन बातों को क्या समझेगी। अपने कपड़े-लत्ते तक तो जतन से रख नहीं सकती, चली है गृहस्थी चलाने। भद होगी और क्या। सब मिलकर कुल की नाम कटवायेंगे। वक्त पर कोई-न-कोई चीज कम हो जायेगी। इन कामों के लिए बड़ा अनुभव चाहिए! कोई चीज तो इतनी ज्यादा बन जायेगी कि मारी-मारी फिरेगी। कोई चीज इतनी कम बनेगी कि किसी पत्तल पर पहुँचेगी, किसी पर नहीं। आखिर इन सबों को हो क्या गया है! अच्छा, बहू तिजोरी क्यों खोल रही है? वह मेरी आज्ञा के बिना तिजारी खोलने वाली कौन होती है। कुंजी उसके पास है अवश्य; लेकिन जब तक मैं रुपये न निकलवाऊँ, तिजोरी नहीं खोलती; आज तो इस तरह खोल रही है, मानो मैं कुछ हूँ ही नहीं। यह मुझसे न बर्दाश्त होगा?

वह झमककर उठी और बहू के पास जाकर कठोर स्वर में बोली—'तिजोरी क्यों खोलती हो बहू, मैंने तो खोलने को नहीं कहा?'

बड़ी बहू ने निस्संकोच भाव से उत्तर दिया—'बाजार से सामान आया है, तो दाम न दिया जायेगा?'

'कौन चीज किस भाव से आयी है और कितनी आयी है, यह मुझे कुछ नहीं मालूम! जब तक हिसाब-किताब न हो जाये, रुपये कैसे दिये जायें?'

'हिसाब-किताब सब हो गया है।'

'किसने किया?'

'अब मैं क्या जानूँ किसने किया? जाकर मरदों से पूछो। मुझे हुकुम मिला, रुपये लाकर दे दो, रुपये लिये जाती हूँ!'

फूलमती खून का घूँट पीकर रह गयी। इस वक्त बिगड़ने का अवसर न था। घर में मेहमान स्त्री-पुरुष भरे हुए थे। अगर इस वक्त उसने लड़कों को डाँटा, तो लोग यही कहेंगे कि इनके घर में पण्डित जी के मरते ही फूट पड़ गयी। दिल पर पत्थर रख कर फिर अपनी कोठरी में चली आयी। जब मेहमान बिदा हो जायेंगे, तब वह एक-एक की खबर लेगी। तब देखेगी, कौन उसके सामने आता है और क्या कहता है। इनकी सारी चौकड़ी भुला देगी।

किन्तु कोठरी के एकान्त में भी वह निश्चिंत न बैठी थी। सारी परिस्थिति को गिद्ध-दृष्टि से देख रही थी। कहाँ सत्कार का कौन-सा नियम भंग होता है, कहाँ मर्यादाओं की उपेक्षा की जाती है। भोज आरम्भ हो गया। सारी बिरादरी एक साथ पंगतों में बिठा दी गयी। आँगन में मुश्किल से दो सौ आदमी बैठ सकते हैं। ये पाँच सौ आदमी इतनी-सी जगह में कैसे बैठ जायेंगे? क्या आदमी के ऊपर आदमी बिठाये जायेंगे? दो पंगतों में लोग बिठाये जाते तो क्या बुराई हो जाती? यही तो होता कि बारह बजे की जगह भोज दो बजे समाप्त होता; मगर यहाँ तो सबको सोने की जल्दी पड़ी हुई है। किसी तरह यह बला सिर से टले और चैन से सोयें! लोग कितने सटकर बैठे हुए हैं कि किसी को हिलने की भी जगह नहीं। पत्तल एक-पर-एक रक्खे हुए हैं। पूरियाँ ठण्डी हो गयीं, लोग गरम-गरम माँग रहे हैं। मैदे की पूरियाँ ठण्डी होकर चिमड़ी हो जाती हैं। इन्हें कौन खायेगा? रसोइये को कढ़ाव पर से न जाने क्यों उठा दिया गया। यही सब बातें नाक कटाने की हैं।

सहसा शोर मचा, तरकारियों में नमक नहीं। बड़ी बहू जल्दी-जल्दी नमक पीसने लगी। फूलमती क्रोध के मारे ओठ चबा रही थी, पर इस अवसर पर मुँह न खोल सकती थी। बारे नमक पिसा और पत्तलों पर डाला गया। इतने में फिर शोर मचा—पानी गरम है, ठण्डा पानी लाओ। ठंडे पानी का कोई प्रबन्ध न था, बर्फ भी न मँगाई थी। आदमी बाजार दौड़ाया गया, मगर बाजार में इतनी रात गये बर्फ कहाँ! आदमी खाली हाथ लौट आया। मेहमानो को वही नल का गरम पानी पीना पड़ा। फूलमती का बस चलता, तो लड़कों का मुँह नोच लेती। ऐसी छीछालेदर उसके घर में कभी न हुई थी। उस पर सब मालिक बनने के लिए मरते हैं! बर्फ जैसी जरूरी चीज मँगवाने की भी किसी को सुधि न थी! सुधि कहाँ से रहे। जब किसी को गप लड़ाने से फुर्सत मिले। मेहमान अपने दिल में क्या कहेंगे कि चले हैं बिरादरी को भोज देने और घर में बर्फ तक नहीं!

अच्छा, फिर यह हलचल क्यों मच गयी! अरे, लोग पंगत से उठे जा रहे हैं। क्या मामला है?

फूलमती उदासीन न रह सकी। कोठरी से निकलकर बरामदे में आयी और कामतानाथ से पूछा—'क्या बात हो गयी लल्ला? लोग उठे क्यों जा रहे हैं?'

कामता ने कोई जवाब न दिया। वहाँ से खिसक गया। फूलमती झुँझला कर रह गयी। सहसा कहारिन मिल गयी। फूलमती ने उससे भी वही प्रश्न किया। मालूम हुआ, किसी के शोरबे में मरी हुई चुहिया निकल आयी। फूलमती चित्रलिखित-सी वहीं खड़ी रह गयी। भीतर ऐसा उबाल उठा कि दीवार से सिर टकरा ले। अभागे भोज का प्रबन्ध करने चले थे। इस फूहड़पन की कोई हद है, कितने आदमियों का धर्म सत्यानाश हो गया। फिर पंगत क्यों न उठ जाये? आँखों से देखकर अपना धर्म कौन गँवायेगा। हा! किया-धरा मिट्टी में मिल गया! सैकड़ों रुपये पर पानी फिर गया! बदनामी हुई वह अलग।

मेहमान उठ चुके थे। पत्तलों पर खाना ज्यों-का-त्यों पड़ा हुआ था। चारों लड़के आँगन में लज्जित खड़े थे। एक दूसरे को इलजाम दे रहा था। बड़ी बहू अपनी देवरानियों पर बिगड़ रही थी। देवरानियाँ सारा दोष कुमुद के सिर डालती थीं। कुमुद खड़ी रो रही थी। उसी वक्त फूलमती झल्लाई हुई आकर बोली—'मुँह में कालिख लगी कि नहीं? या अभी कुछ कसर बाकी है? डूब मरो सब-के-सब जाकर चुल्लू भर पानी में! शहर में कहीं मुँह दिखाने लायक भी नहीं रहे!'

किसी लड़के ने जवाब न दिया।

फूलमती और भी प्रचण्ड होकर बोली—'तुम लोगों को क्या। किसी को शर्म-हया तो है नहीं। आत्मा तो उनकी रो रही है; जिन्होंने अपनी जिन्दगी घर का मरजाद बनाने में खराब कर दी। उनकी पवित्र आत्मा को तुमने यों कलंकित किया। शहर में थुड़ी-थुड़ी हो रही है। अब कोई तुम्हारे द्वार पर पेशाब करने तो आयेगा नहीं।'

कामतानाथ कुछ देर तक तो चुपचाप खड़ा सुनता रहा। आखिर झुँझला कर बोला—'अच्छा; अब चुप रहो अम्माँ। भूल हुई, हम सब मानते हैं, बड़ी भयंकर भूल हुई; लेकिन क्या अब उसके लिए घर के प्राणियों को हलाल कर डालोगी? सभी से भूलें होती हैं। आदमी पछताकर रह जाता है। किसी की जान तो नहीं मारी जाती?'

बड़ी बहू ने अपनी सफ़ायी दी—'हम क्या जानते थे कि बीबी (कुमुद) से इतना-सा काम भी न होगा। इन्हें चाहिए था कि देखकर तरकारी कढ़ाव में डालतीं। टोकरी उठाकर कढ़ाव में डाल दी। इसमें हमारा क्या दोष!'

कामतानाथ ने पत्नी को डाँटा—'इसमें न कुमुद का कसूर है न तुम्हारा, न मेरा। संयोग की बात है। बदनामी भाग्य में लिखी थी वह हुई। इतने बड़े भोज में एक-एक मुट्ठी तरकारी कढ़ाव में नहीं डाली जाती! टोकरे-के-टोकरे उंडेल दिये जाते हैं। कभी-कभी ऐसी दुर्घटना हो ही जाती है, पर इसमें कैसी जग-हँसाई और कैसी नाक-कटाई। तुम खामखाह जले पर नमक छिड़कती हो।'

फूलमती ने दाँत पीसकर कहा—'शरमाते तो नहीं, उलटे और बेहयाई की बातें करते हो।'

कामता ने निःसंकोच होकर कहा—'शरमाऊँ क्यों, किसी की चोरी की है। चीनी में चींटे और आटे में घुन, यह नहीं देखे जाते। पहले हमारी निगाह न पड़ी, बस यही बात बिगड़ गयी। नहीं, चुपके से चुहिया निकालकर फेंक देते। किसी को खबर तक न होती।'

फूलमती ने चकित होकर कहा—'क्या कहता है, मरी चुहिया खिलाकर सबका धर्म बिगाड़ देता।'

कामता हँसकर बोला—'क्या पुराने जमाने की बातें करती हो अम्माँ? इन बातों से धर्म नहीं जाता। यह धर्मात्मा लोग जो पत्तल पर से उठ गये हैं, इनमें ऐसा कौन है जो भेड़-बकरी का मांस न खाता हो? तालाब के कछुए और घोंघे तक तो किसी से बचते नहीं। जरा-सी चुहिया में क्या रक्खा था।'

फूलमती को ऐसा प्रतीत हुआ कि अब प्रलय आने में बहुत देर नहीं है। जब पढ़े-लिखे आदमियों के मन में ऐसे अधार्मिक भाव आने लगें, तो फिर धर्म की भगवान ही रक्षा करे। अपना-सा मुँह लेकर चली गयी।

2

दो महीने गुजर गये हैं। रात का समय है। चारों भाई दिन के काम से छुट्टी पाकर कमरे में बैठे गप-शप कर रहे हैं। बड़ी बहू भी षड्यन्त्र में शरीक है। कुमुद के विवाह का प्रश्न छिड़ा हुआ है।

कामतानाथ ने मसनद पर टेक लगाते हुए कहा—'दादा की बात दादा के साथ गयी। मुरारी पंडित विद्वान भी हैं और कुलीन भी होंगे। लेकिन जो आदमी अपनी विद्या और कुलीनता को रुपयों पर बेचे, वह नीच है, ऐसे

नीच आदमी के लड़के से हम कुमुद का विवाह सेंत में भी न करेंगे, पाँच हजार दहेज तो दूर की बात है। उसे बताओ धता और किसी दूसरे वर की तलाश करो। हमारे पास कुल बीस हजार ही तो हैं। एक-एक हिस्से में पाँच-पाँच हजार आते हैं। पाँच हजार दहेज में दे दें, और पाँच हजार नेग-न्योछावर, बाजे-गाजे में उड़ा दें तो फिर हमारी तो बधिया ही बैठ जायेगी।'

उमानाथ बोले—'मुझे अपना औषधालय खोलने के लिए कम-से-कम पाँच हजार की जरूरत है। मैं अपने हिस्से में से एक पाई भी नहीं दे सकता। फिर खुलते ही आमदनी तो होगी नहीं। कम-से-कम साल-भर घर से खाना पड़ेगा।'

दयानाथ एक समाचार-पत्र देख रहे थे। आँखों से ऐनक उतारते हुए बोले—'मेरा विचार भी एक पत्र निकालने का है। प्रेस और पत्र में कम-से-कम दस हजार की कैपिटल चाहिए। पाँच हजार मेरे रहेंगे, तो कोई-न-कोई साझेदार पाँच हजार का मिल जायेगा। पत्रों में लेख लिखकर मेरा निर्वाह नहीं हो सकता।'

कामतानाथ ने सिर हिलाते हुए कहा—'अजी, राम भजो, सेंत में कोई लेख छापता नहीं; रुपये कौन दिये देता है।'

दयानाथ ने प्रतिवाद किया—'नहीं, यह बात तो नहीं है। मैं तो कहीं भी बिना पेशगी पुरस्कार लिये नहीं लिखता।'

कामता ने जैसे अपने शब्द वापस लिये—'तुम्हारी बात मैं नहीं कहता भाई! तुम तो थोड़ा-बहुत मार लेते हो; लेकिन सबको तो नहीं मिलता।'

बड़ी-बहू ने श्रद्धा-भाव से कहा—'कन्या भाग्यवान हो, तो दरिद्र घर में भी सुखी रह सकती है। अभागी हो, तो राजा के घर में भी रोयेगी। यह सब नसीबों का खेल है।'

कामतानाथ ने स्त्री की ओर प्रशंसा भाव से देखा—'फिर इसी साल हमें सीता का विवाह भी करना है।'

सीतानाथ सबसे छोटा था। सिर झुकाये भाइयों की स्वार्थ-भरी बातें सुन-सुनकर कुछ कहने के लिए उतावला हो रहा था। अपना नाम सुनते ही बोला—'मेरे विवाह की आप लोग चिन्ता न करें। मैं जब तक किसी धन्धे में न लग जाऊँगा, विवाह का नाम भी न लूँगा, और सच पूछिए तो मैं विवाह करना नहीं चाहता। देश को इस समय बालकों की जरूरत नहीं, काम करने

वालों की जरूरत है। मेरे हिस्से के रुपये आप कुमुद के विवाह में खर्च कर दें। सारी बातें तय हो जाने के बाद यह उचित नहीं कि पंडित मुरारीलाल से सम्बन्ध तोड़ लिया जाये।'

उमा ने तीव्र स्वर में कहा—'दस हजार कहाँ से आयेंगे?'

सीता ने डरते हुए कहा— 'मैं तो अपने हिस्से के रुपये देने कहता हूँ।'

'और शेष?'

'मुरारीलाल से कहा जाये कि दहेज में कुछ कमी कर दें। वह इतने स्वार्थांध नहीं हैं कि इस अवसर पर कुछ बल खाने के तैयार न हो जायें; अगर वह तीन हजार में सन्तुष्ट हो जायें, तो पाँच हजार में विवाह हो सकता है।'

उमा ने कामतानाथ से कहा—'सुनते हैं भाई साहब, इनकी बातें?'

दयानाथ बोल उठे—'तो इसमें आप लोगों का क्या नुकसान है। यह अपने रुपये दे रहे हैं, खर्च कीजिए। मुरारी पंडित से हमारा कोई बैर नहीं है। मुझे तो इस बात से खुशी हो रही है कि भला हममें कोई तो त्याग करने योग्य है। इन्हें तत्काल रुपये की जरूरत नहीं है। सरकार से वजीफा पाते ही हैं। पास होने पर कहीं-न-कहीं जगह मिल जायेगी। हम लोगों की हालत तो ऐसी नहीं।'

कामतानाथ ने दूरदर्शिता का परिचय दिया—'नुकसान की एक ही कही। हममें से एक को कष्ट हो, तो क्या और लोग बैठे देखेंगे? यह अभी लड़के हैं, इन्हें क्या मालूम समय पर एक रुपया एक लाख का काम करता है? कौन जानता है, कल इन्हें विलायत जाकर पढ़ने के लिये सरकारी वजीफा मिल जाये, या सिविल सर्विस में आ जायें। उस वक्त सफर की तैयारियों में चार-पाँच हजार लग जायेंगे। तब किसके सामने हाथ फैलाते फिरेंगे? मैं यह नहीं चाहता कि दहेज के पीछे इनकी जिन्दगी नष्ट हो जाये।'

इस तर्क ने सीतानाथ को भी तोड़ लिया। सकुचाता हुआ बोला—'हाँ, यदि ऐसा हुआ तो बेशक मुझे रुपये की जरूरत होगी।'

'क्या ऐसा होना असम्भव है?'

'असम्भव तो मैं नहीं समझता, लेकिन कठिन अवश्य है। वजीफे उन्हें मिलते हैं, जिनके पास सिफारिशें होती हैं, मुझे कौन पूछता है।'

'कभी-कभी सिफारिशें धरी रह जाती हैं और बिना सिफारिश वाले बाजी मार ले जाते हैं।'

'तो आप जैसा उचित समझें। मुझे यहाँ तक मंजूर है कि चाहे मैं विलायत न जाऊँ, पर कुमुद अच्छे घर जाये।'

कामतानाथ ने निष्ठा-भाव से कहा—'अच्छा घर दहेज देने से नहीं मिलता भैया! जैसा तुम्हारी भाभी ने कहा, यह नसीबों का खेल है। मैं तो चाहता हूँ कि मुरारीलाल को जवाब दे दिया जाये और कोई ऐसा वर खोजा जाये, जो थोड़े में राजी हो जाये। इस विवाह में मैं एक हजार से ज्यादा नहीं खर्च कर सकता। पंडित दीनदयाल कैसे हैं?'

उमा ने प्रसन्न होकर कहा—'बहुत अच्छे। एम०ए०, बी०ए० न सही, जजमानी से अच्छी आमदनी है।'

दयानाथ ने आपत्ति की—'अम्माँ से भी तो पूछ लेना चाहिए।'

कामतानाथ को इसकी कोई जरूरत न मालूम हुई। बोले—'उनकी तो जैसे बुद्धि ही भ्रष्ट हो गयी है। वही पुराने युग की बातें! मुरारीलाल के नाम पर उधार खाये बैठी हैं। यह नहीं समझती कि वह जमाना नहीं रहा। उनको तो बस कुमुद मुरारी पंडित के घर जाये, चाहे हम लोग तबाह हो जायें।'

उमा ने एक शंका उपस्थित की—'अम्माँ अपने सब गहने कुमुद को दे देंगी, देख लीजिएगा।'

कामतानाथ का स्वार्थ नीति से विद्रोह न कर सका। बोले—'गहनों पर उनका पूरा अधिकार है। यह उनका स्त्री-धन है। जिसे चाहें दे सकती हैं।'

उमा ने कहा—'स्त्री-धन है तो क्या वह उसे लुटा देंगी। आखिर वह भी तो दादा ही की कमाई है।'

'किसी की कमाई हो। स्त्री-धन पर उनका पूरा अधिकार है।'

'यह कानूनी गोरखधन्धे हैं। बीस हजार में तो चार हिस्सेदार हों और दस हजार के गहने अम्माँ के पास रह जायें। देख लेना, इन्हीं के बल पर वह कुमुद का विवाह मुरारी पंडित के घर करेंगी।'

उमानाथ इतनी बड़ी रकम को इतनी आसानी से नहीं छोड़ सकता। वह कपट-नीति में कुशल है। कोई कौशल रचकर माता से सारे गहने ले लेगा। उस वक्त तक कुमुद के विवाह की चर्चा करके फूलमती को

भड़काना उचित नहीं। कामतानाथ ने सिर हिलाकर कहा—'भई, मैं इन चालों को पसन्द नहीं करता।'

उमानाथ ने खिसियाकर कहा—'गहने दस हजार से कम के न होंगे।'

कामतानाथ अविचलित स्वर में बोले—'कितने ही के हों, मैं अनीति में हाथ नहीं डालना चाहता।'

'तो आप अलग बैठिए। हाँ, बीच में भाँजी न मारियेगा!'

'मैं अलग रहूँगा।'

'और तुम सीता?'

'मैं भी अलग रहूँगा।'

लेकिन जब दयानाथ से यही प्रश्न किया गया; तो वह उमानाथ से सहयोग करने को तैयार हो गया। दस हजार में ढाई हजार तो उसके होंगे ही। इतनी बड़ी रकम के लिए यदि कुछ कौशल भी करना पड़े तो क्षम्य है।

3

फूलमती रात का भोजन करके लेटी थीं कि उमा और दया उसके पास जाकर बैठ गये। दोनों ऐसा मुँह बनाये हुए थे, मानो कोई भारी विपत्ति आ पड़ी है। फूलमती ने सशंक होकर पूछा—'तुम दोनों घबड़ाये हुए मालूम होते हो!'

उमा ने सिर खुजलाते हुए कहा—'समाचार-पत्रों में लेख लिखना बड़े जोखिम का काम है अम्माँ। कितना ही बचकर लिखो; लेकिन कहीं-न-कहीं पकड़ हो ही जाती है। दयानाथ ने एक लेख लिखा था। उस पर पाँच हजार की जमानत माँगी गयी है! अगर कल तक जमानत न जमा कर दी गयी, तो गिरफ्तार हो जायेंगे और दस साल की सजा ठुक जायेगी!'

फूलमती ने सिर पीटकर कहा—'तो ऐसी बातें क्यों लिखते हो बेटा, जानते नहीं हो आजकल हमारे अदिन आये हुए हैं। जमानत किसी तरह टल नहीं सकती?'

दयानाथ ने अपराधी भाव से उत्तर दिया—'मैंने तो अम्माँ ऐसी कोई बात नहीं लिखी थी; लेकिन किस्मत को क्या करूँ। हाकिम जिला इतना कड़ा है कि जरा भी रियायत नहीं करता। मैंने जितनी दौड़-धूप हो सकती

थी, वह सब कर ली।'

'तो तुमने कामता से रुपये का प्रबन्ध करने को नहीं कहा?'

उमा ने मुँह बनाया—'उनका स्वभाव तो तुम जानती हो अम्माँ, उन्हें रुपये प्राणों से प्यारे हैं। उन्हें चाहे कालापानी ही हो जाये; वह एक पाई न देंगे!'

दयानाथ ने समर्थन किया—'मैंने तो उनसे इसका जिक्र ही नहीं किया।'

फूलमती ने चारपाई से उठते हुए कहा—'चलो, मैं कहती हूँ, देगा कैसे नहीं? रुपये इसी दिन के लिए होते हैं कि गाड़कर रखने के लिए?'

उमानाथ ने माता को रोककर कहा—'नहीं अम्माँ, उनसे कुछ न कहो। रुपये तो न देंगे, उल्टे और हाय-हाय मचायेंगे। उनको अपनी नौकरी की खैरियत मनानी है, इन्हें घर में रहने भी न देंगे। अफसरों में जाकर खबर दे दें तो आश्चर्य नहीं।'

फूलमती ने लाचार होकर कहा—'तो फिर जमानत का क्या प्रबन्ध करोगे? मेरे पास तो कुछ नहीं है। हाँ, मेरे गहने हैं, इन्हें ले जाव, कहीं गिरो रखकर जमानत दे दो। और आज से कान पकड़ो कि किसी पत्र में एक शब्द भी न लिखोगे।'

दयानाथ कानों पर हाथ रखकर बोला—'यह तो नहीं हो सकता अम्माँ, कि तुम्हारे जेवर लेकर मैं अपनी जान बचाऊँ। दस-पाँच साल की कैद ही तो होगी, झेल लूँगा। यहीं बैठा-बैठा क्या कर रहा हूँ।'

फूलमती छाती पीटते हुए बोली—'कैसी बातें मुँह से निकालते हो बेटा, मेरे जीते जी तुम्हें कौन गिरफ्तार कर सकता है? उसका मुँह झुलस दूँगी। गहने इसी दिन के लिए हैं या और किसी दिन के लिए। जब तुम्हीं न रहोगे, तो गहने लेकर क्या आग में झोंकूँगी।'

उसने पिटारी लाकर उसके सामने रख दी।

दया ने उमा की ओर जैसे फरियाद की आँखों से देखा, और बोला—'आपकी क्या राय है भाई साहब? इसी मारे मैं कहता था, अम्माँ को जताने की जरूरत नहीं। जेल ही तो हो जाता या और कुछ।'

उमा ने जैसे सिफारिश करते हुए कहा—'यह कैसे हो सकता था कि

इतनी बड़ी वारदात हो जाती और अम्माँ को खबर न होती। मुझसे यह नहीं हो सकता था कि सुनकर पेट में डाल लेता; मगर अब करना क्या चाहिए; यह मैं खुद निर्णय नहीं कर सकता। न तो यही अच्छा लगता है कि तुम जेल जाओ और न यही अच्छा लगता है कि अम्माँ के गहने गिरो रखे जायें।'

फूलमती ने व्यथित कण्ठ से पूछा—'क्या तुम समझते हो मुझे गहने तुमसे ज्यादा प्यारे हैं। मैं तो अपने प्राण तक तुम्हारे ऊपर न्यौछावर कर दूँ, गहनों की बिसात ही क्या है।'

दया ने दृढ़ता से कहा—'अम्माँ तुम्हारे गहने तो न लूँगा, चाहे मुझ पर कुछ ही क्यों न आन पड़े। जब आज तक तुम्हारी कुछ सेवा न कर सका; तो किस मुँह से तुम्हारे गहने उठा ले जाऊँ। मुझ जैसे कपूत को तो तुम्हारी कोख से जन्म ही न लेना चाहिए था। सदा तुम्हें कष्ट देता रहा।'

फूलमती ने भी उतनी ही दृढ़ता से कहा—'तुम अगर यों न लोगे; तो मैं खुद जाकर इन्हें गिरो रख दूँगी और खुद हाकिम जिला के पास जाकर जमानत जमा कर आऊँगी; अगर इच्छा हो तो यह परीक्षा भी ले लो। आँखें बन्द हो जाने के बाद क्या होगा, भगवान जानें; लेकिन जब तक जीती हूँ, तुम्हारी ओर कोई तिरछी आँखों से देख नहीं सकता।'

उमानाथ ने मानो माता पर एहसान रखकर कहा—'अब तो हमारे लिए कोई रास्ता नहीं रहा दयानाथ। क्या हरज है, ले लो; मगर याद रक्खो, ज्योंही हाथ में रुपये आ जायें गहने छुड़ाने पड़ेंगे। सच कहते हैं, मातृत्व दीर्घ तपस्या है। माता के सिवाय इतना स्नेह कौन कर सकता है। हम बड़े अभागे हैं कि माता के प्रति जितनी श्रद्धा रखनी चाहिए उसका शतांश भी नहीं रखते।'

दोनों ने जैसे बड़े धर्म-संकट में पड़कर गहनों की पिटारी सँभाली और चलते बने। माता वात्सल्य-भरी आँखों से उनकी ओर देख रही थी, और उसकी सम्पूर्ण आत्मा का आशीर्वाद जैसे उन्हें अपनी गोद में समेट लेने के लिए व्याकुल हो रहा था। आज कई महीने के बाद उनके भग्न मातृहृदय को अपना सर्वस्व अर्पण करके जैसे आनन्द की विभूति मिली। उसकी स्वामिनी-कल्पना इसी त्याग के लिए, इसी आत्म-समर्पण के लिए जैसे कोई मार्ग ढूँढ़ती रहती थी। अधिकार या लोभ या ममता की वहाँ गन्ध तक न थी। त्याग ही उसका आनन्द और त्याग ही उसका अधिकार है। आज अपना

खोया हुआ अधिकार पाकर, अपनी सिरजी हुई प्रतिमा पर अपने प्राणों की भेंट करके वह निहाल हो गयी।

4

तीन महीने और गुजर गये। माँ के गहनों पर हाथ साफ करके चारों भाई उसकी दिलजोई करने लगे थे। अपनी स्त्रियों को भी समझाते रहते थे कि उसका दिल न दुखायें। अगर थोड़े शिष्टाचार से उसकी आत्मा को शान्ति मिलती है, तो इसमें क्या हानि है। चारों करते अपने मन की, पर माता से सलाह ले लेते। या ऐसा जाल फैलाते कि वह सरला उनकी बातों में आ जाती और हरएक काम में सहमत हो जाती। बाग को बेचना उसे बहुत बुरा लगता था; लेकिन चारों ने ऐसी माया रची कि वह उसे बेचने पर राजी हो गयी; किन्तु कुमुद के विवाह के विषय में मतैक्य न हो सका। माँ पं० मुरारीलाल पर जमी हुई थी, लड़के दीनदयाल पर अड़े हुए थे। एक दिन आपस में कलह हो गया।

फूलमती ने कहा—'माँ-बाप की कमाई में बेटी का हिस्सा भी है। तुम्हें सोलह हजार का एक बाग मिला, पच्चीस हजार का एक मकान। बीस हजार नकद में क्या पाँच हजार भी कुमुद का हिस्सा नहीं है?'

कामता ने नम्रता से कहा—'अम्माँ, कुमुद आपकी लड़की है, तो हमारी बहिन है। आप दो-चार साल में प्रस्थान कर जायेंगी, पर हमारा और उसका बहुत दिनों तक सम्बन्ध रहेगा। तब यथाशक्ति कोई ऐसी बात न करेंगे, जिससे उसका अमंगल हो; लेकिन हिस्से की बात कहती हो; तो कुमुद का हिस्सा कुछ नहीं। दादा जीवित थे तब और बात थी। वह उसके विवाह में जितना चाहते खर्च करते। कोई उनका हाथ न पकड़ सकता था; लेकिन अब तो हमें एक-एक पैसे की किफायत करनी पड़ेगी, जो काम एक हजार में हो जाये उसके लिए पाँच हजार खर्च करना कहाँ की बुद्धिमानी है।'

उमानाथ ने सुधारा—'पाँच हजार क्यों, दस हजार कहिए!'

कामता ने भवें सिकोड़कर कहा—'नहीं, मैं पाँच हजार ही कहूँगा। एक विवाह में पाँच हजार खर्च करने की हमारी हैसियत नहीं है।'

फूलमती ने जिद पकड़कर कहा—'विवाह तो मुरारीलाल के पुत्र से ही होगा; चाहे पाँच हजार खर्च हों, चाहे दस हजार। मेरे पति की कमाई है।

मैंने मर-मर कर जोड़ा है। अपनी इच्छा से खर्च करूँगी। तुम्हीं ने मेरी कोख से नहीं जन्म लिया है। कुमुद भी उसी कोख से आयी है। मेरी आँखों में तुम सब बराबर हो। मैं किसी से कुछ माँगती नहीं। तुम बैठे तमाशा देखो, मैं सब कुछ कर लूँगी, बीस हजार में पाँच हजार कुमुद का है।'

कामतानाथ को अब कड़वे सत्य की शरण लेने के सिवा और कोई मार्ग न रहा। बोला—'अम्माँ, तुम बरबस बात बढ़ाती हो। जिन रुपयों को तुम अपना समझती हो, वह तुम्हारे नहीं हैं, हमारे हैं। तुम हमारी अनुमति के बिना उनमें से कुछ नहीं खर्च कर सकतीं।'

फूलमती को जैसे सर्प ने डस लिया—'क्या कहा! फिर तो कहना! मैं अपने ही संचे रुपये अपनी इच्छा से नहीं खर्च कर सकती!!'

'वह रुपये तुम्हारे नहीं रहे, हमारे हो गये।'

'तुम्हारे होंगे, लेकिन मेरे मरने के पीछे।'

'नहीं, दादा के मरते ही हमारे हो गये।'

उमानाथ ने बेहयाई से कहा— 'अम्माँ कानून-कायदा तो जानती नहीं, नाहक उलझती हैं।'

फूलमती क्रोध-विह्वल होकर बोली—'भाड़ में जाये तुम्हारा कानून। मैं ऐसे कानून को नहीं मानती। तुम्हारे दादा ऐसे कोई बड़े धन्नासेठ न थे। मैंने ही पेट और तन काटकर यह गृहस्थी जोड़ी है, नहीं आज बैठने को छाँह न मिलती! मेरे जीते-जी तुम मेरे रुपये नहीं छू सकते। मैंने तीन भाइयों के विवाह में दस-दस हजार खर्च किये हैं। वही मैं कुमुद के विवाह में भी खर्च करूँगी।'

कामतानाथ भी गर्म पड़ा—'आपको कुछ भी खर्च करने का अधिकार नहीं है।'

उमानाथ ने बड़े भाई को डाँटा, आप खामख्वाह अम्माँ के मुँह लगते हैं भाई साहब! मुरारीलाल को पत्र लिख दीजिए कि तुम्हारे यहाँ कुमुद का विवाह न होगा। बस, छुट्टी हुई। यह कायदा-कानून तो जानती नहीं, व्यर्थ की बहस करती हैं।

फूलमती ने संयमित स्वर में कहा—'अच्छा, क्या कानून है, जरा मैं भी सुनूँ?'

उमा ने निरीह भाव से कहा—'कानून यही है कि बाप के मरने के बाद जायदाद बेटों की हो जाती है। माँ का हक केवल रोटी-कपड़े का है!'

फूलमती ने तड़पकर पूछा—'किसने यह कानून बनाया है?'

उमा शान्त-स्थिर स्वर में बोला—'हमारे ऋषियों ने, महाराज मनु ने, और किसने?'

फूलमती एक क्षण अवाक् रहकर आहत कण्ठ से बोली—'तो इस घर में मैं तुम्हारे टुकड़ों पर पड़ी हुई हूँ?'

उमानाथ ने न्यायाधीश की निर्ममता से कहा—'तुम जैसा समझो।'

फूलमती की सम्पूर्ण आत्मा मानो इस वज्रपात से चीत्कार करने लगी। उसके मुख से जलती हुई चिंगारियों की भाँति यह शब्द निकल पड़े—'मैंने घर बनवाया; मैंने सम्पत्ति जोड़ी, मैंने तुम्हें जन्म दिया, पाला और आज मैं इस घर में गैर हूँ? मनु का यही कानून है और तुम उसी कानून पर चलना चाहते हो? अच्छी बात है। अपना घर-द्वार लो। मुझे तुम्हारी आश्रिता बन कर रहना स्वीकार नहीं! इससे कहीं अच्छा है कि मर जाऊँ। वाह रे अन्धेर! मैंने पेड़ लगाया और मैं ही उसकी छाँह में खड़ी हो नहीं सकती; अगर यही कानून है, तो इसमें आग लग जाये।'

चारों युवकों पर माता के इस क्रोध और आतंक का कोई असर न हुआ। कानून का फौलादी कवच उनकी रक्षा कर रहा था। इन काँटों का उन पर क्या असर हो सकता था।

जरा देर में फूलमती उठकर चली गयी। आज जीवन में पहली बार उसका वात्सल्य-भग्न मातृत्व अभिशाप बनकर उसे धिक्कारने लगा। जिस मातृत्व को उसने जीवन की विभूति समझा था, जिसके चरणों पर वह सदैव अपनी समस्त अभिलाषाओं और कामनाओं को अर्पित करके अपने को धन्य मानती थी, वही मातृत्व आज उसे अग्निकुण्ड-सा जान पड़ा, जिसमें उसका जीवन जलकर भस्म हो रहा था।

सन्ध्या हो गयी थी। द्वार पर नीम का वृक्ष सिर झुकाये निस्तब्ध खड़ा था, मानो संसार की गति पर क्षुब्ध हो रहा हो। अस्ताचल की ओर प्रकाश और जीवन का देवता फूलमती के मातृत्व की ही भाँति अपनी चिता में जल रहा था।

5

फूलमती अपने कमरे में जाकर लेटी, तो उसे मालूम हुआ, उसकी कमर टूट गयी है। पति के मरते ही अपने पेट के लड़के उसके शत्रु हो जायेंगे, उसको स्वप्न में भी गुमान न था। जिन लड़कों को उसने अपना हृदय-रक्त पिला-पिलाकर पाला, वही आज उसके हृदय पर यों आघात कर रहे हैं! अब वह घर उसे काँटों की सेज हो रहा था। जहाँ उसकी कुछ कद्र नहीं, कुछ गिनती नहीं, वहाँ अनाथों की भाँति पड़ी रोटियाँ खाये, यह उसकी अभिमानी प्रकृति के लिए असह्य था।

पर उपाय ही क्या था। वह लड़कों से अलग होकर रहे भी तो नाक किसकी कटेगी! संसार उसे थूके तो क्या, और लड़कों को थूके तो क्या, बदनामी तो उसी की है। दुनिया यही तो कहेगी कि चार जवान बेटों के होते बुढ़िया अलग पड़ी हुई मजूरी करके पेट पाल रही है। जिन्हें उसने हमेशा नीच समझा, वही उस पर हँसेंगे। नहीं, वह अपमान इस अनादर से कहीं ज्यादा हृदयविदारक था। अब अपना और घर का परदा ढँका रखने में ही कुशल है। हाँ, अब उसे अपने को नई परिस्थितियों के अनुकूल बनाना पड़ेगा। समय बदल गया है। अब तक स्वामिनी बनकर रही, अब लौंडी बनकर रहना पड़ेगा। ईश्वर की यही इच्छा है, अपने बेटों की बातें और लातें गैरों की बातों और लातों की अपेक्षा फिर भी गनीमत है।

वह बड़ी देर तक मुँह ढाँपे अपनी दशा पर रोती रही। सारी रात इसी आत्मवेदना में कट गयी। शरद का प्रभात डरता-डरता ऊषा की गोद से निकला, जैसे कोई कैदी छिपकर जेल से भाग आया हो। फूलमती अपने नियम के विरुद्ध आज तड़के ही उठी, रात भर में उसका मानसिक परिवर्तन हो चुका था। सारा घर सो रहा था और वह आँगन में झाड़ू लगा रही थी। रात ओस में भीगी हुई पक्की जमीन उसके नंगे पैरों में काँटों की तरह चुभ रही थी। पंडितजी उसे कभी इतने सबेरे उठने न देते थे। शीत उसके लिए बहुत हानिकर थी। पर अब वह दिन नहीं। प्रकृति को भी समय के साथ बदल देने का प्रयत्न कर रही थी। झाड़ू से फुर्सत पाकर उसने आग जलायी और चावल-दाल की कंकड़ियाँ चुनने लगी। कुछ देर में लड़के जागे। बहुएँ उठीं। सभी ने बुढ़िया को सर्दी से सिकुड़े हुए काम करते देखा, पर किसी ने यह न कहा कि अम्माँ, क्यों हलाकान होती हो? शायद सब-के-सब बुढ़िया

के इस मान-मर्दन पर प्रसन्न थे।

आज से फूलमती का यही नियम हो गया कि जी-तोड़कर घर का काम करना, और अन्तरंग नीति से अलग रहना। उसके मुख पर जो एक आत्मगौरव झलकता रहता था, उसकी जगह अब गहरी वेदना छाई हुई नजर आती थी। जहाँ बिजली जलती थी, वहाँ अब तेल का दिया टिमटिमा रहा था, जिसे बुझा देने के लिए हवा का एक हलका सा झोंका काफी है।

मुरारीलाल को इन्कारी पत्र लिखने की बात पक्की हो चुकी थी। दूसरे दिन पत्र लिख दिया गया। दीनदयाल से कुमुद का विवाह निश्चित हो गया, दीनदयाल की उम्र चालीस से कुछ अधिक थी, मर्यादा में भी कुछ हेठे थे, पर रोटी-दाल से खुश थे। बिना किसी ठहराव के विवाह करने पर राजी हो गये। तिथि नियत हुई, बारात आयी, विवाह हुआ और कुमुद विदा कर दी गयी। फूलमती के दिल पर क्या गुजर रही थी, इसे कौन जान सकता है। कुमुद के दिल पर क्या गुजर रही थी, इसे कौन जान सकता है; पर चारों भाई बहुत प्रसन्न थे, मानो उनके हृदय का काँटा निकल गया हो। ऊँचे कुल की कन्या, मुँह कैसे खोलती। भाग्य में सुख भोगना लिखा होगा, सुख भोगेगी, दुःख भोगना लिखा होगा, दुःख झेलेगी। हरि इच्छा बेकसों का अन्तिम अवलम्ब है। घरवालों ने जिससे विवाह कर दिया, उसमें हजार ऐब हों, तो भी वह उसका उपास्य, उसका स्वामी है। प्रतिरोध उसकी कल्पना से परे था।

फूलमती ने किसी काम मे दखल न दिया। कुमुद को क्या दिया गया, मेहमानो का कैसा सत्कार किया गया, किसके यहाँ से नेवते में क्या आया, किसी बात से भी उसे सरोकार न था। उससे कोई सलाह भी ली गयी तो यही कहा—'बेटा, तुम लोग जो करते हो, अच्छा ही करते हो, मुझसे क्या पूछते हो।'

जब कुमुद के लिए द्वार पर डोली आ गयी और कुमुद माँ के गले लिपटकर रोने लगी, तो वह बेटी को अपनी कोठरी में ले गयी और जो कुछ सौ-पचास रुपये और दो-चार मामूली गहने उसके पास बच रहे थे बेटी के अंचल में डालकर बोली—'बेटी, मेरी तो मन की मन में रह गयी; नहीं क्या आज तुम्हारा विवाह इस तरह होता और तुम इस तरह विदा की जातीं।'

आज तक फूलमती ने अपने गहनों की बात किसी से न कही थी।

लड़कों ने उसके साथ जो कपट-व्यवहार किया था, इसे चाहे वह अब तक न समझी हो, लेकिन इतना जानती थी कि गहने फिर न मिलेंगे और मनोमालिन्य बढ़ने के सिवा कुछ हाथ न लगेगा; लेकिन इस अवसर पर उसे अपनी सफाई देने की जरूरत मालूम हुई। कुमुद यह भाव मन में लेकर जाये कि अम्माँ ने अपने गहने बहुओं के लिए रख छोड़े, इसे वह किसी तरह न सह सकती थी, इसीलिए वह अपनी कोठरी में ले गयी थी; लेकिन कुमुद को पहले ही इस कौशल की टोह मिल चुकी थी, उसने गहने और रुपये अंचल से निकालकर माता के चरणों पर रख दिये और बोली—'अम्माँ, मेरे लिए तुम्हारा आशीर्वाद लाखों रुपयों के बराबर है। तुम इन चीजों को अपने पास रक्खो। न जाने अभी तुम्हें किन विपत्तियों का सामना करना पड़े।'

फूलमती कुछ कहना ही चाहती थी कि उमानाथ ने आकर कहा—'क्या कर रही है कुमुद? चल, जल्दी कर। साइत टली जाती है। वह लोग हाय-हाय कर रहे हैं, फिर तो दो-चार महीने में आयेगी ही, जो कुछ लेना-देना हो, ले लेना।'

फूलमती के घाव पर जैसे मनो निमक पड़ गया। बोलीं—'मेरे पास अब क्या है भैय्या, जो मैं इसे दूँगी। जावो बेटी, भगवान तुम्हारा सोहाग अमर करे।'

कुमुद विदा हो गयी। फूलमती पछाड़ खाकर गिर पड़ी। जीवन की अंतिम लालसा नष्ट हो गयी।

6

एक साल बीत गया।

फूलमती का कमरा घर के सब कमरों में बड़ा और हवादार था। कई महीनों से उसने बड़ी बहू के लिए खाली कर दिया था और खुद एक छोटी-सी कोठरी में रहने लगी थी, जैसे कोई भिखारिन हो। बेटों और बहुओं से अब उसे जरा भी स्नेह न था। वह अब घर की लौंडी थी। घर के किसी प्राणी, किसी वस्तु, किसी प्रसंग से उसे प्रयोजन न था। वह केवल इसीलिए जीती थी कि मौत न आती थी। सुख या दुःख का अब उसे लेश मात्र भी ज्ञान न था। उमानाथ का औषधालय खुला, मित्रों की दावत हुई, नाच-तमाशा हुआ। दयानाथ का प्रेस खुला, फिर जलसा हुआ। सीतानाथ को वजीफा

मिला और विलायत गया। फिर उत्सव हुआ। कामतानाथ के बड़े लड़के का यज्ञोपवीत-संस्कार हुआ, फिर धूमधाम हुई; लेकिन फूलमती के मुख पर आनन्द की छाया तक न आयी। कामतानाथ टाईफाइड में महीने भर बीमार रहा और मरकर उठा। दयानाथ ने अबकी अपने पत्र का प्रचार बढ़ाने के लिए वास्तव में एक आत्तिजनक लेख लिखा और छः महीने की सजा पायी। उमानाथ ने एक फौजदारी के मामले में रिश्वत लेकर गलत रिपोर्ट लिखी और उनकी सनद छीन ली गयी; पर फूलमती के चेहरे पर रंज की परछाईं तक न पड़ी। उसके जीवन में अब कोई आशा, कोई दिलचस्पी, कोई चिन्ता न थी। बस, पशुओं की तरह काम करना और खाना, यही उसकी जिन्दगी के दो काम थे। जानवर मारने से काम करता है, पर खाता है मन से। फूलमती बे-कहे काम करती थी, पर खाती थी विष के कौर की तरह। महीनों सिर में तेल न पड़ता, महीनों कपड़े न धुलते, कुछ परवाह नहीं। वह चेतनाशून्य हो गयी थी।

सावन की झड़ी लगी हुई थी। मलेरिया फैल रहा था। आकाश में मटियाले बादल थे, जमीन पर मटियाला पानी। आर्द्र वायु शीत-ज्वर और श्वास का वितरण करती फिरती थी। घर की महरी बीमार पड़ गयी। फूलमती ने घर के सारे बर्तन माँजे, पानी में भीग-भीगकर सारा काम किया। फिर आग जलाई और चूल्हे पर पतीलियाँ चढ़ा दीं। लड़कों को समय पर भोजन तो मिलना ही चाहिए। सहसा उसे याद आया कामतानाथ नल का पानी नहीं पीते। उसी वर्षा में गंगाजल लाने चली।

कामतानाथ ने पलंग पर लेटे-लेटे कहा—'रहने दो अम्माँ, मैं पानी भर लाऊँगा, आज महरी खूब बैठ रही।'

फूलमती ने मटियाले आकाश की ओर देखकर कहा—'तुम भीग जाओगे बेटा, सर्दी हो जायेगी'।

कामतानाथ बोले—'तुम भी तो भीग रही हो। कहीं बीमार न पड़ जाओ।'

फूलमती निर्मम भाव से बोली—'मैं बीमार न पड़ूँगी! मुझे भगवान ने अमर कर दिया है।'

उमानाथ भी वहीं बैठा था। उसके औषधालय में कुछ आमदनी न होती थी; इसीलिए बहुत चिन्तित रहता था। भाई-भावज की मुँह-देखी करता

रहता था। बोला—'जाने भी दो भैया! बहुत दिनों बहुओं पर राज कर चुकी हैं, उसका प्रायश्चित तो करने दो।'

गंगा बढ़ी हुई थी, जैसे समुद्र हो। क्षितिज सामने के कूल से मिला हुआ था। किनारे के वृक्षों की केवल फुनगियाँ पानी के ऊपर रह गई थीं। घाट ऊपर तक पानी में डूब गये थे। फूलमती कलसा लिये नीचे उतरी। पानी भरा और ऊपर जा रही थी कि पाँव फिसला। सँभल न सकी। पानी में गिर पड़ी। पल भर हाथ-पाँव चलाये, फिर लहरें उसे नीचे खींच ले गयीं। किनारे पर दो-चार पंडे चिल्लाये—'अरे दौड़ो, बुढ़िया डूबी जाती है।' दो-चार आदमी दौड़े भी, लेकिन फूलमती लहरों में समा गयी थी, उन बल खाती हुई लहरों में, जिन्हें देखकर हृदय काँप उठता था।

एक ने पूछा—'यह कौन बुढ़िया थी?'

'अरे, वही पण्डित अयोध्यानाथ की विधवा है।'

'अयोध्यानाथ तो बड़े आदमी थे!'

'हाँ, थे तो; पर इसके भाग्य में ठोकर खाना लिखा था।'

'उनके तो कई लड़के बड़े-बड़े हैं और सब कमाते हैं?'

'हाँ, सब हैं भाई, मगर भाग्य भी तो कोई वस्तु है?'

बड़े भाई साहब

मेरे भाई साहब मुझसे पाँच साल बड़े थे; लेकिन केवल तीन दरजे आगे। उन्होंने भी उसी उम्र में पढ़ना शुरू किया था जब मैंने शुरू किया; लेकिन तालीम जैसे महत्व के मामले में वह जल्दबाजी से काम लेना पसन्द न करते थे। इस भावना की बुनियाद खूब मजबूत डालना चाहते थे, जिस पर आलीशान महल बन सके। एक साल का काम दो साल में करते थे। कभी-कभी तीन साल भी लग जाते थे। बुनियाद भी पुख्ता न हो, तो मकान कैसे पायेदार बने!

मैं छोटा था, वह बड़े थे। मेरी उम्र नौ साल की थी, वह चौदह साल के थे। उन्हें मेरी तम्बीह और निगरानी का पूरा और जन्मसिद्ध अधिकार था। और मेरी शालीनता इसी में थी कि उनके हुक्म को कानून समझूँ।

वह स्वभाव से बड़े अध्ययनशील थे। हरदम किताब खोले बैठे रहते। और शायद दिमाग को आराम देने के लिए कभी कापी पर, कभी किताब के हाशियों पर चिड़ियों, कुत्तों, बिल्लियों की तस्वीरें बनाया करते थे। कभी-कभी एक ही नाम या शब्द या वाक्य दस-बीस बार लिख डालते। कभी एक शेर को बार-बार सुन्दर अक्षरों में नकल करते। कभी ऐसी शब्द-रचना करते, जिसमें न कोई अर्थ होता, न कोई सामंजस्य। मसलन एक बार उनकी कापी पर मैंने यह इबारत देखी—स्पेशल, अमीना, भाइयों-भाइयों, दर-असल, भाई-भाई, राधेश्याम, श्रीयुक्त राधेश्याम, एक घंटे तक—इसके बाद एक आदमी का चेहरा बना हुआ था। मैंने बहुत चेष्टा की कि इस पहेली का कोई अर्थ निकालूँ, लेकिन असफल रहा। और उनसे पूछने का साहस न हुआ। वह नवीं जमात में थे, मैं पाँचवी में। उनकी रचनाओं को

समझना मेरे लिए छोटा मुँह बड़ी बात थी।

मेरा जी पढ़ने में बिलकुल न लगता था। एक घंटा भी किताब लेकर बैठना पहाड़ था। मौका पाते ही हॉस्टल से निकलकर मैदान में आ जाता और कभी कंकरियाँ उछालता, कभी कागज की तितलियाँ उड़ाता, और कहीं कोई साथी मिल गया, तो पूछना ही क्या। कभी चारदीवारी पर चढ़कर नीचे कूद रहे हैं, कभी फाटक पर सवार, उसे आगे-पीछे चलाते हुए मोटरकार का आनन्द उठा रहे हैं, लेकिन कमरे में आते ही भाई साहब का वह रुद्र-रूप देखकर प्राण सूख जाते! उनका पहला सवाल यह होता—'कहाँ थे?' हमेशा यही सवाल, इसी ध्वनि में हमेशा पूछा जाता था और इसका जवाब मेरे पास केवल मौन था। न जाने मेरे मुँह से यह बात क्यों न निकलती कि जरा बाहर खेल रहा था। मेरा मौन कह देता था कि मुझे अपना अपराध स्वीकार है और भाई साहब के लिए इसके सिवा और कोई इलाज न था कि स्नेह और रोष से मिले हुए शब्दों से मेरा सत्कार करें।

'इस तरह अंग्रेजी पढ़ोगे, तो जिन्दगी भर पढ़ते रहोगे और हर्फ न आयेगा। अंग्रेजी पढ़ना कोई हँसी-खेल नहीं है कि जो चाहे, पढ़ ले; नहीं ऐरा-गैरा नत्थू-खैरा सभी अंग्रेजी के विद्वान हो जाते। यहाँ रात-दिन आँखें फोड़नी पड़ती हैं और खून जलाना पड़ता है, तब कहीं यह विद्या आती है। और आती क्या है, हाँ कहने को आ जाती है। बड़े-बड़े विद्वान भी शुद्ध अंग्रेजी नहीं लिख सकते, बोलना तो दूर रहा। और मैं कहता हूँ, तुम कितने घोंघा हो कि मुझे देखकर भी सबक नहीं लेते। मैं कितनी मिहनत करता हूँ, यह तुम अपनी आँखों से देखते हो, अगर नहीं देखते, तो यह तुम्हारी आँखों का कसूर है, तुम्हारी बुद्धि का कसूर है। इतने मेले-तमाशे होते हैं, मुझे तुमने कभी देखने जाते देखा है? रोज ही क्रिकेट और हाकी-मैच होते हैं। मैं पास नहीं फटकता। हमेशा पढ़ता रहता हूँ। उस पर भी एक-एक दरजे में दो-दो, तीन-तीन साल पड़ा रहता हूँ; फिर भी तुम कैसे आशा करते हो कि तुम यों खेल-कूद में वक्त गँवाकर पास हो जाओगे? मुझे तो दो ही तीन साल लगते हैं, तुम उम्र-भर इसी दरजे में पड़े सड़ते रहोगे! अगर तुम्हें इस तरह उम्र गँवानी है तो बेहतर है; घर चले जाओ और मजे से गुल्ली-डण्डा खेलो। दादा की गाढ़ी कमाई के रुपये क्यों बरबाद करते हो?'

मैं यह लताड़ सुनकर आँसू बहाने लगता। जवाब ही क्या था। अपराध तो मैंने किया, लताड़ कौन सहे? भाई साहब उपदेश की कला में निपुण थे।

ऐसी-ऐसी लगती बातें कहते, ऐसे-ऐसे सूक्ति-बाण चलाते, कि मेरे जिगर के टुकड़े-टुकड़े हो जाते और हिम्मत टूट जाती। इस तरह जान तोड़कर मेहनत करने की शक्ति मैं अपने में न पाता था और उस निराशा में जरा देर के लिए मैं सोचने लगता—क्यों न घर चला जाऊँ। जो काम मेरे बूते के बाहर है, उसमें हाथ डालकर क्यों अपनी जिन्दगी खराब करूँ। मुझे अपना मूर्ख रहना मंजूर था, लेकिन उतनी मेहनत! मुझे तो चक्कर आ जाता था; लेकिन घंटे-दो-घंटे के बाद निराशा के बादल फट जाते और मैं इरादा करता कि आगे से खूब जी लगाकर पढ़ूँगा। चटपट एक टाइम-टेबिल बना डालता। बिना पहले से नक्शा बनाये, कोई स्कीम तैयार किये काम कैसे शुरू करूँ। टाइम टेबिल में खेलकूद की मद बिलकुल उड़ जाती। प्रात:काल उठना; छ: बजे मुँह-हाथ धो, नाश्ता कर, पढ़ने बैठ जाना। छ: से आठ तक अंग्रेजी, आठ से नौ तक हिसाब, नौ से साढ़े नौ तक इतिहास, फिर भोजन और स्कूल। साढ़े तीन बजे स्कूल से वापस होकर आध घण्टा आराम, चार से पाँच तक भूगोल, पाँच से छ: तक ग्रामर; आध घंटा होस्टल के सामने ही टहलना, साढ़े छ: से सात तक अंग्रेजी कम्पोजीशन, फिर भोजन करके आठ से नौ तक अनुवाद, नौ से दस तक हिन्दी, दस से ग्यारह तक विविध-विषय, फिर विश्राम।

मगर टाइम-टेबिल बना लेना एक बात है, उस पर अमल करना दूसरी बात। पहले ही दिन उसकी अवहेलना शुरू हो जाती। मैदान की वह सुखद हरियाली, हवा के हल्के-हल्के झोंके, फुटबाल की वह उछलकूद, कबड्डी के वह दाँव-घात, बालीबाल की वह तेजी और फुरती, मुझे अज्ञात और अनिवार्य रूप से खींच ले जाती और वहाँ जाते ही मैं सब कुछ भूल जाता। वह जानलेवा टाइम-टेबिल, आँखफोड़ पुस्तकें, किसी की याद न रहती, और भाई साहब को नसीहत और फजीहत का अवसर मिल जाता। मैं उनके साये से भागता, उनकी आँखों से दूर रहने की चेष्टा करता, कमरे में इस तरह दबे पाँव आता कि उन्हें खबर न हो। उनकी नजर मेरी ओर उठी और मेरे प्राण निकले। हमेशा सिर पर एक नंगी तलवार-सी लटकती मालूम होती। फिर भी जैसे मौत और विपत्ति के बीच भी आदमी मोह और माया के बन्धन में जकड़ा रहता है, मैं फटकार और घुड़कियाँ खाकर भी खेल-कूद का तिरस्कार न कर सकता।

2

सालाना इम्तहान हुआ। भाई साहब फेल हो गये, मैं पास हो गया और दरजे में प्रथम आया। मेरे और उनके बीच में केवल दो साल का अन्तर रह गया। जी में आया, भाई साहब को आड़े हाथों लूँ—आपकी वह घोर तपस्या कहाँ गयी? मुझे देखिए, मजे से खेलता भी रहा और दरजे में अव्वल भी हूँ। लेकिन वह इतने दुखी और उदास थे कि मुझे उनसे दिली हमदर्दी हुई और उनके घाव पर नमक छिड़कने का विचार ही लज्जास्पद जान पड़ा। हाँ, अब मुझे अपने ऊपर कुछ अभिमान हुआ और आत्मसम्मान भी बढ़ा। भाई साहब का वह रोब मुझ पर न रहा। आजादी से खेलकूद में शरीक होने लगा। दिल मजबूत था। अगर उन्होंने फिर फजीहत की, तो साफ कह दूँगा—आपने अपना खून जलाकर कौन-सा तीर मार लिया। मैं तो खेलते-कूदते दरजे में अव्वल आ गया। जबान से यह हेकड़ी जताने का साहस न होने पर भी मेरे रंग-ढंग से साफ जाहिर होता था कि भाई साहब का वह आतंक मुझ पर नहीं था। भाई साहब ने इसे भाँप लिया—उनकी सहज-बुद्धि बड़ी तीव्र थी और एक दिन जब मैं भोर का सारा समय गुल्ली-डंडे की भेंट करके ठीक भोजन के समय लौटा तो भाई साहब ने मानो तलवार खींच ली और मुझ पर टूट पड़े—देखता हूँ, इस साल पास हो गये और दरजे में अव्वल आ गये, तो तुम्हें दिमाग हो गया है; मगर भाईजान, घमंड तो बड़े-बड़े का नहीं रहा, तुम्हारी क्या हस्ती है? इतिहास में रावण का हाल तो पढ़ा ही होगा। उसके चरित्र से तुमने कौन-सा उपदेश लिया? या यों ही पढ़ गये? महज इम्तहान पास कर लेना कोई चीज नहीं, असल चीज है बुद्धि का विकास। जो कुछ पढ़ो, उसका अभिप्राय समझो। रावण भूमण्डल का स्वामी था। ऐसे राजाओं को चक्रवर्ती कहते हैं। आजकल अंग्रेजी के राज्य का विस्तार बहुत बढ़ा हुआ है; पर इन्हें चक्रवर्ती नहीं कह सकते। संसार में अनेक राष्ट्र अंग्रेजी का आधिपत्य स्वीकार नहीं करते, बिलकुल स्वाधीन हैं। रावण चक्रवर्ती राजा था, संसार के सभी महीप उसे कर देते थे। बड़े-बड़े देवता उसकी गुलामी करते थे। आग और पानी के देवता भी उसके दास थे; मगर उसका अन्त क्या हुआ? घमंड ने उसका नाम-निशान तक मिटा दिया, कोई उसे एक चुल्लू पानी देनेवाला भी न बचा। आदमी और जो कुकर्म चाहे करे; पर अभिमान न करे, इतराये नहीं। अभिमान

किया, और दीन-दुनिया दोनों से गया। शैतान का हाल भी पढ़ा ही होगा। उसे यह अभिमान हुआ था कि ईश्वर का उससे बढ़कर सच्चा भक्त कोई है ही नहीं! अंत में यह हुआ कि स्वर्ग से नरक में ढकेल दिया गया। शाहेरूम ने भी एक बार अहंकार किया था। भीख माँग-माँगकर मर गया। तुमने तो अभी केवल एक दरजा पास किया है, और अभी से तुम्हारा सिर फिर गया, तब तो तुम आगे पढ़ चुके। यह समझ लो कि तुम अपनी मेहनत से नहीं पास हुए, अन्धे के हाथ बटेर लग गयी। मगर बटेर केवल एक बार हाथ लग सकती है, बार-बार नहीं लग सकती। कभी-कभी गुल्ली-डन्डे में भी अंधा-चोट निशाना पड़ जाता है। इससे कोई सफल खिलाड़ी नहीं हो जाता। सफल खिलाड़ी वह है, जिसका कोई निशाना खाली न जाये। मेरे फेल होने पर मत जाओ। मेरे दरजे में आओगे, तो दाँतों पसीना आ जायेगा, जब अलजबरा और जामेट्री के लोहे के चने चबाने पड़ेंगे, और इंगलिस्तान का इतिहास पढ़ना पड़ेगा। बादशाहों के नाम याद रखना आसान नहीं। आठ-आठ हेनरी हो गुजरे हैं। कौन-सा कांड किस हेनरी के समय में हुआ, क्या यह याद कर लेना आसान समझते हो? हेनरी सातवें की जगह हेनरी आठवाँ लिखा और सब नम्बर गायब! सफाचट। सिफर भी ना मिलेगा, सिफर भी! हो किस ख्याल में। दरजनों तो जेम्स हुए हैं, दरजनों विलियम, कोड़ियों चार्ल्स! दिमाग चक्कर खाने लगता है। आँधी रोग हो जाता है। इन अभागों को नाम भी न जुड़ते थे। एक ही नाम के पीछे दोयम, सोयम, चहारुम, पंजुम लगाते चले गये। मुझसे पूछते, तो दस लाख नाम बता देता और जामेट्री तो बस खुदा की पनाह! अ ब ज की जगह अ ज ब लिख दिया और सारे नम्बर कट गये। कोई इन निर्दयी मुमतहिनों से नहीं पूछता कि आखिर अ ब ज और अ ज ब में क्या फर्क है, और व्यर्थ की बात के लिए क्यों छात्रों का खून करते हो। दाल-भात-रोटी या भात-दाल-रोटी खाई, इसमें क्या रखा है, मगर इन परीक्षकों को क्या परवाह। वह तो वही देखते हैं जो पुस्तक में लिखा है। चाहते हैं कि लड़के अक्षर-अक्षर रट डालें। और इसी रटन्त का नाम शिक्षा रख छोड़ा है। और आखिर इन बे-सर-पैर की बातों के पढ़ने से फायदा? इस रेखा पर वह लम्ब गिरा दो, तो आधार लम्ब से दुगुना होगा। पूछिए, इससे प्रयोजन? दुगुना नहीं, चौगुना हो जाये, या आधा ही रहे, मेरी बला से; लेकिन परीक्षा में पास होना है, तो यह सब खुराफात याद करनी पड़ेगी। कह दिया—'समय की पाबन्दी' पर एक निबन्ध लिखो,

जो चार पन्नों से कम न हो। अब आप कापी सामने खोले, कलम हाथ में लिये उसके नाम को रोइए। कौन नहीं जानता कि समय की पाबन्दी बहुत अच्छी बात है, इससे आदमी के जीवन में संयम आ जाता है, दूसरों का उस पर सनेह होने लगता है और उसके कारोबार में उन्नति होती है; लेकिन इस जरा-सी बात पर चार पन्ने कैसे लिखें। जो बात एक वाक्य में कही जा सके, उसे चार पन्नों में लिखने की जरूरत? मैं तो इसे हिमाकत कहता हूँ। यह तो समय की किफायत नहीं; बल्कि उसका दुरुपयोग है कि व्यर्थ में किसी बात को ठूँस दिया जाये। हम चाहते हैं, आदमी को जो कुछ कहना हो, चटपट कह दे, अपनी राह ले। मगर नहीं, आपको चार पन्ने रँगने पड़ेंगे; चाहे जैसे लिखिए। और पन्ने भी पूरे फुलस्केप के आकार के। यह छात्रों पर अत्याचार नहीं तो और क्या है? अनर्थ तो यह है कि कहा जाता है, संक्षेप में लिखो। समय की पाबन्दी पर संक्षेप में एक निबन्ध लिखो, जो चार पन्नों से कम न हो। ठीक! संक्षेप में तो चार पन्ने हुए, नहीं शायद सौ-दो-सौ पन्ने लिखवाते। तेज भी दौड़िये और धीरे-धीरे भी। उलटी बात है या नहीं? बालक भी इतनी-सी बात समझ सकता है; लेकिन इन अध्यापकों को इतनी तमीज भी नहीं। उस पर दावा है कि हम अध्यापक हैं। मेरे दरजे में आओगे लाला, तो ये सारे पापड़ बेलने पड़ेंगे और तब आटे-दाल का भाव मालूम होगा। इस दरजे में अव्वल आ गये हो, तो जमीन पर पाँव नहीं रखते। इसलिए मेरा कहना मानिए। लाख फेल हो गया हूँ, लेकिन तुमसे बड़ा हूँ, संसार का मुझे तुमसे कहीं ज्यादा अनुभव है। जो कुछ कहता हूँ, उसे गिरह बाँधिए, नहीं पछताइयेगा।

स्कूल का समय निकट था, नहीं ईश्वर जाने यह उपदेश-माला कब समाप्त होती। भोजन आज मुझे नि:स्वाद-सा लग रहा था। जब पास होने पर यह तिरस्कार हो रहा है, तो फेल हो जाने पर तो शायद प्राण ही ले लिये जायें। भाई साहब ने अपने दरजे की पढ़ाई का जो भयंकर चित्र खींचा था; उसने मुझे भयभीत कर दिया। स्कूल छोड़कर घर नहीं भागा, यही ताज्जुब है; लेकिन इतने तिरस्कार पर भी पुस्तकों में मेरी अरुचि ज्यों-की-त्यों बनी रही। खेल-कूद का कोई अवसर हाथ से न जाने देता। पढ़ता भी; मगर बहुत कम, बस इतना ही रोज का टास्क पूरा हो जाये और दरजे में जलील न होना पड़े। अपने ऊपर जो विश्वास पैदा था, वह फिर लुप्त हो गया और फिर चोरों का-सा जीवन कटने लगा।

3

फिर सालाना इम्तहान हुआ, और कुछ ऐसा संयोग हुआ कि मैं फिर पास हुआ और भाई साहब फेल हो गये। मैंने बहुत मेहनत नहीं की; पर न जाने कैसे दरजे में अव्वल आ गया। मुझे खुद अचरज हुआ। भाई साहब ने प्राणांतक परिश्रम किया। कोर्स का एक-एक शब्द चाट गये थे, दस बजे रात तक इधर, चार बजे भोर से उधर, छः से साढ़े नौ तक स्कूल जाने के पहले मुद्रा कान्ति-हीन हो गयी थी; मगर बेचारे फेल हो गये। मुझे उन पर दया आती थी! नतीजा सुनाया गया, तो वह रो पड़े और मैं भी रोने लगा। अपने पास होने की खुशी आधी हो गयी! मैं भी फेल हो गया होता, तो भाई साहब को इतना दुःख न होता, लेकिन विधि की बात कौन टाले।

मेरे और भाई साहब के बीच में अब केवल एक दरजे का अन्तर और रह गया। मेरे मन में एक कुटिल भावना उदय हुई कि कहीं भाई साहब एक साल और फेल हो जायें, तो मैं उनके बराबर हो जाऊँ, फिर वह किस आधार पर मेरी फजीहत कर सकेंगे, लेकिन मैंने इस कमीने विचार को दिल से बलपूर्वक निकाल डाला। आखिर वह मुझे मेरे हित के विचार से ही तो डाँटते हैं। मुझे इस वक्त अप्रिय लगता है अवश्य, मगर यह शायद उनके उपदेशों का ही असर हो कि मैं दनादन पास हो जाता हूँ और इतने अच्छे नम्बरों से।

अब भाई साहब बहुत कुछ नर्म पड़ गये थे। कई बार मुझे डाँटने का अवसर पाकर भी उन्होंने धीरज से काम लिया। शायद अब वह खुद समझने लगे थे कि मुझे डाँटने का अधिकार उन्हें नहीं रहा, या रहा भी तो बहुत कम। मेरी स्वच्छन्दता भी बढ़ी। मैं उनकी सहिष्णुता का अनुचित लाभ उठाने लगा। मुझे कुछ ऐसी धारणा हुई कि मैं पास हो ही जाऊँगा, पढ़ूँ या न पढ़ूँ, मेरी तकदीर बलवान है; इसलिए भाई साहब के डर से जो थोड़ा बहुत पढ़ लिया करता था, वह भी बन्द हुआ। मुझे कनकौए उड़ाने का नया शौक पैदा हो गया था और अब सारा समय पतंगबाजी की ही भेंट होता था; फिर भी मैं भाई साहब का अदब करता था, और उनकी नजर बचाकर कनकौए उड़ाता था। माँझा देना, कन्ने बाँधना, पतंग टूरनामेंट की तैयारियाँ आदि समस्याएँ सब गुप्त रूप से हल की जाती थीं। मैं भाई साहब को यह सन्देह न करने देना चाहता था कि उनका सम्मान और लिहाज मेरी नजरों

में कम हो गया है।

एक दिन संध्या समय, होस्टल से दूर मैं एक कनकौआ लूटने बेतहाशा दौड़ा जा रहा था। आँखें आसमान की ओर थीं और मन उस आकाशगामी पथिक की ओर, जो मन्द गति से झूमता पतन की ओर चला आ रहा था, मानो कोई आत्मा स्वर्ग से निकलकर विरक्त मन से नये संस्कार ग्रहण करने आ रही हो। बालकों की पूरी सेना लग्गे और झाड़दार बाँस लिये इनका स्वागत करने को दौड़ी आ रही थी। किसी को अपने आगे-पीछे की खबर न थी। सभी मानो उस पतंग के साथ ही आकाश में उड़ रहे थे, जहाँ सब कुछ समतल है, न मोटरकारें हैं, ट्राम, न गाड़ियाँ।

सहसा भाई साहब से मेरी मुठभेड़ हो गयी, जो शायद बाजार से लौट रहे थे। उन्होंने वहीं हाथ पकड़ लिया और उग्र भाव से बोले—इन बाजारी लौंडों के साथ धेले के कनकौए के लिए दौड़ते तुम्हें शर्म नहीं आती? तुम्हें इसका भी कुछ लिहाज नहीं कि अब नीची जमात में नहीं हो; बल्कि आठवीं जमात में आ गये हो और मुझसे केवल एक दरजा नीचे हो। आखिर आदमी को कुछ तो अपने पोजीशन का खयाल करना चाहिये। एक जमाना था कि लोग आठवाँ दरजा पास करके नायब तहसीलदार हो जाते थे। मैं कितने ही मिडिलचियों को जानता हूँ, जो आज अव्वल दरजे के डिप्टी मैजिस्ट्रेट या सुपिंरटेंडेंट हैं। कितने ही आठवीं जमातवाले हमारे लीडर और समाचारपत्रों के सम्पादक हैं। बड़े-बड़े विद्वान उनकी मातहती में काम करते हैं। और तुम उसी आठवें दरजे में आकर बाजारी लौंडों के साथ कनकौए के लिए दौड़ रहे हो। मुझे तुम्हारी इस कमअकली पर दु:ख होता है। तुम जहीन हो, इसमें शक नहीं, लेकिन वह जेहन किस काम का, जो हमारे आत्मगौरव की हत्या कर डाले। तुम अपने दिल में समझते होगे, मैं भाई साहब से महज एक दरजा नीचे हूँ, और अब उन्हें मुझको कुछ कहने का हक नहीं; लेकिन यह तुम्हारी गलती है। तुमसे पाँच साल बड़ा हूँ और चाहे आज तुम मेरी ही जमात में आ जाओ—और परीक्षकों का यही हाल है; तो निस्सन्देह अगले साल तुम मेरे समकक्ष हो जाओगे और शायद एक साल बाद मुझसे आगे भी निकल जाओ—लेकिन मुझमें और तुममें जो पाँच साल का अन्तर है; उसे तुम क्या, खुदा भी नहीं मिटा सकता। मैं तुमसे पाँच साल बड़ा हूँ और हमेशा रहूँगा! मुझे दुनिया का और जिन्दगी का जो तजरबा है, तुम उसकी बराबरी नहीं कर सकते, चाहे तुम एम०ए० और डी०लिट्० और डी० फिल० ही क्यों

न हो जाओ। समझ किताबें पढ़ने से नहीं आती, दुनिया देखने से आती है। हमारी अम्माँ ने कोई दरजा नहीं पास किया, और दादा भी शायद पाँचवीं-छठीं जमाअत के आगे नहीं गये; लेकिन हम दोनों चाहे सारी दुनिया की विद्या पढ़ लें, अम्माँ और दादा को हमें समझाने और सुधारने का अधिकार हमेशा रहेगा। केवल इसलिए नहीं कि वे हमारे जन्मदाता हैं; बल्कि इसलिए कि उन्हें दुनिया का हमसे ज्यादा तजरबा है और रहेगा। अमेरिका में किस तरह राज-व्यवस्था है, और आठवें हेनरी ने कितने ब्याह किये और आकाश में कितने नक्षत्र हैं, यह बातें चाहे उन्हें न मालूम हों; लेकिन हजारों ऐसी बातें हैं, जिनका ज्ञान उन्हें हमसे और तुमसे ज्यादा है। दैव न करे, आज मैं बीमार हो जाऊँ, तो तुम्हारे हाथ-पाँव फूल जायेंगे। दादा को तार देने के सिवा तुम्हें और कुछ न सूझेगा; लेकिन तुम्हारी जगह दादा हों, तो किसी को तार न दें, न घबरायें, न बदहवास हों। पहले खुद मरज पहचानकर इलाज करेंगे, उसमें सफल न हुए, तो किसी डाक्टर को बुलायेंगे। बीमारी तो खैर बड़ी चीज़ है। हम तुम तो इतना भी नहीं जानते कि महीने भर का खर्च महीना भर कैसे चले। जो कुछ दादा भेजते हैं, उसे हम बीस-बाईस तक खर्च कर डालते हैं, और फिर पैसे-पैसे को मुहताज हो जाते हैं। नाश्ता बन्द हो जाता है, धोबी और नाई से मुँह चुराने लगते हैं, लेकिन जितना आज हम और तुम खर्च कर रहे हैं, उसके आधे में दादा ने अपनी उम्र का बड़ा भाग इज्जत और नेकनामी के साथ निभाया है और कुटुम्ब का पालन किया है जिसमें सब मिलाकर नौ आदमी थे। अपने हेडमास्टर साहब ही को देखो। एम०ए० हैं कि नहीं; और यहाँ के एम०ए० नहीं, आक्सफोर्ड के। एक हजार रुपये पाते हैं; लेकिन उनके घर का इन्तजाम कौन करता है? उनकी बूढ़ी माँ। हेडमास्टर साहब की डिग्री यहाँ बेकार हो गई। पहले खुद घर का इन्तजाम करते थे। खर्च पूरा न पड़ता था। करजदार रहते थे। जब से उनकी माता जी ने प्रबन्ध अपने हाथ में ले लिया है, जैसे घर में लक्ष्मी आ गई है। तो भाईजान, यह गरूर दिल से निकाल डालो कि तुम मेरे समीप आ गये हो और अब स्वतंत्र हो। मेरे देखते तुम बेराह न चलने पाओगे। अगर तुम यों न मानोगे तो मैं (थप्पड़ दिखाकर) इसका प्रयोग भी कर सकता हूँ। मैं जानता हूँ तुम्हें मेरी बातें जहर लग रही हैं...

मैं उनकी इस नई युक्ति से नत-मस्तक हो गया। मुझे आज सचमुच अपनी लघुता का अनुभव हुआ और भाई साहब के प्रति मेरे मन में श्रद्धा

उत्पन्न हुई मैंने सजल आँखों से कहा—हरगिज नहीं। आप जो कुछ फरमा रहे हैं, वह बिल्कुल सच है और आपको उसके कहने का अधिकार है।

भाई साहब ने मुझे गले से लगा लिया और बोले—मैं कनकौए उड़ाने को मना नहीं करता। मेरा भी जी ललचता है; लेकिन करूँ क्या, खुद बेराह चलूँ, तो तुम्हारी रक्षा कैसे करूँ? यह कर्तव्य भी तो मेरे सिर है!

संयोग से उसी वक्त एक कटा हुआ कनकौआ हमारे ऊपर से गुजरा। उसकी डोर लटक रही थी। लड़कों का एक गोल पीछे-पीछे दौड़ा चला आता था। भाई साहब लम्बे हैं ही! उछलकर उसकी डोर पकड़ ली और बेतहाशा होस्टल की तरफ दौड़े। मैं पीछे-पीछे दौड़ रहा था।

शान्ति

स्वर्गीय देवनाथ मेरे अभिन्न मित्रों में थे। आज भी जब उनकी याद आ जाती है, तो वह रँगरेलियाँ आँखों में फिर जाती हैं, और कहीं एकान्त में जा कर जरा देर रो लेता हूँ। हमारे और उनके बीच में दो-ढाई सौ मील का अन्तर था। मैं लखनऊ में था, वह दिल्ली में; लेकिन ऐसा शायद ही कोई महीना जाता हो कि हम आपस में न मिल जाते हों। वह स्वच्छन्द प्रकृति के, विनोदप्रिय, सहृदय, उदार और मित्रों पर प्राण देनेवाले आदमी थे; जिन्होंने अपने और पराये में भी भेद नहीं किया। संसार क्या है और यहाँ लौकिक व्यवहार का कैसे निर्वाह होता है, यह उस व्यक्ति ने कभी न जाना और न जानने की चेष्टा की। उनके जीवन में ऐसे कई अवसर आये, जब उन्हें आगे के लिए होशियार हो जाना चाहिये था, मित्रों ने उनकी निष्कपटता से अनुचित लाभ उठाया, और कई बार उन्हें लज्जित भी होना पड़ा, लेकिन उस आदमी ने जीवन से कोई सबक न लेने की कसम खा ली थी। उनके व्यवहार ज्यों के त्यों रहे—'जैसे भोलानाथ जिये, वैसे ही भोलानाथ मरे।' जिस दुनिया में वह रहते थे वह निराली दुनिया थी, जिसमें सन्देह, चालाकी और कपट के लिए स्थान न था—सब अपने थे, कोई गैर न था। मैंने बार-बार उन्हें सचेत करना चाहा पर इसका परिणाम आशा के विरुद्ध हुआ। जीवन के स्वप्नों को भंग करता उन्हें हार्दिक वेदना होती थी। मुझे कभी-कभी चिन्ता होती थी कि उन्होंने हाथ बन्द न किया तो नतीजा क्या होगा? लेकिन विडम्बना यह थी कि उनकी स्त्री गोपा भी कुछ उसी साँचे में ढली हुई थी। हमारी देवियों में जो एक चातुरी होती है, जो सदैव ऐसे उड़ाऊ पुरुषों की असावधानियों पर 'ब्रेक' का काम करती है, उससे वह वंचित

थी। यहाँ तक कि वस्त्राभूषण में भी उसे विशेष रुचि न थी। अतएव जब मुझे देवनाथ के स्वर्गारोहण का समाचार मिला, और मैं भागा हुआ दिल्ली गया, तो घर में बरतन-भाँड़े और मकान के सिवा और कोई संपत्ति न थी। और अभी उनकी उम्र ही क्या थी, जो संचय चिन्ता करते। चालीस भी तो पूरे न हुए थे। यों तो लड़कपन उनके स्वभाव में ही था; लेकिन इस उम्र में प्राय: सभी लोग कुछ बेफिक्र रहते हैं। पहले एक लड़की हुई थी। इसके बाद दो लड़के हुए। दोनों लड़के तो बचपन में ही दगा दे गये थे। लड़की बच रही थी, और यही इस नाटक का सबसे करुण दृश्य था। जिस तरह का इनका जीवन था, उसके देखते इस छोटे-से परिवार के लिए दो सौ रुपये महीने की ज़रूरत थी। दो-तीन साल में लड़की का विवाह भी करना होगा। कैसे क्या होगा, मेरी बुद्धि कुछ काम न करती थी।

इस अवसर पर मुझे यह बहुमूल्य अनुभव हुआ कि जो लोग सेवा-भाव रखते हैं और जो स्वार्थ-सिद्धि को जीवन का लक्ष्य नहीं बनाते, उनके परिवार को आड़ देनेवालों की कमी नहीं रहती। यह कोई नियम नहीं है; क्योंकि मैंने ऐसे लोगों को भी देखा है, जिन्होंने जीवन में बहुतों के साथ सलूक किये; पर उनके पीछे उनके बाल-बच्चों की किसी ने बात तक न पूछी; लेकिन चाहे कुछ हो, देवनाथ के मित्रों ने प्रशंसनीय औदार्य से काम लिया और गोपा के निर्वाह के लिए स्थायी धन जमा करने का प्रस्ताव किया। दो-एक सज्जन जो रँडुवे थे, उससे विवाह करने को तैयार थे; किन्तु गोपा ने भी उसी स्वाभिमान का परिचय दिया; जो हमारी देवियों का जौहर है और इस प्रस्ताव को अस्वीकार कर दिया। मकान बहुत बड़ा था। उसका एक भाग किराये पर उठा दिया। इस तरह उसको 50/- माहवार मिलने लगे। वह इतने में ही अपना निर्वाह कर लेगी। जो कुछ खर्च था, वह सुन्नी की जात से था। गोपा के लिए तो जीवन में अब कोई अनुराग ही न था।

2

इसके एक ही महीने बाद मुझे कारोबार के सिलसिले में विदेश जाना पड़ा और वहाँ अनुमान से कहीं अधिक—दो साल लग गये। गोपा के पत्र बराबर जाते रहते थे, जिससे मालूम होता था—वे आराम से हैं, कोई चिन्ता की बात नहीं है। मुझे पीछे ज्ञात हुआ कि गोपा ने मुझे भी गैर समझा और

वास्तविक स्थिति छिपाती रही।

विदेश से लौटकर मैं सीधा दिल्ली पहुँचा। द्वार पर पहुँचते ही मुझे रोना आ गया। मृत्यु की प्रतिध्वनि-सी छाई हुई थी। जिस कमरे में मित्रों के जमघट रहते थे, उसके द्वार बन्द थे, मकड़ियों ने चारों ओर जाले तान रखे थे। देवनाथ के साथ वह श्री भी लुप्त हो गयी थी। पहली नजर में तो मुझे ऐसा भ्रम हुआ कि देवनाथ द्वार पर खड़े मेरी ओर देखकर मुस्करा रहे हैं। मैं मिथ्यावादी नहीं हूँ और आत्मा की दैहिकता में मुझे संदेह है; लेकिन उस वक्त एक बार मैं चौंक जरूर पड़ा। हृदय में एक कम्पन-सा उठा; लेकिन दूसरी नजर में प्रतिमा मिट चुकी थी। द्वार खुला। गोपा के सिवा खोलनेवाला ही कौन था? मैंने उसे देखकर दिल थाम लिया। उसे मेरे आने की सूचना थी और मेरे स्वागत की प्रतीक्षा में उसने नयी साड़ी ली थी और शायद बाल भी गुँथा लिये थे; पर इस दो वर्षों ने उस पर जो आघात किये थे, उन्हें क्या कहती? नारियों के जीवन में यह वह अवस्था है; जब रूप-लावण्य अपने पूरे विकास पर होता है, जब उसमें अल्हड़पन, चंचलता और अभिमान की जगह आर्कषण, माधुर्य और रसिकता आ जाती है; लेकिन गोपा का यौवन बीत चुका था। उसके मुख पर झुर्रियाँ और विषाद की रेखाएँ अंकित थीं, जिन्हें उसकी प्रयत्नशील प्रसन्नता भी न मिटा सकती थी। केशों पर सफेदी दौड़ चली थी और एक-एक अंग बूढ़ा हो रहा था!

मैंने करुण स्वर में पूछा—'क्या तुम बीमार थीं, गोपा?'

गोपा ने आँसू पीकर कहा—'नहीं तो, मुझे तो कभी सिर दर्द भी नहीं हुआ।'

'तो तुम्हारी यह क्या दशा है? बिलकुल बूढ़ी हो गई हो।'

'तो अब जवानी लेकर करना ही क्या है? मेरी उम्र भी तो पैंतीस के ऊपर हो गयी?'

'पैंतीस की उम्र तो बहुत नहीं होती।'

'हाँ' उनके लिए, जो बहुत दिन जीना चाहते हैं। मैं तो चाहती हूँ, जितनी जल्द हो सके, जीवन का अन्त हो जाये। बस, सुन्नी के ब्याह की चिन्ता है। इससे छुट्टी पा जाऊँ; फिर मुझे जिन्दगी की परवाह न रहेगी।'

अब मालूम हुआ कि जो सज्जन इस मकान में किरायेदार हुए थे, वह थोड़े दिन के बाद तबदील होकर चले गये और तब से कोई दूसरा किरायेदार

न आया। मेरे हृदय में बरछी-सी चुभ गयी। इतने दिन इन बेचारों का निर्वाह कैसे हुआ, यह कल्पना ही दु:खद थी।

मैंने विरक्त मन से कहा—'लेकिन तुमने सूचना क्यों न दी? क्या मैं बिलकुल गैर हूँ?'

गोपा ने लज्जित होकर कहा—'नहीं-नहीं, यह बात नहीं है। तुम्हें गैर समझूँगी तो अपना किसे समझूँगी? मैंने समझा, परदेश में तुम खुद अपने झमेले में पड़े होगे, तुम्हें क्यों सताऊँ? किसी-न-किसी तरह दिन कट ही गये। घर में और कुछ न था, तो थोड़े-से गहने तो थे ही। अब सुनीता के विवाह की चिन्ता है। पहले, मैंने सोचा था, इस मकान को निकाल दूँगी, बीस-बाईस हजार मिल जायेंगे। विवाह भी हो जायेगा और कुछ मेरे लिए भी बचा रहेगा; लेकिन बाद को मालूम हुआ कि मकान पहले ही रेहन हो चुका है और सूद मिलाकर उस पर बीस हजार हो गये हैं। महाजन ने इतनी दया ही क्या कम की कि मुझे घर से निकाल न दिया। इधर से तो अब कोई आशा नहीं है। बहुत हाथ-पाँव जोड़ने पर, संभव है, महाजन से दो-ढाई हजार मिल जाये। इतने में क्या होगा? इसी फिक्र में घुली जा रही हूँ। लेकिन, मैं भी कितनी मतलबी हूँ, न तुम्हें हाथ-मुँह धोने को पानी दिया, न कुछ जलपान लायी और अपना दुखड़ा ले बैठी। अब आप कपड़े उतारिये और आराम से बैठिये। कुछ खाने को लाऊँ, खा लीजिए, तब बातें हों। घर पर तो सब कुशल है।'

मैंने कहा—'मैं तो सीधा बम्बई से यहाँ आ रहा हूँ। घर कहाँ गया?'

गोपा ने मुझे तिरस्कार-भरी आँखों से देखा; पर उस तिरस्कार की आड़ में घनिष्ठ आत्मीयता बैठी झाँक रही थी। मुझे ऐसा जान पड़ा, उसके मुख की झुर्रियाँ मिट गयी हैं। पीछे मुख पर हल्की-सी लाली दौड़ गयी। उसने कहा—'इसका फल यह होगा कि तुम्हारी देवी जी तुम्हें कभी यहाँ न आने देंगी।'

'मैं किसी का गुलाम नहीं हूँ।'

'किसी को अपना गुलाम बनाने के लिये पहले खुद ही उसका गुलाम बनना पड़ता है।'

शीतकाल की सन्ध्या देखते-देखते दीपक जलाने लगी। सुन्नी लालटेन लेकर कमरे में आयी। दो साल पहले की अबोध और कृशतनु बालिका

रूपवती युवती हो गयी थी, जिसकी हर एक चितवन, हर एक बात, उसकी गौरवशाली प्रकृति का पता दे रही थी। जिसे मैं गोद में उठाकर प्यार करता था, उसकी तरफ आँखें न उठा सका, और वह जो मेरे गले से लिपटकर प्रसन्न होती थी, आज मेरे सामने खड़ी भी न हो सकी। जैसे मुझसे कोई वस्तु छिपाना चाहती है; और जैसे मैं उसे उस वस्तु के छिपाने का अवसर दे रहा हूँ।

मैंने पूछा—'अब तुम किस दरजे में पहुँची सुन्नी?'

'उसने सिर झुकाये हुए जवाब दिया—दसवें में हूँ।

'घर का भी कुछ काम-काज करती हो?'

'अम्माँ जब करने भी दें।'

गोपी बोली—'मैं नहीं करने देती या तू खुद किसी काम के नगीच नहीं जाती।'

सुन्नी मुँह फेरकर हँसती हुई चली गयी। माँ की दुलारी लड़की थी। जिस दिन वह गृहस्थी का काम करती, उस दिन शायद गोपा रो-रोकर आँखें फोड़ लेती। वह खुद लड़की को कोई काम न करने देती थी; मगर सबसे शिकायत करती थी कि वह कोई काम नहीं करती। यह शिकायत भी उसके प्यार का ही एक करिश्मा था। हमारी 'मर्याद' हमारे बाद भी जीवित रहती है।

मैं भोजन करके लेटा, तो गोपा ने फिर सुन्नी के विवाह की तैयारियों की चर्चा छेड़ दी। इसके सिवा उसके पास बात ही क्या थी। लड़के तो बहुत मिलते हैं; लेकिन कुछ हैसियत भी तो हो। लड़की को यह सोचने का अवसर क्यों मिले कि दादा होते, तो शायद मेरे लिए इससे अच्छा घर-वर ढूँढ़ते। फिर गोपा ने डरते-डरते लाला मदारीलाल के लड़के का ज़िक्र किया।

मैंने चकित होकर उसकी ओर देखा। लाला मदारीलाल पहले इंजीनियर थे। अब पेंशन पाते थे, लाखों रुपये जमा कर लिये थे; पर अब तक उनके लोभ की प्यास न बुझी थी। गोपा ने घर भी वह छाँटा, जहाँ उसकी रसाई कठिन थी।

मैंने आपत्ति की—'मदारीलाल तो बड़ा ही दुर्जन मनुष्य है।'

गोपा ने दाँतों-तले जीभ दबाकर कहा—'अरे नहीं भैया, तुमने उन्हें

पहचाना न होगा, मेरे ऊपर बड़े दयालु हैं। कभी-कभी आकर कुशल-समाचार पूछ जाते हैं। लड़का ऐसा होनहार है मैं तुमसे क्या कहूँ। फिर उनके यहाँ कमी किस बात की है? यह ठीक है कि वह खूब रिश्वत लेते थे; लेकिन यहाँ धर्मात्मा कौन है? कौन अवसर पाकर जाने देता है? मदारीलाल ने तो यहाँ तक कह दिया कि वह मुझसे दहेज नहीं चाहते, केवल कन्या चाहते हैं। सुन्नी उनके मन में बैठ गयी है।'

मुझे गोपा की सरलता पर दया आयी; लेकिन मैंने सोचा; क्यों इसके मन में किसी के प्रति अविश्वास उत्पन्न करूँ। संभव है, मदारीलाल वह न रहे हों। चित्त की भावनाएँ बदलती भी रहती हैं।

मैंने अर्द्ध सहमत होकर कहा—'मगर यह तो सोचो; उनमें और तुममें कितना अन्तर है। तुम शायद अपना सर्वस्व अर्पण करके भी उनका मुँह सीधा न कर सको।'

लेकिन गोपा के मन में बात जम गई थी। सुन्नी को वह ऐसे घर में ब्याहना चाहती थी, जहाँ वह रानी बनकर रहे!

दूसरे दिन प्रात:काल मैं मदारीलाल के पास गया और उनसे मेरी जो बातचीत हुई, उसने मुझे मुग्ध कर लिया। किसी समय वह लोभी रहे होंगे। इस समय तो मैंने उन्हें बहुत ही सहृदय, उदार और विनयशील पाया। बोले—'भाई साहब, मैं देवनाथ जी से परिचित हूँ। आदमियों में रत्न थे। उनकी लड़की मेरे घर में आये, यह मेरा सौभाग्य है। आप उनकी माँ से कह दें; मदारीलाल उनसे किसी चीज की इच्छा नहीं रखता। ईश्वर का दिया हुआ मेरे घर में सब कुछ है, मैं उन्हें जेरबार नहीं करना चाहता।'

मेरे दिल का बोझ उतर गया। हम सुनी-सुनायी बातों से दूसरों के संबंध में कैसी मिथ्या धारणा कर लिया करते हैं, इसका बड़ा शुभ अनुभव हुआ। मैंने आकर गोपा को बधाई दी। यह निश्चय हुआ कि गर्मियों में विवाह कर दिया जाये।

3

वे चार महीने गोपा ने विवाह की तैयारियों में काटे। मैं महीने में एक बार अवश्य उससे मिल आता था, पर हर बार खिन्न होकर लौटता। गोपा ने अपनी कुल-मर्यादा का न जाने कितना महान् आदर्श अपने सामने रख

लिया था। पगली इस भ्रम में पड़ी हुई थी कि उसका यह उत्साह नगर में अपनी यादगार छोड़ जायेगा। यह न जानती थी कि यहाँ ऐसे तमाशे रोज होते हैं और आये दिन भुला दिये जाते हैं। शायद वह संसार से यह श्रेय लेना चाहती थी कि इस गयी-बीती दशा में भी, लेटा हुआ हाथी नौ लाख का है। पग-पग पर उसे देवनाथ की याद आती। वह होते तो यह काम यों न होता, यों होता, और तब रोती। मदारीलाल सज्जन हैं, यह सत्य है; लेकिन गोपा का अपनी कन्या के प्रति भी तो कुछ धर्म है। कौन उसके दस-पाँच लड़कियाँ बैठी हुई हैं। वह तो दिल खोलकर अरमान निकालेगी। सुन्नी के लिए उसने जितने गहने और जोड़े बनवाये थे, उन्हें देखकर मुझे आश्चर्य होता था। जब देखो कुछ-न-कुछ सी रही है, कभी सुनारों की दुकान पर बैठी हुई है, कभी मेहमानो के आदर-सत्कार का आयोजन कर रही है, मुहल्ले में ऐसा बिरला ही कोई सम्पन्न मनुष्य होगा, जिससे उसने कुछ कर्ज न लिया हो। वह इसे कर्ज समझती थी, देनेवाले दान समझकर देते थे। सारा मुहल्ला उसका सहायक था। सुन्नी अब मुहल्ले की लड़की थी। गोपा की इज्जत सबकी इज्जत है और गोपा के लिए तो नींद और आराम हराम था। दर्द से सिर फटा जा रहा है; आधी रात हो गई; मगर वह बैठी कुछ-न-कुछ सी रही है, या 'इस कोठी का धान उस कोठी' कर रही है। कितनी वात्सल्य से भरी आकांक्षा थी कि जो देखनेवालों में श्रद्धा उत्पन्न कर देती थी।

अकेली औरत और वह भी आधी जान की। क्या-क्या करे? जो काम दूसरों पर छोड़ देती है, उसी में कुछ-न-कुछ कसर रह जाती है; पर उसकी हिम्मत है कि किसी तरह हार नहीं मानती।

पिछली बार उसकी दशा देखकर मुझसे न रहा गया। बोला—'गोपा देवी, अगर मरना ही चाहती हो, तो विवाह हो जाने के बाद मरो; मुझे भय है कि तुम उसके पहले ही न चल दो।'

गोपा का मुरझाया हुआ मुख प्रमुदित हो उठा। बोली—'इसकी चिन्ता न करो भैया, विधवा की आयु बहुत लम्बी होती है। तुमने सुना नहीं, *राँड़ मरे न खँडहर ढहे।* लेकिन मेरी यही कामना है कि सुन्नी का ठिकाना लगा कर मैं भी चल दूँ। अब और जीकर क्या करूँगी, सोचो! क्या करूँ, अगर किसी तरह का विघ्न पड़ गया तो किसकी बदनामी होगी! इन चार महीनों में मुश्किल से घण्टा-भर सोती हूँगी। नींद नहीं आती, पर मेरा चित्त प्रसन्न

है। मैं मरूँ या जीऊँ, मुझे यह सन्तोष तो होगा कि सुन्नी के लिए उसका बाप जो कर सकता था, वह मैंने कर दिया। मदारीलाल ने अपनी सज्जनता दिखाई, तो मुझे भी अपनी नाक रखनी है।'

एक देवी ने आकर कहा—'बहन, जरा चलकर देख लो, चाशनी ठीक हो गयी है या नहीं।' गोपा उसके साथ चाशनी की परीक्षा करने गई और एक क्षण के बाद आकर बोली—'जी चाहता है सिर पीट लूँ। तुमसे जरा बात करने लगी, उधर चाशनी इतनी कड़ी हो गयी कि लड्डू दाँतों से लड़ेंगे। किससे क्या कहूँ!'

मैंने चिढ़कर कहा—'तुम व्यर्थ का झंझट कर रही हो। क्यों नहीं किसी हलवाई को बुलाकर मिठाइयों का ठीका दे देतीं? फिर तुम्हारे यहाँ मेहमान ही कितने आवेंगे, जिनके लिए यह तूमार बाँध रही हो। दस-पाँच की मिठाई उनके लिए बहुत होगी।'

गोपा ने व्यथित नेत्रों से मेरी ओर देखा। मेरी यह आलोचना उसे बुरी लगी। इन दिनों उसे बात-बात पर क्रोध आ जाता था। बोली—'भैया, तुम यह बातें न समझोगे। तुम्हें न माँ बनने का अवसर मिला, न पत्नी बनने का! सुन्नी के पिता का कितना नाम था, कितने आदमी उनके दम से जीते थे, क्या यह तुम नहीं जानते? वह पगड़ी मेरे ही सिर तो बँधी है! तुम्हें विश्वास न आयेगा, नास्तिक जो ठहरे; पर मैं तो उन्हें सदैव अपने अन्दर बैठा हुआ पाती हूँ, जो कुछ कर रहे हैं, वह कर रहे हैं, मैं मन्द-बुद्धि स्त्री भला अकेली क्या कर लेती? वही मेरे सहायक हैं, वही मेरे प्रकाश हैं! यह समझ लो कि यह देह मेरी है, पर इसके अन्दर जो आत्मा है, वह उनकी है। जो कुछ हो रहा है, उनके पुण्य आदेश से हो रहा है। तुम उनके मित्र हो। तुमने अपने सैकड़ों रुपये खर्च किये और इतना हैरान हो रहे हो। मैं तो उनकी सहगामिनी हूँ, लोक में भी परलोक में भी।'

मैं अपना-सा मुँह लेकर रह गया।

4

जून में विवाह हो गया। गोपा ने बहुत कुछ दिया और अपनी हैसियत से बहुत ज्यादा दिया; लेकिन फिर भी, उसे संतोष न था। आज सुन्नी के पिता होते, तो जाने क्या करते! बराबर रोती रही।

जाड़ों में फिर दिल्ली गया? मैंने समझा था, अब गोपा सुखी होगी। लड़की का घर और वर दोनों आदर्श हैं। गोपा को इसके सिवा और क्या चाहिए, लेकिन सुख उसके भाग्य में ही न था।

मैं अभी कपड़े भी न उतारने पाया था कि उसने अपना दुखड़ा शुरू कर दिया—'भैया, घर-द्वार सब अच्छा है, सास-ससुर भी अच्छे हैं; लेकिन जमाई निकम्मा निकला। सुन्नी बेचारी रो-रोकर दिन काट रही है। तुम उसे देखो, तो पहचान न सको। उसकी परछाईं मात्र रह गई है। अभी कई दिन हुए, आई हुई थी, उसकी दशा देखकर छाती फटती थी! जैसे जीवन में अपने पथ खो बैठी हो। न तन-बदन की सुध है, न कपड़े-लत्ते की। मेरी सुन्नी की दुर्गति होगी, यह तो स्वप्न में भी न सोचा था। बिलकुल गुम-सुम हो गयी है। कितना पूछा—बेटी, तुमसे वह क्यों नहीं बोलता, किस बात पर नाराज है, लेकिन कुछ जवाब नहीं देती। बस, आँखों से आँसू बहते रहते हैं। मेरी सुन्नी कुएँ में गिर गई।'

मैंने कहा—'तुमने उनके घरवालों से पता नहीं लगाया?'

'लगाया क्यों नहीं भैया, सब हाल मालूम हो गया। लौंडा चाहता है, मैं चाहे जिस राह जाऊँ, सुन्नी मेरी पूजा करती रहे। सुन्नी भला इसे क्यों सहने लगी! उसे तो तुम जानते हो, कितनी अभिमानिनी है? वह उन स्त्रियों में नहीं है जो पति को देवता समझती हैं और उसका दुर्व्यवहार सहती रहती हैं। उसने सदैव दुलार और प्यार पाया है। बाप भी उस पर जान देता था। मैं भी आँख की पुतली समझती थी। पति मिला छैला, जो आधी-आधी रात तक मारा-मारा फिरता है। दोनों में क्या बात हुई, यह कौन जान सकता है; लेकिन दोनों में कोई गाँठ पड़ गई है। न वह सुन्नी की परवाह करता है, न सुन्नी उसकी परवाह करती है; मगर वह तो अपने रंग में मस्त है, सुन्नी प्राण दिये देती है। उसके लिए सुन्नी की जगह मुन्नी है, सुन्नी के लिए उसकी उपेक्षा है और रुदन है।'

मैंने कहा—'लेकिन तुमने सुन्नी को समझाया नहीं? उस लौंडे का क्या बिगड़ेगा। इसकी तो जिन्दगी खराब हो जायेगी।'

गोपा की आँखों में आँसू भर आये। बोली—'भैया, किस दिल से समझाऊँ? सुन्नी को देखकर तो मेरी छाती फटने लगती है। बस, यही जी चाहता है कि इसे अपने कलेजे में रख लूँ, कि इसे कोई कड़ी आँख से

देख भी न सके। सुन्नी फूहड़ होती, कटु-भाषिणी होती, आरामतलब होती तो समझाती भी। क्या यह समझाऊँ कि तेरा पति गली-गली मुँह काला करता फिरे, फिर भी तू उसकी पूजा किया कर? मैं तो खुद यह अपमान न सह सकती। स्त्री-पुरुष में विवाह की पहली शर्त यह है कि दोनों सोलहों आने एक दूसरे के हो जायें। ऐसे पुरुष तो कम हैं; जो स्त्री को जौ-भर भी विचलित होते देखकर शांत रह सकें; पर ऐसी स्त्रियाँ बहुत हैं, जो पति को स्वच्छन्द समझती हैं। सुन्नी उन स्त्रियों में नहीं है, वह अगर आत्मसमर्पण करती है, तो आत्मसमर्पण चाहती भी है, और यदि पति में यह बात न हुई, तो वह उससे कोई सम्पर्क न रखेगी, चाहे उसका सारा जीवन रोते कट जाये।'

यह कहकर गोपा भीतर गयी और एक सिंगारदान लाकर उसके अन्दर के आभूषण दिखाती हुई बोली—'सुन्नी इसे अबकी यहीं छोड़ गई। इसीलिए आयी ही थी। ये वे गहने हैं, जो मैंने न जाने कितने कष्ट सहकर बनवाये थे। उनके पीछे महीनों मारी-मारी फिरी थी। यों कहो कि भीख माँग कर जमा किये थे। सुन्नी अब इनकी ओर आँख उठाकर भी नहीं देखती। पहने तो किसके लिए? सिंगार करे तो किस पर? पाँच सन्दूक कपड़ों के दिये थे। कपड़े सीते-सीते मेरी आँखें फूट गयीं। यह सब कपड़े उठाती लायी। इन चीजों से जैसे उसे घृणा हो गयी है। बस, कलाई में दो काँच की चूड़ियाँ और एक उजली साड़ी, यही उसका सिंगार है।'

मैंने गोपा को सांत्वना दी—'मैं जाकर जरा केदारनाथ से मिलूँगा। देखूँ तो, वह किस रंग-ढंग का आदमी है।'

गोपा ने हाथ जोड़कर कहा—'नहीं, भूलकर भी न जाना; सुन्नी सुनेगी तो प्राण ही दे देगी। अभिमान की पुतली ही समझो। उसे रस्सी समझ लो, जिसके जल जाने पर भी बल नहीं जाते। जिन पैरों ने उसे ठुकरा दिया है, उन्हें वह कभी न सहलायेगी। उसे अपना बनाकर कोई चाहे यों लौंडी बना ले; लेकिन शासन तो उसने मेरा न सहा, दूसरों का क्या सहेगी!'

मैंने गोपा से उस वक्त कुछ न कहा; लेकिन अवसर पाते ही लाला मदारीलाल से मिला। मैं रहस्य का पता लगाना चाहता था। संयोग से पिता और पुत्र, दोनों एक ही जगह मिल गये। मुझे देखते ही केदार ने इस तरह झुककर मेरे चरण छुए कि मैं उसकी शालीनता पर मुग्ध हो गया। तुरन्त

भीतर गया और चाय, मुरब्बा और मिठाइयाँ लाया। इतना सौम्य, इतना सुशील, इतना विनम्र युवक मैंने न देखा था। यह भावना ही न हो सकती थी कि इसके भीतर और बाहर में कोई अन्तर हो सकता है। जब तक रहा, सिर झुकाये बैठा रहा। उच्छृंखलता तो उसे छू भी नहीं गयी थी।

जब केदार टेनिस खेलने चला गया, तो मैंने मदारीलाल से कहा—केदार बाबू तो बहुत सच्चरित्र जान पड़ते हैं, फिर स्त्री-पुरुष में इतना मनोमालिन्य क्यों हो गया है?

मदारीलाल ने एक क्षण विचार करके कहा—'इसका कारण इसके सिवा और क्या बताऊँ कि दोनों अपने माँ-बाप के लाड़ले हैं, और प्यार लड़कों को अपने मन का बना देता है। मेरा सारा जीवन संघर्ष में कटा। अब जाकर जरा शान्ति मिली है। भोग-विलास का कभी अवसर ही न मिला। दिन-भर परिश्रम करता था, संध्या को पड़कर सो रहता था। स्वास्थ्य भी अच्छा न था; इसलिए बार-बार यह चिन्ता सवार रहती थी कि कुछ संचय कर लूँ। ऐसा न हो कि मेरे पीछे बाल-बच्चे भीख माँगते फिरें। नतीजा यह हुआ कि इन महाशय को मुफ्त का धन मिला। सनक सवार हो गयी। शराब उड़ने लगी। फिर ड्रामा खेलने का शौक हुआ। धन की कमी थी ही नहीं, उस पर माँ-बाप के अकेले बेटे। इसकी प्रसन्नता ही हमारे जीवन का स्वर्ग थी। पढ़ना-लिखना तो दूर रहा, विलास की इच्छा बढ़ती गयी। रंग और गहरा हुआ, अपने जीवन का ड्रामा खेलने लगे। मैंने यह रंग देखा तो मुझे चिन्ता हुई। सोचा ब्याह कर दूँ, ठीक हो जायेगा। गोपा देवी का पैगाम आया, तो मैंने तुरन्त स्वीकार कर लिया। मैं सुन्नी को देख चुका था। सोचा, ऐसी रूपवती स्त्री पाकर इसका मन स्थिर हो जायेगा, पर वह भी लाड़ली लड़की थी—हठीली, अबोध, आदर्शवादिनी। सहिष्णुता तो उसने सीखी ही न थी। समझौते का जीवन में क्या मूल्य है, इसकी उसे खबर ही नहीं। लोहा-लोहे से लड़ गया। वह अभिमान से इसे पराजित करना चाहती है, यह उपेक्षा से। यही रहस्य है। और साहब, मैं तो बहू को ही अधिक दोषी समझता हूँ। लड़के तो प्राय: मनचले होते ही हैं। लड़कियाँ स्वभाव से ही सुशीला होती हैं और अपनी जिम्मेदारी समझती हैं। इनकी सेवा, त्याग और प्रेम ही उनका अस्त्र है, जिससे वे पुरुष पर विजय पाती हैं। उसमें ये पूर्ण हैं ही नहीं। डोंगा कैसे पार होगा, ईश्वर ही जाने।'

सहसा सुन्नी अन्दर से आ गयी। बिलकुल अपने चित्र की रेखा-सी,

मानो मनोहर संगीत की प्रतिध्वनि हो। कुन्दन तपकर भस्म हो गया था। मिटी हुई आशाओं का इससे अच्छा चित्र नहीं हो सकता। उलाहना देती हुई बोली—'आप न जाने कब से बैठे हुए हैं, मुझे खबर तक नहीं और शायद आप बाहर-ही-बाहर चले भी जाते।'

मैंने आँसुओं के वेग को रोकते हुए कहा—'नहीं सुन्नी, यह कैसे हो सकता था। तुम्हारे पास आ ही रहा था कि तुम स्वयं आ गयीं।'

मदारीलाल कमरे से बाहर अपनी 'कार' की सफाई कराने लगे। शायद मुझे सुन्नी से बातचीत करने का अवसर देना चाहते थे।

सुन्नी ने पूछा—'अम्माँ तो अच्छी तरह से हैं?'

'हाँ, अच्छी हैं। तुमने अपनी यह क्या गत बना रखी है?'

'मैं तो बहुत अच्छी तरह से हूँ।'

'यह बात क्या है? तुम लोगों में यह क्या अनबन है? गोपा देवी प्राण दिये डालती हैं! तुम खुद मरने की तैयारी कर रही हो। कुछ तो विचार से काम लो।'

सुन्नी के माथे पर बल पड़ गये—'आपने नाहक यह विषय छेड़ दिया चाचा जी! मैंने तो यह सोचकर अपने मन को समझा लिया कि मैं अभागिन हूँ। बस, इसका निवारण मेरे बूते से बाहर है। मैं उस जीवन से मृत्यु को कहीं अच्छा समझती हूँ, जहाँ अपनी कदर न हो। मैं व्रत के बदले में व्रत चाहती हूँ। जीवन का कोई दूसरा रूप मेरी समझ में नहीं आता। इस विषय में किसी तरह का समझौता करना मेरे लिए असम्भव है। नतीजे की मैं परवाह नहीं करती।'

'लेकिन...'

'नहीं चाचा जी, इस विषय में अब कुछ न कहिए, नहीं तो मैं चली जाऊँगी।'

'आखिर सोचो तो...'

'मैं सब सोच चुकी और तय कर चुकी। पशु को मनुष्य बनाना मेरी शक्ति के बाहर है।'

इसके बाद मेरे लिए अपना मुँह बन्द कर लेने के सिवा और क्या रह गया था।

5

मई का महीना था। मैं मंसूरी गया हुआ था कि गोपा का तार पहुँचा—'तुरन्त आओ, जरूरी काम है।' मैं घबरा तो गया; लेकिन इतना निश्चित था कि कोई दुर्घटना नहीं हुई। दूसरे ही दिन दिल्ली जा पहुँचा। गोपा मेरे सामने आकर खड़ी हो गयी, निःस्पन्द, मूक, निष्प्राण, जैसे तपेदिक का रोगी हो।

मैंने पूछा—'कुशल तो है, मैं तो घबरा उठा।'

उसने बुझी हुई आँखों से देखा और बोली—'सच!'

'सुन्नी तो कुशल है?'

'हाँ, अच्छी तरह है।'

'और केदारनाथ?'

'वह भी अच्छी तरह है।'

'तो फिर माजरा क्या है?'

'कुछ तो नहीं।'

'तुमने तार दिया और कहती हो—कुछ तो नहीं?'

'दिल घबरा रहा था, इससे तुम्हें बुला लिया। सुन्नी को किसी तरह समझा कर यहाँ लाना है। मैं तो सब कुछ करके हार गयी।'

'क्या इधर कोई नयी बात हो गयी?'

'नयी तो नहीं है; लेकिन एक तरह से नयी ही समझो। केदार एक ऐक्ट्रेस के साथ कहीं भाग गया। एक सप्ताह से उसका कहीं पता नहीं है। सुन्नी से कह गया है—जब तक तुम रहोगी, घर नहीं आऊँगा। सारा घर सुन्नी का शत्रु हो रहा है; लेकिन वह वहाँ से टलने का नाम नहीं लेती। सुना है, केदार अपने बाप के दस्तखत बनाकर कई हजार रुपये बैंक से ले गया है।'

'तुम सुन्नी से मिली थीं?'

'हाँ, तीन दिन से बराबर जा रही हूँ।'

'वह नहीं आना चाहती, तो रहने क्यों नहीं देतीं?

'वहाँ वह घुट-घुटकर मर जायेगी।'

मैं उन्हीं पैरों लाला मदारीलाल के घर चला। हालाँकि मैं जानता था

कि सुन्नी किसी तरह न आयेगी; मगर वहाँ पहुँचा, तो देखा—कुहराम मचा हुआ है। मेरा कलेजा धक से रह गया। वहाँ तो अर्थी सज रही थी। मुहल्ले के सैकड़ों आदमी जमा थे। घर में 'हाय! हाय!' की क्रन्दन-ध्वनि आ रही थी। यह सुन्नी का शव था।

मदारीलाल मुझे देखते ही मुझसे उन्मत्त की भाँति लिपट गये और बोले—'भाई साहब मैं तो लुट गया। लड़का भी गया, बहू भी गयी, जिन्दगी ही गारत हो गयी।'

मालूम हुआ कि जब से केदार गायब हो गया था, सुन्नी और भी ज्यादा उदास रहने लगी थी। उसने उसी दिन अपनी चूड़ियाँ तोड़ डाली थीं और माँग का सिंदूर पोंछ डाला था। सास ने जब आपत्ति की, तो उनको अपशब्द कहे। मदारीलाल ने समझाना चाहा; तो उन्हें भी जली-कटी सुनायी। ऐसा अनुमान होता था—उन्माद हो गया है। लोगों ने उससे बोलना छोड़ दिया था। आज प्रात:काल यमुना-स्नान करने गयी। अँधेरा था, सारा घर सो रहा था। किसी को नहीं जगाया। जब दिन चढ़ गया और बहू घर में न मिली तो उसकी तलाश होने लगी। दोपहर को पता लगा कि यमुना गयी है। लोग उधर भागे। वहाँ उसकी लाश मिली! पुलिस आयी शव की परीक्षा हुई। अब जाकर शव मिला है। मैं कलेजा थाम कर बैठ गया। हाय, अभी थोड़े दिन पहले जो सुन्दरी पालकी पर सवार होकर आयी थी, आज वह चार के कन्धे पर जा रही है।

मैं अर्थी के साथ हो लिया और वहाँ से लौटा तो रात के दस बज गये थे। मेरे पाँव काँप रहे थे। मालूम नहीं, यह खबर पाकर गोपा की क्या दशा होगी। प्राणान्त न हो जाये, मुझे यही भय हो रहा था। सुन्नी उसकी प्राण थी। उसके जीवन का केन्द्र थी। उस दुखिया के उद्यान में यही एक पौधा बच रहा था। उसे वह हृदय-रक्त से सींचकर पाल रही थी। उसके बसन्त का सुनहरा स्वप्न ही उसका जीवन था—उसमें कोपलें निकलेंगी, फूल खिलेंगे, फल लगेंगे, चिड़ियाँ उसकी डालियों पर बैठकर अपने सुहाने राग गावेंगी; किन्तु आज निष्ठुर नियति ने उस जीवन-सूत्र को उखाड़कर फेंक दिया। और अब उसके जीवन का कोई आधार न था! वह बिन्दु ही मिट गया था, जिस पर जीवन की सारी रेखाएँ आकर एकत्र हो जाती थीं।

दिल को दोनों हाथों से थामे, मैंने जंजीर खटखटाई। गोपा एक

लालटेन लिये निकली। मैंने गोपा के मुख पर एक नये आनन्द की झलक देखी।

मेरी शोक-मुद्रा देखकर उसने मातृवत् प्रेम से मेरा हाथ पकड़ लिया और बोली—'आज तो तुम्हें सारे दिन रोते ही कटा। अर्थी के साथ बहुत से आदमी रहे होंगे? मेरे जी में भी आया कि चलकर सुन्नी का अन्तिम दर्शन कर लूँ। लेकिन, मैंने सोचा—आज सुन्नी ही न रही, तो उसकी लाश में क्या रखा है! न गयी।'

मैं विस्मय से गोपा का मुँह देखने लगा तो इसे यह शोक-समाचार मिल चुका है। फिर भी यह शान्ति! और यह अविचल धैर्य? बोला—'अच्छा किया न गयीं, रोना ही तो था।'

'हाँ और क्या! रोती यहाँ भी, लेकिन तुमसे सच कहती हूँ, दिल से नहीं रोयी। न जाने कैसे आँसू निकल आये। मुझे तो सुन्नी की मौत से प्रसन्नता हुई। दुखिया अपनी मान-मर्यादा लिये संसार से विदा हो गयी, नहीं तो न जाने क्या-क्या देखना पड़ता। इसलिए और भी प्रसन्न हूँ कि उसने अपनी आन निभा दी। स्त्री को जीवन में प्यार न मिले, तो उसका अंत हो जाना ही अच्छा। तुमने सुन्नी की मुद्रा देखी थी, लोग कहते हैं, ऐसा जान पड़ता था—मुस्करा रही है। मेरी सुन्नी सचमुच देवी थी। भैया, आदमी इसलिए थोड़े ही जीना चाहता है कि रोता रहे। जब मालूम हुआ कि जीवन में दु:ख के सिवा और कुछ नहीं है, तो आदमी जीकर क्या करे। किसलिए जिये? खाने और सोने और मर जाने के लिए? यह मैं नहीं कहती कि मुझे सुन्नी की याद न आयेगी और मैं उसे याद करके रोऊँगी नहीं लेकिन वह शोक के आँसू न होंगे, हर्ष के आँसू होंगे। बहादुर बेटे की माँ उसकी वीरगति पर प्रसन्न होती है। सुन्नी की मौत में क्या कुछ कम गौरव है, और चाहे सारा संसार उसकी निंदा करे, उसकी माता उसकी सराहना ही करेगी। उसकी आत्मा से यह आनन्द भी छीन लूँ? लेकिन अब रात ज्यादा हो गयी है। ऊपर जाकर सो रहो! मैंने तुम्हारी चारपाई बिछा दी है; मगर देखो, अकेले पड़े-पड़े रोना नहीं। सुन्नी ने वही किया, जो उसे करना चाहिए था। उसके पिता होते तो आज सुन्नी की प्रतिमा बना कर पूजते।'

मैं ऊपर जाकर लेटा तो मेरे दिल का बोझा बहुत हल्का हो गया था; किन्तु रह-रहकर यह सन्देह हो जाता था कि गोपा की यह शान्ति उसकी अपार व्यथा का ही रूप तो नहीं है।

नशा

ईश्वरी एक बड़े जमींदार का लड़का था और मैं एक गरीब क्लर्क था, जिसके पास मेहनत-मजूरी के सिवा और कोई जायदाद न थी। हम दोनों में परस्पर बहसें होती रहती थीं। मैं जमींदार की बुराई करता, उन्हें हिंसक पशु और खून चूसने वाली जोंक और वृक्षों की चोटी पर फूलनेवाला बंझा कहता। वह जमींदारों का पक्ष लेता; पर स्वभावत: उसका पहलू कुछ कमजोर होता था, क्योंकि उसके पास जमींदारों के अनुकूल कोई दलील न थी। यह कहना कि सभी मनुष्य बराबर नहीं होते, छोटे-बड़े हमेशा होते रहते हैं और होते रहेंगे, लचर दलील थी। किसी मानुषीय या नैतिक नियम से इस व्यवस्था का औचित्य सिद्ध करना कठिन था। मैं इस वाद-विवाद की गर्मा-गर्मी में अक्सर तेज हो जाता और लगनेवाली बातें कह जाता; लेकिन ईश्वरी हारकर भी मुस्कराता रहता था। मैंने उसे कभी गर्म होते नहीं देखा। शायद इसका कारण यह था कि वह अपने पक्ष की कमजोरी समझता था। नौकरों से वह सीधे मुँह बात न करता था। अमीरों में जो एक बेदर्दी और उद्दण्डता होती है, उसका उसे भी प्रचुर भाग मिला था। नौकर ने बिस्तर लगाने में जरा भी देर की, दूध जरूरत से ज्यादा गर्म या ठंडा हुआ; साइकिल अच्छी तरह साफ नहीं हुई, तो वह आपे से बाहर हो जाता। सुस्ती या बदतमीजी उसे जरा भी बर्दाश्त न थी, पर दोस्तों से और विशेषकर मुझसे उसका व्यवहार सौहार्द्र और नम्रता से भरा होता था। शायद उसकी जगह मैं होता, तो मुझमें भी वही कठोरताएँ पैदा हो जातीं; जो उसमें थीं;

क्योंकि मेरा लोक-प्रेम सिद्धान्तों पर नहीं, निजी दशाओं पर टिका हुआ था; लेकिन वह मेरी जगह होकर भी शायद अमीर ही रहता, क्योंकि वह प्रकृति से ही विलासी और ऐश्वर्य-प्रिय था।

अबकी दशहरे की छुट्टियों में मैंने निश्चय किया कि घर न जाऊँगा। मेरे पास किराये के लिए रुपये न थे और न मैं घरवालों को तकलीफ देना चाहता था। मैं जानता हूँ, वे मुझे जो कुछ देते हैं वह उनकी हैसियत से बहुत ज्यादा है। इसके साथ ही परीक्षा का भी खयाल था। अभी बहुत-कुछ पढ़ना बाकी था और घर जाकर कौन पढ़ता है। बोर्डिंग हाउस में भूत की तरह अकेले पड़े रहने को भी जी न चाहता था। लेकिन जब ईश्वरी ने मुझे अपने घर चलने का नेवता दिया, तो मैं बिना आग्रह के राजी हो गया। ईश्वरी के साथ परीक्षा की तैयारी खूब हो जायेगी। वह अमीर होकर भी मेहनती और जहीन है।

उसने इसके साथ ही कहा—'लेकिन भाई एक बात का खयाल रखना। वहाँ अगर जमींदारों की निन्दा की तो मुआमिला बिगड़ जायेगा और मेरे घरवालों को बुरा लगेगा। वह लोग तो असामियों पर इसी दावे से शासन करते हैं कि ईश्वर ने असामियों को उनकी सेवा के लिए ही पैदा किया है। असामी भी यही समझता है। अगर उसे सुझा दिया जाये कि जमींदार और असामी में कोई मौलिक भेद नहीं है, तो जमींदारी का कहीं पता न लगे।'

मैंने कहा—'तो क्या तुम समझते हो कि मैं वहाँ जाकर कुछ और हो जाऊँगा?'

'हाँ मैं तो यही समझता हूँ।'

'तो तुम गलत समझते हो।'

'ईश्वरी ने इसका कोई जवाब न दिया। कदाचित् उसने इस मुआमले को मेरे विवेक पर छोड़ दिया और बहुत अच्छा किया। अगर वह अपनी बात पर अड़ता, तो मैं भी जिद पकड़ लेता।'

2

सेकेण्ड क्लास तो क्या मैंने कभी इण्टर क्लास में भी सफर न किया था। अबकी सेकेण्ड क्लास में सफर करने का सौभाग्य प्राप्त हुआ। गाड़ी तो

नौ बजे रात को आती थी, पर यात्रा के हर्ष में हम शाम को ही स्टेशन जा पहुँचे। कुछ देर इधर-उधर सैर करने के बाद रिफ्रेशमेण्ट रूम में जाकर हम लोगों ने भोजन किया। मेरी वेश-भूषा और रंग-ढंग से पारखी खानसामों को यह पहचानने में देर न लगी कि मालिक कौन है और पिछलग्गू कौन; लेकिन न जाने मुझे उनकी गुस्ताखी बुरी लग रही थी। पैसे ईश्वरी की जेब से गये। शायद मेरे पिता को जो वेतन मिलता है, उससे ज्यादा इन खानसामों को इनाम-एकराम में मिल जाता हो। एक अठन्नी तो चलते समय ईश्वरी ही ने दी। फिर भी मैं उन सबों से उसी तत्परता और विनय की प्रतीक्षा करता था, जिससे वे ईश्वरी की सेवा कर रहे थे! ईश्वरी के हुक्म पर सब-के-सब क्यों दौड़ते हैं, लेकिन मैं कोई चीज माँगता हूँ तो उतना उत्साह नहीं दिखाते? मुझे भोजन में कुछ स्वाद न मिला। वह भेद मेरे ध्यान को सम्पूर्ण रूप से अपनी ओर खींचे हुए था।

गाड़ी आयी, हम दोनों सवार हुए। खानसामों ने ईश्वरी को सलाम किया। मेरी ओर देखा भी नहीं।

ईश्वरी ने कहा—'कितने तमीजदार हैं ये सब। एक हमारे नौकर हैं कि कोई काम करने का ढंग नहीं।'

मैंने खट्टे मन से कहा—'इसी तरह अगर तुम अपने नौकरों को भी आठ आने रोज ईनाम दिया करो तो शायद इससे ज्यादा तमीजदार हो जायें।'

'तो क्या तुम समझते हो, यह सब केवल ईनाम की लालच से इतना अदब करते हैं?'

'जी नहीं, कदापि नहीं। तमीज और अदब तो इनके रक्त में मिल गया है!'

गाड़ी चली। डाक थी। प्रयाग से चली तो प्रतापगढ़ जाकर रुकी। एक आदमी ने हमारा कमरा खोला। मैं तुरन्त चिल्ला उठा—'दूसरा दरजा है—सेकेण्ड क्लास है।'

उस मुसाफिर ने डब्बे के अन्दर आकर मेरी ओर एक विचित्र उपेक्षा की दृष्टि से देखकर कहा—'जी हाँ, सेवक भी इतना समझता है,' और बीचवाले बर्थ पर बैठ गया। मुझे कितनी लज्जा आयी, कह नहीं सकता।

भोर होते-होते हम लोग मुरादाबाद पहुँचे। स्टेशन पर कई आदमी हमारा स्वागत करने के लिए खड़े थे। दो भद्र पुरुष थे। पाँच बेगार। बेगारों

ने हमारा लगेज उठाया। दोनों भद्र पुरुष पीछे-पीछे चले। एक मुसलमान था, रियासत अली; दूसरा ब्राह्मण था, रामहरख। दोनों ने मेरी ओर अपरिचित नेत्रों से देखा, मानो कह रहे हैं, तुम कौवे होकर हंस के साथ कैसे?

रियासत अली ने ईश्वरी से पूछा—'यह बाबू साहब क्या आपके साथ पढ़ते हैं?'

ईश्वरी ने जवाब दिया—'हाँ, साथ पढ़ते भी हैं, और साथ रहते भी हैं? यों कहिए कि आप ही की बदौलत मैं इलाहाबाद पड़ा हुआ हूँ, नहीं कब का लखनऊ चला आया होता। अबकी मैं इन्हें घसीट लाया। इनके घर से कई तार आ चुके थे; मगर मैंने इन्कारी जवाब दिलवा दिये। आखिरी तार तो अर्जेण्ट था, जिसकी फीस चार आने प्रति शब्द है; पर यहाँ से भी उसका जवाब इन्कारी ही गया।'

दोनों सज्जनों ने मेरी ओर चकित नेत्रों से देखा। आतंकित हो जाने की चेष्टा करते हुए जान पड़े।

रियासत अली ने अर्द्ध शंका के स्वर में कहा—'लेकिन आप बड़े सादे लिबास में रहते हैं!'

ईश्वरी ने शंका निवारण की—'महात्मा गाँधी के भक्त हैं साहब! खद्दर के सिवा कुछ पहनते ही नहीं। पुराने सारे कपड़े जला डाले! यों कहो कि राजा हैं। ढाई लाख सालाना की रियासत है; पर आपकी मूरत देखो तो मालूम होता है, अभी अनाथालय से पकड़कर आये हैं।'

रामहरख बोले—'अमीरों का ऐसा स्वभाव बहुत कम देखने में आता है। कोई भाँप ही नहीं सकता।'

रियासत अली ने समर्थन किया—'आपने महाराज चाँगली को देखा होता, तो दाँतों तले उँगली दबाते। एक गाढ़े की मिर्जई और चमरौधे जूते पहने बाजारों में घूमा करते थे। सुनते हैं, एक बार बेगार में पकड़ गये थे और उन्हीं ने दस लाख से कालेज खोल दिया।'

मैं मन में कटा जा रहा था; पर न जाने क्या बात थी कि यह सफेद झूठ उस वक्त मुझे हास्यास्पद न जान पड़ा। उसके प्रत्येक वाक्य के साथ मानो मैं उस कल्पित वैभव के समीपतर आता जाता था।

मैं शहसवार नहीं हूँ। हाँ, लड़कपन में कई बार लद्दू घोड़ों पर सवार हुआ हूँ। यहाँ देखा तो दो कलाँ-रास घोड़े हमारे लिए तैयार खड़े थे। मेरी तो

जान ही निकल गयी। सवार तो हुआ; पर बोटियाँ काँप रही थीं। मैंने चेहरे पर शिकन न पड़ने दी। घोड़े को ईश्वरी के पीछे डाल दिया। खैरियत यह हुई कि ईश्वरी ने घोड़े को तेज न किया, वरना शायद मैं हाथ-पाँव तुड़वाकर लौटता। सम्भव है, ईश्वरी ने समझ लिया हो कि वह कितने पानी में है।

3

ईश्वरी का घर क्या था, किला था। इमामबाड़े का-सा फाटक, द्वार पर पहरेदार टहलता हुआ, नौकरों का कोई हिसाब नहीं, एक हाथी बँधा हुआ। ईश्वरी ने अपने पिता, चाचा, ताऊ आदि सबसे मेरा परिचय कराया, और उसी अतिशयोक्ति के साथ। ऐसी हवा बाँधी कि कुछ न पूछिए। नौकर-चाकर ही नहीं, घर के लोग भी मेरा सम्मान करने लगे। देहात के जमींदार, लाखों का मुनाफा, मगर पुलिस कान्सटेबिल को भी अफसर समझने वाले। कई महाशय तो मुझे हुजूर-हुजूर कहने लगे।

जब जरा एकान्त हुआ, तो मैंने ईश्वरी से कहा— 'तुम बड़े शैतान हो यार, मेरी मिट्टी क्यों पलीद कर रहे हो?'

ईश्वरी ने सुदृढ़ मुस्कान के साथ कहा—'इन गधों के सामने यही चाल जरूरी थी; वरना सीधे मुँह बोलते भी नहीं।'

जरा देर बाद एक नाई हमारे पाँव दबाने आया। कुँवर लोग स्टेशन से आये हैं, थक गए होंगे। ईश्वरी ने मेरी ओर इशारा करके कहा—'पहले कुँवर साहब के पाँव दबा।'

मैं चारपाई पर लेटा हुआ था। मेरे जीवन में ऐसा शायद ही कभी हुआ हो कि किसी ने मेरे पाँव दबाये हों। मैं इसे अमीरों के चोंचले, रईसों का गधापन और बड़े आदमियों की मुटमरदी और जाने क्या-क्या कहकर ईश्वरी का परिहास किया करता और आज मैं पोतड़ों का रईस बनने का स्वाँग भर रहा था!

इतने में दस बज गये। पुरानी सभ्यता के लोग थे। नयी रोशनी अभी केवल पहाड़ की चोटी तक पहुँच पायी थी। अन्दर से भोजन का बुलावा आया। हम स्नान करने चले। मैं हमेशा अपनी धोती खुद छाँट लिया करता हूँ; मगर यहाँ मैंने ईश्वरी की ही भाँति अपनी धोती भी छोड़ दी। अपने हाथों अपनी धोती छाँटते शर्म आ रही थी। अन्दर भोजन करने चले। होटल में जूते

पहने मेज पर डटते थे। यहाँ पाँव धोना आवश्यक था। कहार पानी लिये खड़ा था। ईश्वरी ने पाँव बढ़ा दिये। कहार ने उसके पाँव धोये। मैंने भी पाँव बढ़ा दिये। कहार ने मेरे पाँव भी धोये। मेरा वह विचार न जाने कहाँ चला गया था।

4

सोचा था, वहाँ देहात में एकाग्र होकर खूब पढ़ेंगे; पर वहाँ सारा दिन सैर-सपाटे में कट जाता था। कहीं नदी में बजरे पर सैर कर रहे हैं; कहीं मछलियों या चिड़ियों का शिकार खेल रहे हैं, कहीं पहलवानों की कुश्ती देख रहे हैं, कहीं शतरंज पर जमे हैं। ईश्वरी खूब अण्डे मँगवाता और कमरे में 'स्टोव' पर आमलेट बनते। नौकरों का एक जत्था हमेशा घेरे रहता। अपने हाथ-पाँव को हिलाने की कोई जरूरत नहीं। केवल एक जबान हिला देना काफी है। नहाने बैठे तो आदमी नहलाने को हाजिर, लेटे तो आदमी पंखा झलने को खड़े। मैं महात्मा गाँधी का कुँअर चेला मशहूर था। भीतर से बाहर तक मेरी धाक थी। नाश्ते में जरा भी देर न होने पाये, कहीं कुँअर साहब नाराज न हो जाएँ, बिछावन ठीक समय पर लग जाये, कुँवर साहब के सोने का समय आ गया। मैं ईश्वरी से भी ज्यादा नाजुक दिमान बन गया था, या बनने पर मजबूर किया गया था। ईश्वरी अपने हाथ से बिस्तर बिछा ले; लेकिन कुँवर मेहमान अपने हाथों से कैसे अपना बिछावन बिछा सकते हैं! उनकी महानता में बट्टा लग जायेगा।

एक दिन सचमुच यही बात हो गई। ईश्वरी घर में था। शायद अपनी माता से कुछ बातचीत करने में देर हो गई। यहाँ दस बज गये। मेरी आँखें नींद से झपक रही थीं; मगर बिस्तर कैसे लगाऊँ? कुँवर जो ठहरा। कोई-साढ़े ग्यारह बजे महरा आया। बड़ा मुँहलगा नौकर था। घर के धन्धों में मेरा बिस्तर लगाने की उसे सुधि ही न रही। अब जो याद आई, तो भागा हुआ आया। मैंने ऐसी डाँट बताई कि उसने भी याद किया होगा।

ईश्वरी मेरी डाँट सुनकर बाहर निकल आया और बोला—'तुमने बहुत अच्छा किया। यह सब हरामखोर इसी व्यवहार के योग्य हैं।'

इसी तरह ईश्वरी एक दिन एक जगह दावत में गया हुआ था। शाम हो गई; पर लैम्प न जला। लैम्प मेज पर रखा हुआ था। दियासलाई भी वहीं

थी; लेकिन ईश्वरी खुद कभी लैम्प नहीं जलाता। फिर कुँअर साहब कैसे जलायें? मैं झुँझला रहा था। समाचार-पत्र आया रखा हुआ था। जी उधर लगा हुआ था; पर लैम्प नदारत। दैवयोग से उसी वक्त मुंशी रियासत अली आ निकले। मैं उन्हीं पर उबल पड़ा, ऐसी फटकार बताई कि बेचारा उल्लू हो गया—तुम लोगों को इतनी फिक्र भी नहीं कि लैम्प जलवा दो! मालूम नहीं, ऐसे कामचोर आदमियों का यहाँ कैसे गुजर होता है। मेरे यहाँ घंटे भर निर्वाह न हो। रियासत अली ने काँपते हुए हाथों से लैम्प जला दिया।

वहाँ एक ठाकुर अक्सर आया करता था। कुछ मनचला आदमी था, महात्मा गाँधी का परम भक्त। मुझे महात्मा जी का चेला समझ कर मेरा बड़ा लिहाज करता था; पर मुझसे कुछ पूछते संकोच करता था। एक दिन मुझे अकेला देखकर आया और हाथ बाँधकर बोला—सरकार तो गाँधी बाबा के चेले हैं न? लोग कहते हैं कि यहाँ सुराज हो जायेगा तो जमींदार न रहेंगे।

मैंने शान जमाई—'जमींदारों के रहने की जरूरत ही क्या है? यह लोग गरीबों का खून चूसने के सिवा और क्या करते हैं?'

ठाकुर ने फिर पूछा—'तो क्यों सरकार, सब जमींदारों की जमीन छीन ली जायेगी?'

मैंने कहा—'बहुत से लोग खुशी से दे देंगे। जो लोग खुशी से न देंगे उनकी जमीन छीननी ही पड़ेगी। हम लोग तो तैयार बैठे हुए हैं। ज्योंही स्वराज्य हुआ, अपने सारे इलाके असामियों के नाम हिब्बा कर देंगे।'

मैं कुरसी पर पाँव लटकाये बैठा था। ठाकुर मेरे पाँव दबाने लगा। फिर बोला—'आजकल जमींदार लोग बड़ा जुलुम करते हैं सरकार! हमें भी हुजूर अपने इलाके में थोड़ी-सी जमीन दे दें; तो चलकर वहीं आपकी सेवा में रहें।'

मैंने कहा—'अभी तो मेरा कोई अख्तियार नहीं है भाई, लेकिन ज्योंही अख्तियार मिला, मैं सबसे पहले तुम्हें बुलाऊँगा। तुम्हें मोटर-ड्राइवरी सिखाकर अपना ड्राइवर बना लूँगा।'

सुना, उस दिन ठाकुर ने खूब भंग पी और अपनी स्त्री को खूब पीटा और गाँव के महाजन से लड़ने पर तैयार हो गया।

5

छुट्टी इस तरह तमाम हुई और हम फिर प्रयाग चले। गाँव के बहुत से लोग हम लोगों को पहुँचाने आये। ठाकुर तो हमारे साथ स्टेशन तक आया। मैंने भी अपना पार्ट खूब सफाई से खेला और अपनी कुबेरोचित विनय और देवत्व की मुहर हरेक हृदय पर लगा दी। जी तो चाहता था, हरेक को अच्छा ईनाम दूँ, लेकिन यह सामर्थ्य कहाँ थी? वापसी टिकट था ही, केवल गाड़ी में बैठना था; पर गाड़ी आयी तो ठसाठस भरी हुई। दुर्गा पूजा की छुट्टियाँ भोगकर सभी लोग लौट रहे थे। सेकेण्ड क्लास में तिल रखने की जगह नहीं। इण्टर क्लास की हालत उससे भी बदतर। यह आखिरी गाड़ी थी। किसी तरह रुक न सकते थे। बड़ी मुश्किल से तीसरे दर्जे में जगह मिली। हमारे ऐश्वर्य ने वहाँ अपना रंग जमा लिया; मगर मुझे उसमें बैठना बुरा लग रहा था। आये थे आराम से लेटे-लेटे, जा रहे थे सिकुड़े हुए। पहलू बदलने की भी जगह न थी।

कई आदमी पढ़े-लिखे भी थे। आपस में अंग्रेजी राज्य की तारीफ करते जा रहे थे। एक महाशय बोले—'ऐसा न्याय तो किसी राज्य में नहीं देखा। छोटे-बड़े सब बराबर। राजा भी किसी पर अन्याय करे, तो अदालत उसकी भी गर्दन दबा देती है।'

दूसरे सज्जन ने समर्थन किया—'अरे साहब, आप खुद बादशाह पर दावा कर सकते हैं! अदालत में बादशाह पर डिग्री हो जाती है।'

एक आदमी, ज़िसकी पीठ पर बड़ा-सा गट्ठर बँधा था, कलकत्ते जा रहा था। कहीं गठरी रखने की जगह न मिलती थी। पीठ पर बाँधे हुए था। इससे बेचैन होकर बार-बार द्वार पर खड़ा हो जाता। मैं द्वार के पास ही बैठा हुआ था। उसका बार-बार आकर मेरे मुँह को अपनी गठरी से रगड़ना मुझे बहुत बुरा लग रहा था। एक तो हवा यों ही कम थी, दूसरे उस गँवार का आकर मेरे मुँह पर खड़ा हो जाना मानो मेरा गला दबाना था। मैं कुछ देर तक जब्त किये बैठा रहा। एकाएक मुझे क्रोध आ गया। मैंने उसे पकड़कर ढकेल दिया और दो तमाचे जोर-जोर से लगाये।

उसने आँखें निकालकर कहा—'क्यों मारते हो बाबूजी, हमने भी किराया दिया है।'

मैंने उठकर दो-तीन तमाचे और जड़ दिये।

गाड़ी में तूफान आ गया। चारों ओर से मुझ पर बौछार पड़ने लगी।

'अगर इतने नाजुक मिजाज हो, तो अव्वल दर्जे में क्यों नहीं बैठे?'

'कोई बड़ा आदमी होगा तो अपने घर का होगा। मुझे इस तरह मारते, तो दिखा देता।'

'क्या कसूर किया था बेचारे ने? गाड़ी में साँस लेने की जगह नहीं, खिड़की पर जरा साँस लेने खड़ा हो गया तो उस पर इतना क्रोध! अमीर होकर क्या आदमी अपनी इन्सानियत बिल्कुल खो देता है?'

'यह भी अंग्रेजी राज है, जिसका आप बखान कर रहे थे!'

एक ग्रामीण बोला—'दफ़तरन माँ घुसन तो पावत नहीं, उस पर इत्ता मिजाज!'

ईश्वरी ने अंग्रेजी में कहा—What an idiot you are Bir!

और मेरा नशा कुछ-कुछ उतरता हुआ मालूम होता था।

स्वामिनी

शिवदास ने भण्डारे की कुंजी अपनी बहू रामप्यारी के सामने फेंककर अपनी बूढ़ी आँखों में आँसू भरकर कहा—'बहू, आज से गिरस्ती की देख-भाल तुम्हारे ऊपर है। मेरा सुख भगवान से नहीं देखा गया, नहीं तो क्या जवान बेटे को यों ही छीन लेते। उसका काम करने वाला तो कोई चाहिए। एक हल तोड़ दूँ तो गुजारा न होगा। मेरे ही कुकरम से भगवान का यह कोप आया है, और मैं ही अपने माथे पर उसे लूँगा। बिरजू का हल अब मैं ही सँभालूँगा। अब घर की देख-रेख करने वाला, धरने-उठाने वाला तुम्हारे सिवा दूसरा कौन है। रोओ मत बेटा, भगवान की जो इच्छा थी, वह हुआ; और जो इच्छा होगी, वह होगा। हमारा तुम्हारा क्या बस है? मेरे जीते-जी तुम्हें कोई टेढ़ी आँख से देख भी न सकेगा। तुम किसी बात का सोच मत करो। बिरजू गया, तो मैं तो अभी बैठा ही हुआ हूँ।'

रामप्यारी और रामदुलारी दो सगी बहनें थीं। दोनों का विवाह—मथुरा और बिरजू—दो सगे भाइयों से हुआ। दोनों बहनें नैहर की तरह ससुराल में भी प्रेम और आनन्द से रहने लगीं। शिवदास को पेंशन मिली। दिन-भर द्वार पर बैठे गप-शप करते। भरा-पूरा परिवार देख-देखकर प्रसन्न होते और अधिकतर धर्म-चर्चा में लगे रहते थे। लेकिन दैवगति से बड़ा लड़का बिरजू बीमार पड़ा और आज उसे मरे हुए पन्द्रह दिन बीत गये। आज क्रिया-कर्म से फुरसत मिली और शिवदास ने सच्चे कर्मवीर की भाँति फिर जीवन-संग्राम के लिए कमर कस ली। मन में उसे चाहे कितना ही दु:ख हुआ हो, उसे

किसी ने रोते नहीं देखा। आज अपनी बहू को देखकर एक क्षण के लिए उसकी आँखें सजल हो गयीं; लेकिन उसने मन को सँभाला और रुद्ध-कण्ठ से उसे दिलासा देने लगा। कदाचित् उसने सोचा था, घर स्वामिनी बनकर विधवा के आँसू पुँछ जायेंगे, कम-से-कम उसे इतना कठिन परिश्रम न करना पड़ेगा; इसलिए उसने भण्डारे की कुंजी बहू के सामने फेंकी थी। वैधव्य की व्यथा को स्वामित्व के गर्व से दबा देना चाहता था।

रामप्यारी ने पुलकित कण्ठ से कहा—'यह कैसे हो सकता है दादा, कि तुम मेहनत-मजूरी करो और मैं मालकिन बनकर बैठूँ? काम-धन्धे में लगी रहूँगी, तो मन बहलता रहेगा, बैठे-बैठे तो रोने के सिवा और कुछ न होगा।'

शिवदास ने समझाया—'बेटा, दैवगति से तो किसी का बस नहीं। रोने-धोने से हलाकानी के सिवा और क्या हाथ आयेगा? घर में भी तो बीसों काम हैं। कोई साधु-सन्त आ जायें, कोई पाहुना ही आ पहुँचे, उनके सेवा-सत्कार के लिए किसी को तो घर पर रहना ही पड़ेगा।'

बहू ने बहुत-से हीले किये, पर शिवदास ने एक न सुनी।

2

शिवदास के बाहर चले जाने पर रामप्यारी ने कुंजी उठाई तो उसे मन में अपूर्व गौरव और उत्तरदायित्व का अनुभव हुआ। जरा देर के लिए पति-वियोग का दु:ख उसे भूल गया। उसकी छोटी बहन और देवर दोनों काम करने गये हुए थे। शिवदास बाहर था। घर बिलकुल खाली था। इस वक्त वह निश्चिंत होकर भण्डारे को खोल सकती है! उसमें क्या-क्या सामान है, क्या-क्या विभूति है, यह देखने के लिए उसका मन लालायित हो उठा। इस घर में वह कभी न आयी थी। जब कभी किसी को कुछ देना या किसी से कुछ लेना होता था, तभी शिवदास आकर इस कोठरी को खोला करता था। फिर उसे बन्द कर वह ताली अपनी कमर में रख लेता था। रामप्यारी कभी-कभी द्वार की दराजों से भीतर झाँकती थी, पर अँधेरे में कुछ न दिखाई देता था। सारे घर के लिए वह कोठरी कोई तिलस्म या रहस्य था, जिसके विषय में भाँति-भाँति की कल्पनाएँ होती रहती थीं। आज रामप्यारी को वह रहस्य खोलकर देखने का अवसर मिल गया। उसने बाहर का द्वार बन्द कर

दिया कि कोई उसे भण्डारा खोलते न देख ले, नहीं सोचेगा, बेजरूरत इसने क्यों खोला। तब आकर काँपते हुए हाथों से ताला खोला। उसकी छाती धड़क रही थी कि कोई द्वार न खटखटाने लगे। अन्दर पाँव रखा तो उसे कुछ उसी प्रकार का, लेकिन उससे कहीं तीव्र आनन्द हुआ जो उसे अपने गहने-कपड़े की पिटारी खोलने में होता था। मटकों में गुड़, शक्कर, गेहूँ, जौ आदि चीजें रखी हुई थीं। एक किनारे बड़े-बड़े बर्तन भरे थे, जो शादी-ब्याह के अवसर पर निकाले जाते थे, या माँगे दिये जाते थे। एक आले पर मालगुजारी की रसीदें और लेन-देन के पुरजे बँधे हुए रखे थे। कोठरी में एक विभूति-सी छाई थी। मानो लक्ष्मी अज्ञात रूप से यहाँ विराज रही हों। उस विभूति की छाया में रामप्यारी आधे घंटे तक बैठी अपनी आत्मा को तृप्त करती रही। प्रतिक्षण उसके हृदय पर ममत्व का नशा-सा छाया जा रहा था। जब वह उस कोठरी से निकली, तो उसके मन के संस्कार बदल गये थे, मानो किसी ने उस पर मन्त्र डाल दिया हो।

उसी समय द्वार पर किसी ने आवाज दी। उसने तुरन्त भण्डारे का द्वार बन्द किया और जाकर सदर दरवाजा खोल दिया। देखा तो पड़ोसिन झुनिया खड़ी है और एक रुपया माँग रही है।

रामप्यारी ने रुखाई से कहा—'अभी तो एक पैसा घर में नहीं है जीजी, क्रिया-कर्म में सब खरच हो गया।'

झुनिया चकरा गयी। चौधरी के घर में इस समय एक रुपया भी नहीं है, यह विश्वास करने की बात न थी। जिसके यहाँ सैकड़ों का लेन-देन है, वह सब कुछ क्रिया-कर्म में नहीं खर्च कर सकता। अगर शिवदास ने यह बहाना किया होता, तो उसे आश्चर्य न होता। प्यारी तो अपने सरल स्वभाव के लिए गाँव में मशहूर थी। अक्सर शिवदास की आँखें बचाकर पड़ोसियों को इच्छित वस्तुएँ दे दिया करती थी। अभी कल ही उसने जानकी को सेर भर दूध दे दिया था। यहाँ तक कि अपने गहने तक माँगे दे देती थी। कृपण शिवदास के घर में ऐसी सखरज बहू का आना गाँव वाले अपने सौभाग्य की बात समझते थे।

झुनिया ने चकित होकर कहा—'ऐसा न कहो जीजी, बड़े गाढ़े में पड़कर आयी हूँ, नहीं तुम जानती हो, मेरी आदत ऐसी नहीं है। बाकी का एक रुपया देना है। प्यादा द्वार पर खड़ा बक-झक रहा है। रुपया दे दो, तो

किसी तरह यह विपत्ति टले। मैं आज के आठवें दिन आकर दे जाऊँगी। गाँव में और कौन घर है, जहाँ माँगने जाऊँ?'

प्यारी टस से मस न हुई।

उसके जाते ही प्यारी साँझ के लिए रसोई-पानी का इन्तजाम करने लगी। पहले चावल-दाल बिनना अपाढ़ लगता था और रसोई में जाना तो सूली पर चढ़ने से कम न था। कुछ देर दोनों बहनों में झाँव-झाँव होती, तब शिवदास आकर कहते, क्या आज रसोई न बनेगी, तो दो में से एक उठती और मोटे-मोटे टिक्कड़ लगाकर रख देती, मानो बैलों का रातिब हो। आज प्यारी तन-मन से रसोई के प्रबन्ध में लगी हुई है। अब वह घर की स्वामिनी है।

तब उसने बाहर निकलकर देखा, कितना कूड़ा-करकट पड़ा हुआ है। बुढ़ऊ दिन-भर मक्खी मारा करते हैं, इतना भी नहीं होता कि जरा झाड़ू ही लगा दें। अब क्या इनसे इतना भी न होगा? द्वार ऐसा चिकना चाहिए कि देखकर आदमी का मन प्रसन्न हो जाये। यह नहीं कि उबकाई आने लगे। अभी कह दूँ, तो तिनक उठेंगे। अच्छा, यह मुन्नी नाँद से अलग क्यों खड़ी है?

उसने मुन्नी के पास जाकर नाँद में झाँका। दुर्गन्ध आ रही थी। ठीक! मालूम होता है, महीनों से पानी ही नहीं बदला गया। इस तरह तो गाय रह चुकी। अपना पेट भर लिया, छुट्टी हुई, और किसी से क्या मतलब? हाँ, दूध सबको अच्छा लगता है। दादा द्वार पर बैठे चिलम पी रहे हैं, मगर इतना नहीं होता कि चार घड़ा पानी नाँद में डाल दें। मजूर रखा है, वह भी तीन कौड़ी का। खाने को डेढ़ सेर; काम करते नानी मरती है। आज आते हैं तो पूछती हूँ, नाँद में पानी क्यों नहीं बदला। रहना हो रहे या जाये। आदमी बहुत मिलेंगे। चारों ओर तो लोग मारे-मारे फिर रहे हैं।

आखिर उससे न रहा गया। घड़ा उठाकर पानी लाने चली।

शिवदास ने पुकारा—'पानी क्या होगा बहू? इसमें पानी भरा हुआ है।'

प्यारी ने कहा—नाँद का पानी सड़ गया है। मुन्नी भूसे में मुँह नहीं डालती। देखते नहीं हो, कोस भर पर खड़ी है।

शिवदास मार्मिक भाव से मुसकराये और आकर बहू के हाथ से घड़ा ले लिया।

3

कई महीने बीत गये। प्यारी के अधिकार में आते ही उस घर में जैसे बसन्त आ गया। भीतर-बाहर जहाँ देखिए, किसी निपुण प्रबन्धक के हस्त-कौशल सुविचार और सुरुचि के चिह्न दीखते थे। प्यारी ने गृहयन्त्र की ऐसी चाबी कस दी थी कि सभी पुरजे ठीक-ठीक चलने लगे थे। भोजन पहले से अच्छा मिलता, समय पर मिलता है। दूध ज्यादा होता है, घी ज्यादा होता है, और काम ज्यादा होता है। प्यारी न खुद विश्राम लेती है, न दूसरों को विश्राम लेने देती है। घर में कुछ ऐसी बरकत आ गयी है कि जो चीज माँगो, घर ही में निकल आती है। आदमी से लेकर जानवर तक सभी स्वस्थ दिखायी देते हैं। अब वह पहले की-सी दशा नहीं है कि कोई चीथड़े लपेटे घूम रहा है, किसी को गहने की धुन सवार है। हाँ, अगर कोई रुग्ण और चिन्तित तथा मलिन वेष में है, तो वह प्यारी है; फिर भी सारा घर उससे जलता है। यहाँ तक कि बूढ़े शिवदास भी कभी-कभी उसकी बदगोई करते हैं। किसी को पहर रात रहे उठना अच्छा नहीं लगता। मेहनत से सभी जी चुराते हैं। फिर भी यह सब मानते हैं कि प्यारी न हो तो घर का काम न चले। और-तो-और, दोनों बहनों में भी उतना अपनापन नहीं है।

प्रात:काल का समय था। दुलारी ने हाथों के कड़े लाकर प्यारी के सामने पटक दिये और घुन्नाई हुई बोली—'लेकर इसे भी भण्डारे में बन्द कर दे।'

प्यारी ने कड़े उठा लिये और कोमल स्वर में कहा—'कह तो दिया, हाथ में रुपये आने दे, बनवा दूँगी। अभी ऐसा घिस नहीं गया है कि आज ही उतार कर फेंक दिया जाये।'

दुलारी लड़ने को तैयार होकर आयी थी। बोली—'तेरे हाथ में काहे को कभी रुपये आयेंगे और काहे को कड़े बनेंगे। जोड़-जोड़ रखने में मजा आता है न?'

प्यारी ने हँसकर कहा—'जोड़-जोड़ रखती हूँ, तो तेरे ही लिए कि मेरा कोई और बैठा हुआ है, कि मैं सबसे ज्यादा खा-पहन लेती हूँ। मेरा अनन्त कब का टूटा पड़ा है।'

दुलारी—'तुम न खाओ-पहनो, जस तो पाती हो, यहाँ खाने-पहनने

के सिवा और क्या है? तुम्हारा हिसाब-किताब नहीं जानती, मेरे कड़े आज बनने को भेज दो।'

प्यारी ने सरल विनोद के भाव से पूछा—'रुपये न हों, तो कहाँ से लाऊँ?'

दुलारी ने उद्दण्डता के साथ कहा—'मुझे इससे कोई मतलब नहीं। मैं तो कड़े चाहती हूँ।'

इसी तरह घर के सब आदमी अपने-अपने अवसर पर प्यारी को दो-चार खोटी-खरी सुना जाते थे। और वह गरीब सब की धौंस हँसकर सहती थी। स्वामिनी का तो यह धर्म ही है कि सब की धौंस सुन ले और करे वही, जिसमें घर का कल्याण हो। स्वामित्व के कवच पर धौंस, ताने, धमकी—किसी का असर न होता। उसकी स्वामिनी-कल्पना इन आघातों में और भी स्वस्थ होती थी। वह गृहस्थी की संचालिका है। सभी अपने-अपने दुःख उसी के सामने रोते हैं; पर जो कुछ वह कहती है, वही होता है। इतना उसे प्रसन्न करने के लिए काफी था।

गाँव में प्यारी की सराहना होती थी। अभी उम्र ही क्या है, लेकिन सारे घर को सँभाले हुए है। चाहती तो सगाई करके चैन से रहती। इस घर के पीछे अपने को मिटाये देती है। कभी किसी से हँसती-बोलती भी नहीं। जैसे कायापलट हो गयी।

कई दिन बाद दुलारी के कड़े बनकर आ गये। प्यारी खुद सुनार के घर दौड़-दौड़ गयी।

सन्ध्या हो गयी थी। दुलारी और मथुरा हार से लौटे। प्यारी ने नये कड़े दुलारी को दिये। दुलारी निहाल हो गयी। चटपट कड़े पहने और दौड़ी हुई बरौठे में जाकर मथुरा को दिखाने लगी। प्यारी बरौठे के द्वार पर छिपी खड़ी यह दृश्य देखने लगी। उसकी आँखें सजल हो गयीं। दुलारी उससे कुल तीन ही साल तो छोटी है! पर दोनों में कितना अन्तर है! उसकी आँखें मानो उस दृश्य पर जम गयीं, दम्पति का वह सरल आनन्द, उनका प्रेमालिंगन, उनकी मुग्ध मुद्रा—प्यारी की टकटकी-सी बँध गयी, यहाँ तक कि दीपक के धुँधले प्रकाश में वे दोनों उसकी नजरों से गायब हो गये और अपने ही अतीत जीवन की एक लीला आँखों के सामने बार-बार नये-नये रूप में आने लगी।

सहसा शिवदास ने पुकारा—'बड़ी बहू, एक पैसा दो। तमाखू

मँगवाऊँ।' प्यारी की समाधि टूट गयी। आँसू पोंछती हुई भण्डारे में पैसा लेने चली गयी।

4

एक-एक करके प्यारी के गहने उसके हाथ से निकलते जाते थे। वह चाहती थी, मेरा घर गाँव में सबसे सम्पन्न समझा जावे, और इस महत्वाकांक्षा का मूल्य देना पड़ता था। कभी घर की मरम्मत के लिए, कभी बैलों की नयी गोई खरीदने के लिए, कभी नातेदारों के व्यवहारों के लिए, कभी बीमारों की दवा-दारू के लिए रुपये की जरूरत पड़ती रहती थी, और जब बहुत कतर-व्योंत करने पर भी काम न चलता, तो वह अपनी कोई-न-कोई चीज निकाल देती। और चीज एक बार हाथ से निकल कर फिर न लौटती थी। वह चाहती, तो इनमें से कितने ही खर्चों को टाल जाती; पर जहाँ इज्जत की बात आ पड़ती थी, वह दिल खोलकर खर्च करती। अगर गाँव में हेठी हो गई, तो क्या बात रही। लोग उसी का नाम तो धरेंगे। दुलारी के पास भी गहने थे। दो-एक चीजें, मथुरा के पास भी थीं, लेकिन प्यारी उनकी चीजें न छूती। उनके खाने-पहनने के दिन हैं, वे इस जंजाल में क्यों फँसे।

दुलारी को लड़का हुआ, तो प्यारी ने धूम से जन्मोत्सव मनाने का प्रस्ताव किया।

शिवदास ने विरोध किया—'क्या फायदा? जब भगवान की दया से सगाई-ब्याह के दिन आयेंगे, तो धूम-धाम कर लेना।'

प्यारी का हौसला से भरा दिल भला क्यों मानता। बोली—'कैसी बात कहते हो दादा? पहलौंठी लड़के के लिए भी धूम-धाम न हुआ तो कब होगा? मन तो नहीं मानता। फिर दुनिया क्या कहेगी, नाम बड़े दर्शन थोड़े। मैं तुमसे कुछ नहीं माँगती। अपना सारा सरंजाम कर लूँगी।'

'गहनों के माथे जायेगी, और क्या?'—शिवदास ने चिंतित होकर कहा—'इस तरह एक दिन धागा भी न बचेगा। कितना समझाया बेटा, भाई-भौजाई किसी के नहीं होते। अपने पास दो चीजें रहेंगी, तो सब मुँह जोहेंगे, नहीं कोई सीधी बात भी न करेगा।'

प्यारी ने ऐसा मुँह बनाया, मानो वह ऐसी बूढ़ी बातें बहुत सुन चुकी है, और बोली—'जो अपने हैं, वे भी न पूछें, तो भी अपने ही रहते हैं। मेरा

धरम मेरे साथ है, उनका धरम उनके साथ है। मर जाऊँगी, तो क्या छाती पर लाद ले जाऊँगी?'

धूम-धाम से जन्मोत्सव मनाया गया। बरही के दिन सारी बिरादरी का भोज हुआ। लोग खा-पीकर चले गये, तो प्यारी दिन भर की थकी-माँदी आँगन में एक टाट का टुकड़ा बिछाकर कमर सीधी करने लगी। आँखें झपक गयीं। मथुरा उसी वक्त घर में आया। नवजात पुत्र को देखने के लिए उसका चित्त व्याकुल हो रहा था। दुलारी सौर-गृह से निकल चुकी थी। गर्भावस्था में उसकी देह क्षीण हो गई थी, मुँह भी उतर गया था; पर आज स्वस्थता की लालिमा मुख पर छाई हुई थी। मातृत्व के गर्व और आनन्द ने अंगों में संजीवनी-सी भर रखी थी। सौर के संयम और पौष्टिक भोजन ने देह को चिकना कर दिया था। मथुरा उसे आंगन में देखते ही समीप आ गया और एक बार प्यारी की ओर ताककर उसके निद्रामग्न होने का निश्चय करके उसने शिशु को गोद में ले लिया और उसका मुँह चूमने लगा।

आहट पाकर प्यारी की आँखे खुल गयीं; पर उसने नींद का बहाना किया और अधखुली आँखों से यह आनन्द-क्रीड़ा देखने लगी। माता और पिता दोनों बारी-बारी से बालक को चूमते, गले लगाते, और उसके मुँह को निहारते थे। कितना स्वर्गीय आनन्द था। प्यारी की तृषित लालसा एक क्षण के लिए स्वामिनी को भूल गई। जैसे लगाम से मुखबद्ध, बोझा से लदा हुआ, हाँकनेवाले की चाबुक से पीड़ित दौड़ते-दौड़ते बेदम तुरंग हिनहिनाने की आवाज सुनकर कनौतियाँ खड़ी कर लेता है और परिस्थिति को भूलकर एक दबी हुई हिनहिनाहट से उसका जवाब देता है, कुछ वही दशा प्यारी की हुई। उसका मातृत्व जो पिंजरे में बन्द मूक निश्चेष्ट पड़ा हुआ था, समीप से आने वाली मातृत्व की चहकार सुनकर जैसे जाग पड़ा और चिंताओं के उस पिंजरे से निकलने के लिए पंख फड़फड़ाने लगा।

मथुरा ने कहा—'यह मेरा लड़का है।'

दुलारी ने बालक को गोद में चिमटाकर कहा—'हाँ, है क्यों नहीं। तुम्हीं ने तो नौ महीने पेट में रखा है। साँसत तो मेरी हुई, बाप कहलाने के लिये तुम कूद पड़े।'

मथुरा—'मेरा लड़का न होता, तो मेरी सूरत का क्यों होता! चेहरा-मोहरा, रंग-रूप सब मेरा ही-सा है कि नहीं?'

दुलारी—'इससे क्या होता है। बीज बनिए के घर से आता है। खेत किसान का होता है। उपज बनिए की नहीं होती, किसान की होती है।'

मथुरा—'बातों में तुमसे कोई न जीतेगा। मेरा लड़का बड़ा हो जायेगा, तो मैं द्वार पर बैठ कर मजे से हुक्का पिया करूँगा।'

दुलारी—'मेरा लड़का पढ़े-लिखेगा, कोई बड़ा हुद्दा पायेगा। तुम्हारी तरह दिन-भर बैल के पीछे न चलेगा। मालकिन से कहना, कल एक पालना बनवा दें।'

मथुरा—'अब बहुत सबेरे न उठा करना और छाती फाड़कर काम भी न करना।'

दुलारी—'यह महारानी जीने देंगी।'

मथुरा—'मुझे तो बेचारी पर दया आती है। उसके कौन बैठा हुआ है। हमीं लोगों के लिए तो मरती है। भैया होते, तो अब तक दो-तीन बच्चों की माँ हो गयी होती।'

प्यारी के कण्ठ से आँसुओं का ऐसा वेग उठा कि उसे रोकने में सारी देह काँप उठी। अपना वंचित जीवन उसे मरुस्थल-सा लगा, जिसकी सूखी रेत पर वह हरा-भरा बाग लगाने की निष्फल चेष्टा कर रही थी।

सहसा शिवदास ने भीतर आकर कहा—'बड़ी बहू; क्या सो गयी? बाजे वालों को अभी परोसा नहीं मिला। क्या कह दूँ?'

5

कुछ दिनों के बाद शिवदास भी मर गया। उधर दुलारी के दो बच्चे और हुए। वह भी अधिकतर बच्चों के लालन-पालन में व्यस्त रहने लगी। खेती का काम मजूरों पर आ पड़ा। मथुरा मजदूर तो अच्छा था, संचालक अच्छा न था। उसे स्वतन्त्र रूप से काम लेने का कभी अवसर न मिला था। खुद पहले भाई की निगरानी में काम करता रहा। बाद को बाप की निगरानी में करने लगा। खेती का तार भी न जानता था। वही मजूर उसके यहाँ टिकते थे, जो मेहनती नहीं, खुशामद करने में कुशल होते थे; इसीलिए प्यारी को अब दिन में दो-चार चक्कर हार का भी लगाना पड़ता। कहने को तो अब मालकिन थी; पर वास्तव में घर-भर की सेविका थी। मजूर भी उससे

त्योरियाँ बदलते, जमींदार का प्यादा भी उसी पर धौंस जमाता। भोजन में भी किफायत करनी पड़ती। लड़कों को तो जितनी बार माँगे उतनी बार कुछ-न-कुछ चाहिए। दुलारी तो लड़कोरी थी; उसे भी भरपूर भोजन चाहिये, मथुरा घर का सरदार था, उसके इस अधिकार को कौन छीन सकता था। मजूर भला क्यों रिआयत करने लगे थे। सारी कसर बेचारी प्यारी पर निकलती थी। वह एक फालतू चीज थी; अगर आधा पेट खाय, तो किसी को कोई हानि न हो सकती थी। तीस वर्ष की अवस्था में उसके बाल पक गये, कमर झुक गयी, आँखों की जोत कम हो गयी; मगर वह प्रसन्न थी। स्वामित्व का गौरव इस सारे जख्मों पर मरहम का काम करता था।

एक दिन मथुरा ने कहा—'भाभी, अब तो कहीं परदेश जाने का जी होता है। यहाँ कमाई में कोई बरक्कत नहीं। किसी तरह पेट की रोटियाँ चल जाती हैं, वह भी रो-धोकर। कई आदमी पूरब से आये हैं, वे कहते हैं, वहाँ दो-तीन रुपये रोज की मजूरी हो जाती है। चार-पाँच साल भी रह गया, तो मालोमाल हो जाऊँगा। अब आगे लड़के-बाले हुए। इनके लिए तो कुछ तो करना ही चाहिए।'

दुलारी ने समर्थन किया—'हाथ में चार पैसे होंगे, लड़कों को पढ़ायेंगे-लिखायेंगे। हमारी तो किसी तरह कट गयी, लड़कों को तो आदमी बनाना है।'

प्यारी यह प्रस्ताव सुनकर आवाक रह गयी। उनका मुँह ताकने लगी। इसके पहले इस तरह की बातचीत कभी न हुई थी। यह धुन कैसे सवार हो गयी? उसे सन्देह हुआ, शायद मेरे कारण यह भावना उत्पन्न हुई है। बोली—'मैं तो जाने को न कहूँगी; आगे जैसी तुम्हारी इच्छा हो। लड़कों को पढ़ाने-लिखाने के लिए यहाँ भी तो मदरसा है। फिर क्या नित्य यही दिन बने रहेंगे? दो-तीन साल भी खेती बन गयी तो, सब कुछ हो जायेगा।'

मथुरा—'इतने दिन खेती करते हो गये, अब तक न बनी, तो अब क्या बन जायेगी! इसी तरह एक दिन चल देंगे, मन-की-मन में रह जायेगी। फिर अब पौरुख भी तो थक रहा है। यह खेती कौन संभालेगा। लड़कों को मैं इस चक्की में जोतकर उनकी जिन्दगी नहीं खराब करना चाहता।

प्यारी ने आँखों में आँसू लाकर कहा—'भैया, घर पर जब तक आधी मिले; सारी के लिए न धावना चाहिए; अगर मेरी ओर से कोई बात हो तो

अपना घर-बार अपने हाथ में करो, मुझे एक टुकड़ा दे देना, पड़ी रहूँगी।'

मथुरा आर्द्र-कंठ होकर बोला—'भाभी, यह तुम क्या कहती हो, तुम्हारे ही सँभाले यह घर अब तक चला है, नहीं रसातल को चला गया होता। इस गिरस्ती के पीछे तुमने अपने को मिट्टी में मिला दिया, अपनी देह घुला डाली। मैं अन्धा नहीं हूँ। सब कुछ समझता हूँ। हम लोगों को जाने दो। भगवान ने चाहा, तो फिर घर सँभल जायेगा। तुम्हारे लिए हम बराबर खरच-वरच भेजते रहेंगे।'

प्यारी ने कहा—'जो ऐसा ही है तो तुम चले जाव, बाल-बच्चों को कहाँ-कहाँ बाँधे फिरोगे।'

दुलारी बोली—'यह कैसे हो सकता है बहन, यहाँ देहात में लड़के क्या पढ़े-लिखेंगे। बच्चों के बिना इनका जी वहाँ न लगेगा। दौड़-दौड़ घर आयेंगे और सारी कमाई रेल खा जायेगी। परदेश में अकेले जितना खरच होगा, उतने में सारा घर आराम से रहेगा।'

प्यारी बोली—'तो मैं यहाँ रहकर क्या करूँगी? मुझे भी लेते चलो।'

दुलारी उसे साथ ले चलने को तैयार न थी। कुछ दिन जीवन का आनन्द उठाना चाहती थी; अगर परदेश में भी यह बन्धन रहा, तो जाने से फायदा ही क्या? बोली—'बहन, तुम चलतीं तो क्या बात थी, लेकिन फिर यहाँ का सारा कारोबार तो चौपट हो जायेगा। तुम तो कुछ-न-कुछ देखभाल करती ही रहोगी।'

प्रस्थान की तिथि के एक दिन पहले ही रामप्यारी ने रात-भर जाग कर हलुआ और पूरियाँ पकाईं। जब से इस घर में आयी, कभी एक दिन के लिए भी अकेले रहने का अवसर नहीं आया। दोनों बहनें सदैव साथ रहीं। आज उस भयंकर अवसर को सामने आते देखकर प्यारी का दिल बैठा जाता था। वह देखती थी, मथुरा प्रसन्न है, बाल-वृन्द यात्रा के आनन्द में खाना-पीना तक भूले हुए हैं, तो उसके जी में आता, वह भी इस भाँति निर्द्वन्द्व रहे? मोह और ममता को पैरों से कुचल डाले; किन्तु वह ममता जिस खाद्य को खा-खाकर पली थी, उसे अपने सामने से हटाये जाते देखकर क्षुब्ध होने से न रुकती थी। दुलारी तो इस तरह निश्चिंत होकर बैठी थी, मानो कोई मेला देखने जा रही है। नयी-नयी चीजों को देखने, नयी दुनिया में विचरने की उत्सुकता ने उसे क्रियाशून्य-सा कर दिया था। प्यारी के सिर सारे प्रबन्ध का

भार था। धोबी के घर से सब कपड़े आये हैं या नहीं, कौन-कौन से बर्तन साथ जायेंगे, सफर खर्च के लिए कितने रुपये की जरूरत होगी, एक बच्चे को खाँसी आ रही थी, दूसरे को कई दिन से दस्त आ रहे थे, उन दोनों की औषधियों को पीसना-कूटना आदि सैकड़ों ही काम व्यस्त किये हुए थे। लड़कोरी न होकर भी वह बच्चों के लालन-पालन में दुलारी से कुशल थी। देखो, बच्चों को बहुत मारना-पीटना मत, मारने से बच्चे जिद्दी और बेह्या हो जाते हैं। बच्चों के साथ आदमी को बच्चा बन जाना पड़ता है, कभी उनके साथ खेलना पड़ता है, कभी हँसना पड़ता है। जो तुम चाहो कि हम आराम से पड़े रहें और बच्चे चुपचाप बैठ रहें, हाथ-पैर न हिलायें, तो यह नहीं हो सकता। बच्चे तो स्वभाव के चंचल होते हैं। उन्हें किसी-न-किसी काम में फँसाये रखो। धेले का एक खिलौना हजार घुड़कियों से बढ़कर होता है। दुलारी उपदेशों को इस तरह बेमन होकर सुनती थी, मानो कोई सनक कर बक रहा हो।

बिदाई का दिन प्यारी के लिए परीक्षा का दिन था। उसके जी में आता था, कहीं चली जाये, जिसमें वह दृश्य देखना न पड़े। हा! घड़ी भर में यह घर सूना हो जायेगा! वह दिन-भर घर में अकेली पड़ी रहेगी! किससे हँसेगी-बोलेगी? यह सोचकर उसका हृदय काँप जाता था। ज्यों-ज्यों समय निकट आता था, उसकी वृत्तियाँ शिथिल होती जाती थीं। वह कोई काम करते-करते जैसे खो जाती थी और अपलक नेत्रों से किसी बिन्दु की ओर ताकने लगती थी। कभी अवसर पाकर एकान्त में जाकर थोड़ा रो आती थी। मन को समझा रही थी, यह लोग अपने होते तो क्या इस तरह चले जाते। यह तो मानने का नाता है; किसी पर कोई जबरदस्ती है? दूसरों के लिए कितना ही मरो, तो भी अपने नहीं होते। पानी तेल में कितना ही मिले; फिर भी अलग ही रहेगा। बच्चे नये-नये कुरते पहने नवाब बने घूम रहे थे। प्यारी उन्हें प्यार करने के लिए गोद में लेना चाहती, तो रोने का-सा मुँह बनाकर छुड़ाकर भाग जाते। वह क्या जानती थी कि ऐसे अवसर पर बहुधा अपने बच्चे भी ऐसे निष्ठुर हो जाते हैं!

दस बजते-बजते द्वार पर बैलगाड़ी आ गयी। लड़के पहले ही से उस पर जा बैठे। गाँव के कितने स्त्री-पुरुष मिलने आये। प्यारी को इस समय उनका आना बुरा लग रहा था। वह दुलारी से थोड़ी देर एकान्त में गले मिलकर रोना चाहती थी, मथुरा से हाथ जोड़कर कहना चाहती थी,

मेरी खोज-खबर लेते रहना, तुम्हारे सिवा मेरा संसार में कौन है; लेकिन इस भड़भड़ में उसको इन बातों का मौका न मिला। मथुरा और दुलारी दोनों गाड़ी में जा बैठे। प्यारी द्वार पर रोती खड़ी रह गई। वह इतनी विह्वल थी कि गाँव के बाहर तक पहुँचाने की भी उसे सुधि न रही।

6

कई दिन तक प्यारी मुर्छित-सी पड़ी रही। न घर से निकली, न चूल्हा जलाया, न हाथ-मुँह धोया। उसका हलवाहा जोखू बार-बार आकर कहता— 'मालकिन, उठो, मुँह-हाथ धोओ, कुछ खाओ-पियो। कब तक इसी तरह पड़ी रहोगी?' इस तरह की तसल्ली गाँव की और स्त्रियाँ भी देती थीं; पर उनकी तसल्ली में एक प्रकार की ईर्ष्या का भाव छिपा हुआ जान पड़ता था। जोखू के स्वर से सच्ची सहानुभूति झलकती थी। जोखू कामचोर, बातूनी और नशेबाज था। प्यारी उसे बार-बार डाँटती रहती थी। दो-एक बार उसे निकाल भी चुकी थी, पर मथुरा के आग्रह से फिर रख लिया था। आज भी जोखू की सहानुभूति-भरी बातें सुनकर प्यारी झुँझलाती, यह काम करने क्यों नहीं जाता, यहाँ मेरे पीछे क्यों पड़ा हुआ है; मगर उसे झिड़क देने को जी न चाहता था। उसे इस समय सहानुभूति की भूख थी। फल काँटेदार वृक्ष से भी मिलें, तो क्या उन्हें छोड़ दिया जाता है?

धीरे-धीरे क्षोभ का वेग कम हुआ। जीवन के व्यापार होने लगे। अब खेती का सारा भार प्यारी पर था। लोगों ने सलाह दी, एक हल तोड़ दो और खेतों को उठा दो; पर प्यारी का गर्व यों ढोल बजाकर अपनी पराजय स्वीकार न कर सकता था। सारे काम पूर्ववत् चलने लगे। उधर मथुरा के चिट्ठी-पत्री न भेजने से उसके अभिमान को और भी उत्तेजना मिली। वह समझता है, मैं उसके आसरे बैठी हूँ। यहाँ उसको भी खिलाने का दावा रखती हूँ। उसके चिट्ठी भेजने से मुझे कोई निधि न मिल जाती। उसे अगर मेरी चिन्ता नहीं है तो मैं कब उसकी परवाह करती हूँ।

घर में तो अब विशेष कोई काम रहा नहीं, प्यारी सारे दिन खेतीबारी के काम में लगी रहती। खरबूजे बोये थे। वह खूब फले और खूब बिके। पहले सारा दूध घर में खर्च हो जाता था, अब बिकने लगा। प्यारी की मनोवृत्तियों में भी एक विचित्र परिवर्तन आ गया। वह अब साफ-सुथरे कपड़े पहनती,

माँग-चोटी की ओर से भी उतनी उदासीन न थी। आभूषणों में भी रुचि हुई। रुपये हाथ में आते ही उसने अपने गिरवी गहने छुड़ाये और भोजन भी संयम से करने लगी। सागर पहले खेतों को सींचकर खुद खाली हो जाता था। अब निकासी की नालियाँ बन्द हो गयी थीं। सागर में पानी जमा होने लगा और अब उसमें हलकी-हलकी लहरें भी थीं, खिले हुए कमल भी थे।

एक दिन जोखू हार से लौटा, तो अँधेरा हो गया था। प्यारी ने पूछा—'अब तक वहाँ क्या करता रहा?'

जोखू ने कहा—'चार क्यारियाँ बच रही थीं। मैंने सोचा, दस मोट और खींच दूँ। कल की झंझट कौन रखे।'

जोखू अब कुछ दिनों से काम में मन लगाने लगा था। जब तक मालिक उसके सिर पर सवार रहते थे, वह हीले-बहाने करता था। अब सब कुछ उसके हाथ में था। प्यारी सारे दिन हार में थोड़े ही रह सकती थी; इसलिए अब इसमें जिम्मेदारी आ गयी थी।

प्यारी ने लोटे का पानी रखते हुए कहा—'अच्छा, हाथ-मुँह धो डालो। आदमी जान रखकर काम करता है, हाय-हाय करने से कुछ नहीं होता। खेत आज न होते, कल होते क्या जल्दी थी।'

जोखू ने समझा प्यारी बिगड़ रही है, उसने तो अपनी समझ में कारगुजारी की थी और समझा था, तारीफ होगी। यहाँ आलोचना हुई। चिढ़कर बोला—'मालकिन, तुम दायें-बायें दोनों ओर चलती हो। जो बात नहीं समझती हो, उसमें क्यों कूदती हो। कल के लिए तो उंचवा के खेत पड़े सूख रहे हैं। आज बड़ी मुश्किल से कुआँ खाली हुआ है! सबेरे मैं न पहुँचता, तो कोई और आकर न छेंक लेता? फिर अठवारे तक राह देखनी पड़ती। तब तक तो सारी ऊख बिदा हो जाती।'

प्यारी उसकी सरलता पर हँस कर बोली—'अरे, तो मैं तुझे कुछ कह थोड़ी रही हूँ, पागल! मैं तो यह कहती हूँ कि जान रखकर काम कर। कहीं बीमार पड़ गया, तो लेने के देने पड़ जायेंगे।'

जोखू—'कौन बीमार पड़ जायेगा, मैं? बीस साल में कभी सिर तक तो दुखा नहीं, आगे की नहीं जानता। कहो रात भर काम करता रहूँ।'

प्यारी—'मैं क्या जानूँ, तुम्हीं अंतरे दिन बैठे रहते थे, और पूछा जाता था, तो कहते थे—जुर आ गया था, पेट में दरद था।'

जोखू झेंपता हुआ बोला—'वह बातें तब थीं, जब मालिक लोग चाहते थे कि इसे पीस डालें। अब तो जानता हूँ, मेरे ही माथे है। मैं न करूँगा तो सब चौपट हो जायेगा।'

प्यारी—'मैं क्या देखभाल नहीं करती?'

जोखू—'तुम बहुत करोगी, दो बेर चली जावगी। सारे दिन तुम यहाँ बैठी नहीं रह सकतीं।'

प्यारी को उसके निष्कपट व्यवहार ने मुग्ध कर लिया। बोली—'तो इतनी रात गये चूल्हा जलाओगे? कोई सगाई क्यों नहीं कर लेते?'

जोखू ने मुँह धोते हुए कहा—'तुम भी खूब कहती हो मालकिन। अपने पेट भर को तो होता नहीं, सगाई कर लूँ। सवा सेर खाता हूँ एक जून—पूरा सवा सेर! दोनों जून के लिए दो सेर चाहिए।'

प्यारी—'आज मेरी रसोई में खाओ, देखूँ कितना खाते हो?'

जोखू ने पुलकित होकर कहा—'नहीं मालकिन, तुम बनाते-बनाते थक जावगी। हाँ, आध-आध सेर की दो रोटी बनाकर खिला दो तो खा लूँ। मैं तो यही करता हूँ। बस, आटा सानकर दो लिट बनाता हूँ और उपले पर सेंक लेता हूँ। कभी मठे से, कभी नमक से, कभी प्याज से खा लेता हूँ और आकर पड़ रहता हूँ।'

प्यारी—'मैं तुम्हें आज फुलके खिलाऊँगी।'

जोखू—'तब तो सारी रात खाते ही बीत जायेगी।'

प्यारी—'बको मत, चटपट आकर बैठ जाओ।'

जोखू—'जरा बैलों को पानी देता आऊँ तो बैठूँ।'

7

जोखू और प्यारी में ठनी हुई थी।

प्यारी ने कहा—'मैं कहती हूँ, धान रोपने की कोई जरूरत नहीं। झड़ी लग जाये, तो खेत डूब जाये। बर्खा बन्द हो जाये, तो खेत सूख जाये। जुआर, बाजरा, सन, अरहर सब तो हैं, धान न सही।'

जोखू ने अपने विशाल कंधे पर फावड़ा रखते हुए कहा—'जब सबका होगा, तो मेरा भी होगा। सबका डूब जायेगा, तो मेरा भी डूब जायेगा।

मैं क्यों किसी से पीछे रहूँ। बाबा के जमाने में पाँच बीघे से कम नहीं रोपा जाता था, बिरजू भैया ने उसमें एक-दो बीघे और बढ़ा दिये। मथुरा ने भी थोड़ा-बहुत हर साल रोपा, तो मैं क्या सबसे गया-बीता हूँ? मैं पाँच बीघे से कम न लगाऊँगा।'

'तब घर के दो जवान काम करने वाले थे।'

'मैं अकेला उन दोनों के बराबर खाता हूँ। दोनों के बराबर काम क्यों न करूँगा?'

'चल, झूठा कहीं का! कहते थे, दो सेर खाता हूँ, चार सेर खाता हूँ। आध सेर में रह गये।'

'एक दिन तौलो, तब मालूम हो।'

'तौला है। बड़े खानेवाले! मैं कहे देती हूँ, धान न रोपो। मजूर मिलेंगे नहीं, अकेले हलकान होना पड़ेगा।'

'तुम्हारी बला से। मैं ही हलकान हूँगा न? यह देह किस दिन काम आयेगी?'

प्यारी ने उसके कंधे पर से फावड़ा ले लिया और बोली—'तुम पहर रात से पहर रात तक ताल में रहोगे, अकेले मेरा जी ऊबेगा!'

जोखू को जी ऊबने का अनुभव न था। कोई काम न हो, तो आदमी पड़ कर सो रहे! जी क्यों ऊबे। बोला—'जी ऊबे तो सो रहना। मैं घर रहूँगा, तब तो और जी ऊबेगा। मैं खाली बैठता हूँ, तो बार-बार खाने की सूझती है। बातों में देर हो रही है और बादल घिरे आते हैं।'

प्यारी ने हार कर कहा—'अच्छा, कल से जाना, आज बैठो।'

जोखू ने मानो बन्धन में पड़कर कहा—'अच्छा, बैठ गया, कहो क्या कहती हो?'

प्यारी ने विनोद करते हुए कहा—'कहना क्या है, मैं तुमसे पूछती हूँ अपनी सगाई क्यों नहीं कर लेते? अकेली मरती हूँ। तब एक से दो हो जाऊँगी?'

जोखू शरमाता हुआ बोला—'तुमने फिर वही बेबात की बात छेड़ दी, मालकिन! किससे सगाई कर लूँ यहाँ? मैं ऐसी मेहरिया लेकर क्या करूँगा, जो गहनों के लिए मेरी जान खाती रहे।'

प्यारी—'यह तो तुमने बड़ी कड़ी शर्त लगायी। ऐसी औरत कहाँ मिलेगी, जो गहने भी न चाहे।'

जोखू—'यह मैं थोड़े ही कहता हूँ कि वह गहने न चाहे; हाँ, मेरी जान न खाय। तुमने तो कभी गहनों के लिए हठ न किया; बल्कि अपने सारे गहने दूसरों के ऊपर लगा दिये।'

प्यारी के कपोलों पर हल्का-सा रंग आ गया। बोली—'अच्छा, और क्या चाहते हो?'

जोखू—'मैं कहने लगूँगा, तो बिगड़ जावगी।'

प्यारी की आँखों में लज्जा की एक रेखा नजर आयी, बोली—'बिगड़ने की बात कहोगे, तो जरूर बिगड़ूँगी।'

जोखू—'तो मैं न कहूँगा।'

प्यारी ने उसे पीछे की ओर ढकेलते हुए कहा—'कहोगे कैसे नहीं, मैं कहला के छोड़ूंगी।'

जोखू—'मैं चाहता हूँ कि वह तुम्हारी तरह हो; ऐसी ही गंभीर हो, ऐसी ही बातचीत में चतुर हो, ऐसा ही अच्छा खाना पकाती हो, ऐसी ही किफायती हो, ऐसी ही हँसमुख हो। बस, ऐसी औरत मिलेगी, तो करूँगा नहीं इसी तरह पड़ा रहूँगा।'

प्यारी का मुख लज्जा से आरक्त हो गया। उसने पीछे हटकर कहा—'तुम बड़े नटखट हो! हँसी-हँसी में सब कुछ कह गये।'

घरजमाई

हरिधन जेठ की दुपहरी में ऊख में पानी देकर आया और बाहर बैठा रहा। घर में से धुआँ उठता नजर आता था। छन-छन की आवाज भी आ रही थी। उसके दोनों साले उसके बाद आये और घर में चले गए। दोनों सालों के लड़के भी आये और उसी तरह अंदर दाखिल हो गये; पर हरिधन अंदर न जा सका। इधर एक महीने से उसके साथ यहाँ जो बर्ताव हो रहा था और विशेष कर कल उसे जैसी फटकार सुननी पड़ी थी, वह उसके पाँव में बेड़ियाँ-सी डाले हुए था। कल उसकी सास ही ने तो कहा था, मेरा जी तुमसे भर गया, मैं तुम्हारी जिन्दगी-भर का ठीका लिये बैठी हूँ क्या—और सबसे बढ़कर अपनी स्त्री की निठुरता ने उसके हृदय के टुकड़े कर दिये थे। वह बैठी यह फटकार सुनती रही; पर एक बार तो उसके मुँह से न निकला, अम्माँ, तुम क्यों इनका अपमान कर रही हो! बैठी गट-गट सुनती रही। शायद मेरी दुर्गति पर खुश हो रही थी। इस घर में वह कैसे जाये? क्या फिर वही गालियाँ खाने, वही फटकार सुनने के लिए? और आज इस घर में जीवन के दस साल गुजर जाने पर यह हाल हो रहा है। मैं किसी से कम काम करता हूँ? दोनों साले मीठी नींद सो रहते हैं और मैं बैलों को सानी-पानी देता हूँ; छाँटी काटता हूँ। वहाँ सब लोग पल-पल पर चिलम पीते हैं, मैं आँखें बन्द किये अपने काम में लगा रहता हूँ। संध्या समय घरवाले गाने-बजाने चले जाते हैं, मैं घड़ी रात तक गायें-भैंसे दुहता रहता हूँ। उसका यह पुरस्कार मिल रहा है कि कोई खाने को भी नहीं पूछता।

उल्टे गालियाँ मिलती हैं।

उसकी स्त्री घर में से डोल लेकर निकली और बोली—'जरा इसे कुएँ से खींच लो। एक बूँद पानी नहीं है।'

हरिधन ने डोल लिया और कुएँ से पानी भर लाया। उसे जोर की भूख लगी हुई थी, समझा अब खाने को बुलाने आवेगी; मगर स्त्री डोल लेकर अन्दर गई तो वहीं की हो रही। हरिधन थका-माँदा क्षुधा से व्याकुल पड़ा-पड़ा सो गया।

सहसा उसकी स्त्री गुमानी ने आकर उसे जगाया।

हरिधन ने पड़े-पड़े कहा—'क्या है? क्या पड़ा भी न रहने देगी या और पानी चाहिए।'

गुमानी कटु स्वर में बोली—'गुर्राते क्या हो, खाने को तो बुलाने आयी हूँ।'

हरिधन ने देखा, उसके दोनों साले और बड़े साले के दोनों लड़के भोजन किये चले आ रहे थे। उसकी देह में आग लग गई। मेरी अब यह नौबत पहुँच गई कि इन लोगों के साथ बैठकर खा भी नहीं सकता! ये लोग मालिक हैं। मैं इनकी जूठी थाली चाटने वाला हूँ। मैं इनका कुत्ता हूँ, जिसे खाने के बाद एक टुकड़ा रोटी डाल दी जाती है। यही घर है जहाँ आज से दस साल पहले उसका कितना आदर-सत्कार होता था। साले गुलाम बने रहते थे। सास मुँह जोहती रहती थी। स्त्री पूजा करती थी। तब उसके पास रुपये थे, जायदाद थी। अब वह दरिद्र है, उसकी सारी जायदाद को इन्हीं लोगों ने कूड़ा कर दिया। अब उसे रोटियों के भी लाले हैं। उसके जी में एक ज्वाला-सी उठी कि इसी वक्त अन्दर जाकर सास को और सालों को भिगो-भिगोकर लगाये; पर जब्त करके रह गया। पड़े-पड़े बोला—'मुझे भूख नहीं है। आज न खाऊँगा।'

गुमानी ने कहा—'न खाओगे मेरी बला से, हाँ नहीं तो! खाओगे, तुम्हारे ही पेट में जायेगा, कुछ मेरे पेट में थोड़े ही चला जायेगा।'

हरिधन का क्रोध आँसू बन गया। यह मेरी स्त्री है, जिसके लिए मैंने अपना सर्वस्व मिट्टी में मिला दिया। मुझे उल्लू बनाकर यह सब अब निकाल देना चाहते हैं। वह अब कहाँ जाये! क्या करे!

उसकी सास आकर बोली—'चलकर खा क्यों नहीं लेते जी, रूठते

किस पर हो? यहाँ तुम्हारे नखरे सहने का किसी में बूता नहीं है। जो देते हो वह मत देना और क्या करोगे। तुमसे बेटी ब्याही है, कुछ तुम्हारी जिन्दगी का ठीका नहीं लिखा है।'

हरिधन ने मर्माहत होकर कहा—'हाँ अम्माँ, मेरी भूल थी कि मैं यही समझ रहा था। अब मेरे पास क्या है कि तुम मेरी जिन्दगी का ठीका लोगी। जब मेरे पास भी धन था तब सब कुछ आता था। अब दरिद्र हूँ, तुम क्यों बता पूछोगी।'

बूढ़ी सास भी मुँह फुलाकर भीतर चली गई।

2

बच्चों के लिए बाप एक फालतू-सी चीज—एक विलास की वस्तु—है, जैसे घोड़े के लिए चने या बाबुओं के लिए मोहनभोग। माँ रोटी-दाल है। मोहन भोग उम्र-भर न मिले तो किसका नुकसान है; मगर एक दिन रोटी-दाल के दर्शन न हों, तो फिर देखिए, क्या हाल होता है। पिता के दर्शन कभी-कभी शाम-सबेरे हो जाते हैं, वह बच्चे को उछालता है, दुलारता है, कभी गोद में लेकर या उंगली पकड़कर सैर कराने ले जाता है और बस, यही उसके कर्तव्य की इति है। वह परदेश चला जाये, बच्चे को परवा नहीं होती; लेकिन माँ तो बच्चे का सर्वस्व है। बालक एक मिनिट के लिए भी उसका वियोग नहीं सह सकता। पिता कोई हो, उसे परवा नहीं, केवल एक उछलने-कूदनेवाला आदमी होना चाहिए; लेकिन माता तो अपनी ही होनी चाहिए, सोलहों आने अपनी; वही रूप, वही रंग, वही प्यार, वही सब कुछ। वह अगर नहीं है तो बालक के जीवन का स्रोत मानो सूख जाता है, फिर वह शिव का नन्दी है, जिस पर फूल या जल चढ़ाना लाजिमी नहीं, अख्तियारी है। हरिधन की माता का आज दस साल हुए देहांत हो गया था; उस वक्त उसका विवाह हो चुका था। वह सोलह साल का कुमार था। पर माँ के मरते ही उसे मालूम हुआ, मैं कितना निस्सहाय हूँ। जैसे उस पर उसका कोई अधिकार ही न रहा हो। बहनों के विवाह हो चुके थे। भाई कोई दूसरा न था। बेचारा अकेले घर में जाते भी डरता था। माँ के लिए रोता था; पर माँ की परछाईं से डरता था। जिस कोठरी में उसने देह-त्याग किया था, उधर वह आँखें तक न उठाता। घर में एक बुआ थी, वह हरिधन का बहुत

दुलार करती। हरिधन को अब दूध ज्यादा मिलता, काम भी कम करना पड़ता। बुआ बार-बार पूछती—'बेटा! कुछ खाओगे?' बाप भी अब उसे ज्यादा प्यार करता, उसके लिए अलग एक गाय मँगवा दी, कभी-कभी उसे कुछ पैसे दे देता कि जैसे चाहे खर्च करे। पर इन मरहमों से वह घाव न पूरा होता था; जिसने उसकी आत्मा को आहत कर दिया था। यह दुलार और प्यार उसे बार-बार माँ की याद दिलाता। माँ की घुड़कियों में जो मजा था; वह क्या इस दुलार में था? माँ से माँगकर, लड़कर, ठुनककर, रूठकर लेने में जो आनन्द था, वह क्या इस भिक्षादान में था? पहले वह स्वस्थ था, माँगकर खाता, लड़-लड़कर खाता, अब वह बीमार था, अच्छे-से-अच्छे पदार्थ उसे दिये जाते थे; पर भूख न थी।

साल-भर तक वह इस दशा में रहा। फिर दुनिया बदल गयी। एक नयी स्त्री जिसे लोग उसकी माता कहते थे, उसके घर में आयी और देखते-देखते एक काली घटा की तरह उसके संकुचित भूमंडल पर छा गयी—सारी हरियाली, सारे प्रकाश पर अन्धकार का परदा पड़ गया। हरिधन ने इस नकली माँ से बात तक न की, कभी उसके पास गया तक नहीं। एक दिन घर से निकला और ससुराल चला आया।

बाप ने बार-बार बुलाया; पर उनके जीते-जी वह फिर उस घर में न गया। जिस दिन उसके पिता के देहान्त की सूचना मिली, उसे एक प्रकार का ईर्ष्यामय हर्ष हुआ। उसकी आँखों से आँसू की एक बूँद भी न आयी।

इस नये संसार में आकर हरिधन को एक बार फिर मातृ-स्नेह का आनन्द मिला। उसकी सास ने ऋषि-वरदान की भाँति उसके शून्य जीवन को विभूतियों से परिपूर्ण कर दिया। मरुभूमि में हरियाली उत्पन्न हो गयी। सालियों की चुहल में, सास के स्नेह में, सालों के वाक-विलास में और स्त्री के प्रेम में उसके जीवन की सारी आकांक्षाएँ पूरी हो गयीं। सास कहती—'बेटा, तुम इस घर को अपना ही समझो, तुम्हीं मेरी आँखों के तारे हो।' वह उससे अपने लड़कों की, बहुओं की शिकायत करती। वह दिल में समझता था, सास जी मुझे अपने बेटों से भी ज्यादा चाहती हैं। बाप के मरते ही वह घर गया और अपने हिस्से की जायदाद को कूड़ा करके, रुपयों की थैली लिए हुए आ गया। अब उसका दूना आदर-सत्कार होने लगा। उसने अपनी सारी सम्पत्ति सास के चरणों पर अर्पण करके अपने जीवन को सार्थक कर दिया। अब तक उसे कभी-कभी घर की याद आ जाती थी। अब भूलकर

भी उसकी याद न आती, मानो वह उसके जीवन का कोई भीषण कांड था, जिसे भूल जाना ही उसके लिए अच्छा था। वह सबसे पहले उठता, सबसे ज्यादा काम करता, उसका मनोयोग, उसका परिश्रम देखकर गाँव के लोग दाँतों तले उंगली दबाते थे। उसके ससुर का भाग बखानते, जिसे ऐसा दामाद मिल गया; लेकिन ज्यों-ज्यों दिन गुजरते गये, उसका मान-सम्मान घटता गया। पहले देवता था, फिर घर का आदमी, अन्त में घर का दास हो गया। रोटियों में भी बाधा पड़ गयी। अपमान होने लगा। अगर घर के लोग भूखों मरते और साथ ही उसे भी मरना पड़ता, तो उसे जरा भी शिकायत न होती। लेकिन जब देखता, और लोग मूँछों पर ताव दे रहे हैं, केवल मैं ही दूध की मक्खी बना दिया गया हूँ, तो उसके अन्तस्तल से एक लम्बी, ठंडी आह निकल आती। अभी उसकी उम्र पच्चीस ही साल की तो थी। इतनी उम्र इस घर में कैसे गुजरेगी? और तो और, उसकी स्त्री ने भी आँखें फेर लीं! यह उस विपत्ति का सबसे क्रूर दृश्य था।

3

हरिधन तो उधर भूखा-प्यासा चिन्ता-दाह में जल रहा था, इधर घर में सास जी और दोनों सालों में बातें हो रही थीं। गुमानी भी हाँ-में-हाँ मिलाती जाती थी।

बड़े साले ने कहा—'हम लोगों की बराबरी करते हैं। यह नहीं समझते कि किसी ने उनकी जिन्दगी भर का बीड़ा थोड़े ही लिया है। दस साल हो गये। इतने दिनों में क्या दो-तीन हजार न हड़प गये होंगे?'

छोटे साले बोले—'मजूर हो तो आदमी घुड़के भी, डाँटे भी, अब इनसे कोई क्या कहे। न जाने इनसे कभी पिंड छूटेगा भी या नहीं। अपने दिल में समझते होंगे, मैंने दो हजार रुपये नहीं दिये हैं? यह नहीं समझते कि उनके दो हजार कब के उड़ चुके। सवा सेर तो एक जून को चाहिये।'

सास ने गम्भीर भाव से कहा—'बड़ी भारी खोराक है!'

गुमानी माता के सिर से जूँ निकाल रही थी। सुलगते हुए हृदय से बोली—'निकम्मे आदमी को खाने के सिवा और काम ही क्या रहता है?'

बड़े—'खाने की कोई बात नहीं है। जिसकी जितनी भूख हो उतना खाय, लेकिन कुछ पैदा भी तो करना चाहिये। यह नहीं समझते कि पहुनई

में किसी के दिन कटे हैं!'

छोटे—'मैं तो एक दिन कह दूँगा, अब अपनी राह लीजिये, आपका करजा नहीं खाया है।'

गुमानी घरवालों की ऐसी-ऐसी बातें सुनकर अपने पति से द्वेष करने लगी थी। अगर वह बाहर से चार पैसे लाता, तो इस घर में उसका कितना मान-सम्मान होता, वह भी रानी बनकर रहती। न-जाने क्यों कहीं बाहर जाकर कमाते उसकी नानी मरती है। गुमानी की मनोवृत्तियाँ अभी तक बिल्कुल बालपन की-सी थीं। उसका अपना कोई घर न था। उसी घर का हित-अहित उसके लिए भी प्रधान था। वह भी उन्हीं शब्दों में विचार करती इस समस्या को उन्हीं आँखों से देखती जैसे उसके घर वाले देखते थे। सच तो, दो हजार रुपये में क्या किसी को मोल ले लेंगे? दस साल में दो हजार होते ही क्या हैं। दो सौ ही तो साल भर के हुए। क्या दो आदमी साल भर में दो सौ भी न खायेंगे। फिर कपड़े-लत्ते, दूध-घी, सभी कुछ तो है। दस साल हो गये, एक पीतल का छल्ला नहीं बना। घर से निकलते तो जैसे इनके प्रान निकलते हैं। जानते हैं जैसे पहले पूजा होती थी वैसे ही जनम-भर होती रहेगी। यह नहीं सोचते कि पहले और बात थी, अब और बात है। बहू तो पहले ससुराल जाती है तो उसका कितना महातम होता है। उसके डोली से उतरते ही बाजे बजते हैं, गाँव-मुहल्ले की औरतें उसका मुँह देखने आती हैं और रुपये देती हैं। महीनों उसे घर भर से अच्छा खाने को मिलता है, अच्छा पहनने को, कोई काम नहीं लिया जाता; लेकिन छः महीनों के बाद कोई उसकी बात भी नहीं पूछता, वह घर-भर की लौंडी हो जाती है। उनके घर में मेरी भी तो वही गति होती। फिर काहे का रोना। जो यह कहो कि मैं तो काम करता हूँ, तो तुम्हारी भूल है, मजूर की और बात है। उसे आदमी डाँटता भी है, मारता भी है, जब चाहता है, रखता है, जब चाहता है, निकाल देता है। कसकर काम लेता है। यह नहीं कि जब जी में आया, कुछ काम किया, जब जी में आया, पड़कर सो रहे।

4

हरिधन अभी पड़ा अन्दर-ही-अन्दर सुलग रहा था, कि दोनों साले बाहर आये और बड़े साहब बोले—'भैया, उठो तीसरा पहल ढल गया, कब तक

सोते रहोगे? सारा खेत पड़ा हुआ है।'

हरिधन चट उठ बैठा और तीव्र स्वर में बोला—'क्या तुम लोगों ने मुझे उल्लू समझ लिया है।'

दोनों साले हक्का-बक्का हो गये। जिस आदमी ने कभी जबान नहीं खोली, हमेशा गुलामों की तरह हाथ बाँधे हाजिर रहा, वह आज एकाएक इतना आत्माभिमानी हो जाये, यह उनको चौंका देने के लिए काफी था। कुछ जवाब न सूझा।

हरिधन ने देखा, इन दोनों के कदम उखड़ गये हैं, तो एक धक्का और देने की प्रबल इच्छा को न रोक सका। उसी ढंग से बोला—'मेरी भी आँखें हैं। अंधा नहीं हूँ, न बहरा ही हूँ। छाती फाड़कर काम करूँ और उस पर भी कुत्ता समझा जाऊँ; ऐसे गधे कहीं और होंगे!'

अब बड़े साले भी गर्म पड़े—'तुम्हें किसी ने यहाँ बाँध तो नहीं रक्खा है।'

अबकी हरिधन लाजवाब हुआ। कोई बात न सूझी।

बड़े ने फिर उसी ढंग से कहा—'अगर तुम यह चाहो कि जन्म-भर पाहुने बने रहो और तुम्हारा वैसा ही आदर-सत्कार होता रहे, तो यह हमारे वश की बात नहीं है।'

हरिधन ने आँखें निकालकर कहा—'क्या मैं तुम लोगों से कम काम करता हूँ?'

बड़े—'यह कौन कहता है?'

हरिधन—'तो तुम्हारे घर की नीति है कि जो सबसे ज्यादा काम करे वही भूखों मारा जाये?'

बड़े—'तुम खुद खाने नहीं गये। क्या कोई तुम्हारे मुँह में कौर डाल देता?'

हरिधन ने ओठ चबाकर कहा—'मैं खुद खाने नहीं गया? कहते तुम्हें लाज नहीं आती?'

'नहीं आयी थी बहन तुम्हें बुलाने?'

छोटे साले ने कहा—'अम्माँ भी तो आयी थीं। तुमने कह दिया, मुझे भूख नहीं है, तो क्या करतीं।'

सास भीतर से लपकी चली आ रही थीं। यह बात सुनकर बोली—'कितना कह कर हार गई, कोई उठे न तो मैं क्या करूँ?'

हरिधन ने विष, खून और आग से भरे हुए स्वर में कहा—'मैं तुम्हारे लड़कों का झूठा खाने के लिए हूँ? मैं कुत्ता हूँ कि तुम लोग खाकर मेरे सामने रूखी रोटी का टुकड़ा फेंक दो?'

बुढ़िया ने ऐंठकर कहा—'तो क्या तुम लड़कों की बराबरी करोगे?'

हरिधन परास्त हो गया! बुढ़िया ने एक ही वाक-प्रहार में उसका काम तमाम कर दिया। उसकी तनी हुई भवें ढीली पड़ गयीं, आँखों की आग बुझ गयी, फड़कते हुए नथने शांत हो गये। किसी आहत मनुष्य की भाँति वह जमीन पर गिर पड़ा। 'क्या तुम मेरे लड़कों की बराबरी करोगे?' यह वाक्य एक लम्बे भाले की तरह उसके हृदय में चुभता चला जाता था—'न हृदय का अन्त था, न उस भाले का!'

5

सारे घर ने खाया; पर हरिधन न उठा। सास ने मनाया, सालियों ने मनाया, ससुर ने मनाया, दोनों साले मनाकर थक गये। हरिधन न उठा; वहीं द्वार पर एक टाट पर पड़ा था। उसे उठाकर सबसे अलग कुएँ पर ले गया और जगत पर बिछाकर पड़ा रहा।

रात भीग चुकी थी। अनन्त प्रकाश में उज्ज्वल तारे बालकों की भाँति क्रीड़ा कर रहे थे। कोई नाचता था, कोई उछलता था, कोई हँसता था, कोई आँखें मींचकर फिर खोल देता था। रह-रहकर कोई साहसी बालक सपाटा भर कर एक पल में उस विस्तृत क्षेत्र को पार कर लेता था और न जाने कहाँ छिप जाता था। हरिधन को अपना बचपन याद आया, जब वह भी इसी तरह क्रीड़ा करता था। उसकी बाल-स्मृतियाँ उन्हीं चमकीले तारों की भाँति प्रज्ज्वलित हो गयीं। वह अपना छोटा-सा घर, वह आम के बाग जहाँ वह केरियाँ चुना करता था, वह मैदान जहाँ वह कबड्डी खेला करता था, सब उसे याद आने लगे। फिर अपनी स्नेहमयी माता की सदय मूर्ति उसके सामने खड़ी हो गई। उन आँखों में कितनी करुणा थी, कितनी दया थी। उसे ऐसा जान पड़ा मानो माता आँखों में आँसू भरे, उसे छाती से लगा लेने के लिए हाथ फैलाये उसकी ओर चली आ रही है। वह उस मधुर भावना में अपने

को भूल गया। ऐसा जान पड़ा मानो माता ने उसे छाती से लगा लिया है और उसके सिर पर हाथ फेर रही है। वह रोने लगा, फूट-फूटकर रोने लगा। उसी आत्म-सम्मोहित दशा में उसके मुँह से यह शब्द निकला—'अम्मा, तुमने मुझे इतना भुला दिया। देखो, तुम्हारे प्यारे लाल की क्या दशा हो रही है? कोई उसे पानी को भी नहीं पूछता। क्या जहाँ तुम हो, वहाँ मेरे लिए जगह नहीं है?'

सहसा गुमानी ने आकर पुकारा—'क्या सो गये तुम, नौज किसी को ऐसी राक्षसी नींद आये! चलकर खा क्यों नहीं लेते? कब तक कोई तुम्हारे लिए बैठा रहे?'

हरिधन उस कल्पना-जगत से क्रूर प्रत्यक्ष में आ गया। वही कुएं की जगत थी, वही फटा हुआ टाट और गुमानी सामने खड़ी कह रही थी—'कब तक कोई तुम्हारे लिए बैठा रहे!'

हरिधन उठ बैठा और मानो तलवार म्यान से निकालकर बोला—'भला तुम्हें मेरी सुध तो आयी। मैंने तो कह दिया था, मुझे भूख नहीं है।'

गुमानी—'तो कै दिन न खाओगे?'

'अब इस घर का पानी भी न पीऊँगा, तुझे मेरे साथ चलना है या नहीं?'

दृढ़ संकल्प से भरे हुए इन शब्दों को सुनकर गुमानी सहम उठी। बोली—'कहाँ जा रहे हो!'

हरिधन ने मानो नशे में कहा—'तुझे इससे क्या मतलब? मेरे साथ चलेगी या नहीं? फिर पीछे से न कहना, मुझसे कहा नहीं।'

गुमानी आपत्ति के भाव से बोली—'तुम बताते क्यों नहीं, कहाँ जा रहे हो?'

'तू मेरे साथ चलेगी या नहीं?'

'जब तक तुम बता न दोगे, मैं नहीं जाऊँगी।'

'तो मालूम हो गया, तू नहीं जाना चाहती। मुझे इतना ही पूछना था, नहीं अब तक मैं आधी दूर निकल गया होता।'

यह कहकर वह उठा और अपने घर की ओर चला। गुमानी पुकारती रही— 'सुन लो' 'सुन लो'; पर उसने पीछे फिर कर भी न देखा।

6

तीस मील की मंजिल हरिधन ने पाँच घण्टों में तय की। जब वह अपने गाँव की अमराइयों के सामने पहुँचा, तो उसकी मातृ-भावना ऊषा की सुनहरी गोद में खेल रही थी। उन वृक्षों को देखकर उसका विह्वल हृदय नाचने लगा। मंदिर का वह सुनहरा कलश देखकर वह इस तरह दौड़ा मानो एक छलांग में उसके ऊपर जा पहुँचेगा। वह वेग में दौड़ा जा रहा था मानो उसकी माता गोद फैलाये उसे बुला रही हो। जब वह आमों के बाग में पहुँचा, जहाँ डालियों पर बैठकर वह हाथी की सवारी का आनन्द पाता था, जहाँ की कच्ची बेरों और लिसोड़ों में एक स्वर्गीय स्वाद था, तो वह बैठ गया और भूमि पर सिर झुका कर रोने लगा, मानो अपनी माता को अपनी विपत्ति-कथा सुना रहा हो। वहाँ की वायु में, वहाँ के प्रकाश में, मानो उसकी विराट रूपिणी माता व्याप्त हो रही थी, वहाँ की अंगुल-अंगुल भूमि माता के पद-चिह्नों से पवित्र थी, माता के स्नेह में डूबे हुए शब्द अभी तक मानो आकाश में गूँज रहे थे। इस वायु और इस आकाश में न जाने कौन-सी संजीवनी थी जिसने उसके शोकार्त्त हृदय को बालोत्साह से भर दिया। वह एक पेड़ पर चढ़ गया और अधर से आम तोड़-तोड़कर खाने लगा। सास के वह कठोर शब्द, स्त्री का वह निष्ठुर आघात, वह सारा अपमान वह भूल गया। उसके पाँव फूल गये थे, तलवों में जलन हो रही थी; पर इस आनन्द में उसे किसी बात का ध्यान न था।

सहसा रखवाले ने पुकारा—'वह कौन ऊपर चढ़ा हुआ है रे? उतर अभी नहीं तो ऐसा पत्थर खींचकर मारूँगा कि वहीं ठण्डे हो जाओगे।'

उसने कई गालियाँ भी दीं। इस फटकार और इन गालियों में इस समय हरिधन को अलौकिक आनन्द मिल रहा था। वह डालियों में छिप गया, कई आम काट-काटकर नीचे गिराये, और जोर से ठट्ठा मारकर हँसा। ऐसी उल्लास से भरी हुई हँसी उसने बहुत दिन से न हँसी थी।

रखवाले को वह हँसी परिचित-सी मालूम हुई। मगर हरिधन यहाँ कहाँ। वह तो ससुराल की रोटियाँ तोड़ रहा है। कैसा हँसोड़ा था कितना चिबिल्ला। न जाने बेचारे का क्या हाल हुआ? पेड़ की डाल से तालाब में कूद पड़ता था। अब गाँव में ऐसा कौन है?

डाँटकर बोला—'वहाँ बैठे-बैठे हँसोगे, तो आकर सारी हँसी निकाल

दूँगा, नहीं सीधे से उतर आओ।'

वह गालियाँ देने जा रहा था कि एक गुठली आकर उसके सिर पर लगी। सिर सहलाता हुआ बोला—'यह कौन सैतान है? नहीं मानता, ठहर तो, मैं आकर तेरी खबर लेता हूँ।'

उसने अपनी लकड़ी नीचे रख दी और बन्दरों की तरह चटपट ऊपर चढ़ गया। देखा तो हरिधन बैठा मुसकिरा रहा है। चकित होकर बोला—'अरे हरिधन! तुम यहाँ कब आये! इस पेड़ पर कब से बैठे हो?'

दोनों बचपन सखा वहीं गले मिले।

'यहाँ कब आये? चलो, घर चलो भले आदमी, क्या वहाँ आम भी मयस्सर न होते थे?'

हरिधन ने मुस्किराकर कर कहा—'मंगरू, इन आमों में जो स्वाद है, वह और कहीं के आमों में नहीं है। गाँव का क्या रंग-ढंग है?'

मँगरू—'सब चैन चान है भैया! तुमने तो जैसे नाता ही तोड़ लिया। इस तरह कोई अपना गाँव-घर छोड़ देता है? जब से तुम्हारे दादा मरे सारी गिरस्ती चौपट हो गयी। दो छोटे-छोटे लड़के हैं उनके किये क्या होता है?'

हरिधन—'मुझे अब उस गिरस्ती से क्या वास्ता है भाई? मैं तो अपना ले-दे चुका। मजूरी तो मिलेगी न? तुम्हारी गैया मैं ही चरा दिया करूँगा; मुझे खाने को दे देना।'

मँगरू ने अविश्वास के भाव से कहा—'अरे भैया कैसी बात करते हो, तुम्हारे लिए जान तक हाजिर है। क्या ससुराल में अब न रहोगे? कोई चिंता नहीं। पहले तो तुम्हारा घर ही है। उसे सँभालो! छोटे-छोटे बच्चे हैं, उनको पालो। तुम नई अम्माँ से नाहक डरते थे। बड़ी सीधी है बेचारी। बस, अपनी माँ ही समझो, तुम्हें पाकर तो निहाल हो जायेगी। अच्छा घरवाली को भी तो लाओगे?'

हरिधन—'उसका अब मुँह न देखूँगा। मेरे लिए वह मर गयी।'

मँगरू—'तो दूसरी सगाई हो जायेगी। अबकी ऐसी मेहरिया ला दूँगा कि उसके पैर धो-धोकर पिओगे; लेकिन कहीं पहली भी आ गयी तो?'

हरिधन—'वह न आयेगी।'

7

हरिधन अपने घर पहुँचा तो दोनों भाई, 'भैया आये! भैया आये!' कहकर

भीतर दौड़े और माँ को खबर दी।

उस घर में कदम रखते ही हरिधन को ऐसी शान्त महिमा का अनुभव हुआ मानो वह अपनी माँ की गोद में बैठा हुआ है। इतने दिनों ठोकरें खाने से उसका हृदय कोमल हो गया था। जहाँ पहले अभिमान था, आग्रह था, हेकड़ी थी, वहाँ अब निराशा थी, पराजय थी और याचना थी। बीमारी का जोर कम हो चला था; अब उस पर मामूली दवा भी असर कर सकती थी, किले की दीवारें छिद चुकी थीं, अब उसमें घुस जाना असाध्य न था। वही घर जिससे वह एक दिन विरक्त हो गया था, अब गोद फैलाये उसे आश्रय देने को तैयार था। हरिधन का निरवलम्ब मन यह आश्रय पाकर मानो तृप्त हो गया।

शाम को विमाता ने कहा—'बेटा, तुम घर आ गये, हमारे धन भाग। अब इन बच्चों को पालो; माँ का नाता न सही, बाप का नाता तो है ही। मुझे एक रोटी दे देना, खाकर एक कोने में पड़ी रहूँगी। तुम्हारी अम्माँ से मेरा बहन का नाता है। उस नाते से भी तो तुम मेरे लड़के होते हो?'

हरिधन की मातृ-विह्वल आँखों को विमाता के रूप में अपनी माता के दर्शन हुए। घर के एक-एक कोने में मातृ-स्मृतियों की छटा चाँदनी की भाँति छिटकी हुई थी, विमाता का प्रौढ़ मुखमण्डल भी उसी छटा से रंजित था।

दूसरे दिन हरिधन फिर कन्धे पर हल रखकर खेत को चला। उसके मुख पर उल्लास था और आँखों में गर्व। वह अब किसी का आश्रित नहीं; आश्रयदाता था; किसी के द्वार का भिक्षुक नहीं, घर का रक्षक था।

एक दिन उसने सुना, गुमानी ने दूसरा घर कर लिया। माँ से बोला—'तुमने सुना काकी! गुमानी ने घर कर लिया।'

काकी ने कहा—'घर क्या कर लेगी, ठट्ठा है? बिरादरी में ऐसा अँधेर? पंचायत नहीं, अदालत तो है?'

हरिधन ने कहा—'नहीं काकी, बहुत अच्छा हुआ। ला, महाबीर जी को लड्डू चढ़ा आऊँ। मैं तो डर रहा था, कहीं मेरे गले न आ पड़े। भगवान ने मेरी सुन ली। मैं वहाँ से यही ठानकर चला था, अब उसका मुँह न देखूँगा।'

मिस पद्मा

कानून में अच्छी सफलता प्राप्त कर लेने के बाद मिस पद्मा को एक नया अनुभव हुआ, वह था जीवन का सूनापन। विवाह को उन्होंने एक अप्राकृतिक बंधन समझा था और निश्चय कर लिया था कि स्वतन्त्र रहकर जीवन का उपभोग करूँगी। एम० ए० की डिग्री ली, फिर कानून पास किया और प्रैक्टिस शुरू कर दी। रूपवती थी, युवती थी, मृदुभाषिणी थी और प्रतिभाशालिनी भी थी। मार्ग में कोई बाधा न थी। देखते-देखते वह अपने साथी नौजनवान मर्द वकीलों को पीछे छोड़कर आगे निकल गयी और अब उसकी आमदनी कभी-कभी एक हज़ार से भी ऊपर बढ़ जाती। अब उतने परिश्रम और सिर-मगजन की आवश्यकता न रही। मुकदमे अधिकतर वही होते थे, जिनका उसे पूरा अनुभव हो चुका था, उनके विषय में किसी तरह की तैयारी की उसे जरूरत न मालूम होती। अपनी शक्तियों पर कुछ विश्वास भी हो गया था। कानून में कैसे विजय मिला करती है, इसके कुछ लटके भी उसे मालूम हो गये थे। इसलिये उसे अब बहुत अवकाश मिलता था और इसे वह किस्से-कहानियाँ पढ़ने, सैर करने, सिनेमा देखने, मिलने-मिलाने में खर्च करती थी। जीवन को सुखी बनाने के लिए किसी व्यसन की जरूरत को वह खूब समझती थी। उसने फूल और पौधे लगाने का व्यसन पाल लिया था। तरह-तरह के बीज और पौधे मँगाती और उन्हें उगते-बढ़ते, फूलते-फलते देखकर खुश होती; मगर फिर भी जीवन में सूनेपन का अनुभव होता रहता था। यह बात न थी कि उसे पुरुषों से विरक्ति हो। नहीं,

उसके प्रेमियों की कमी न थी। अगर उसके पास केवल रूप और यौवन होता, तो भी उपासकों का अभाव न रहता; मगर यहाँ तो रूप और यौवन के साथ धन भी था। फिर रसिक-वृन्द क्यों चूक जाते? पद्मा को विलास से घृणा थी नहीं, घृणा थी पराधीनता से, विवाह को जीवन का व्यवसाय बनाने से। जब स्वतन्त्र रहकर भोग-विलास का आनन्द उड़ाया जा सकता है, तो फिर क्यों न उड़ाया जाये? भोग में उसे कोई नैतिक बाधा न थी, इसे वह केवल देह की एक भूख समझती थी। इस भूख को किसी साफ-सुथरी दूकान से भी शान्त किया जा सकता है। और पद्मा को साफ-सुथरी दूकान की हमेशा तलाश रहती थी। ग्राहक दूकान में वही चीज लेता है, जो उसे पसन्द आती है। पद्मा भी वही चीज चाहती थी। यों उसके दर्जनों आशिक थे—कई वकील, कई प्रोफेसर, कई डाक्टर, कई रईस। मगर ये सब-के-सब अय्याश थे—बेफिक्र, केवल भौंरे की तरह रस लेकर उड़ जाने वाले। ऐसा एक भी न था, जिस पर वह विश्वास कर सकती। अब उसे मालूम हुआ कि उसका मन केवल भोग नहीं चाहता, कुछ और भी चाहता है। वह चीज क्या थी? पूरा आत्मसमर्पण और यह उसे न मिलती थी।

उसके प्रेमियों में एक मि० प्रसाद था—बड़ा ही रूपवान और धुरन्धर विद्वान। एक कालेज में प्रोफेसर था। वह भी मुक्त-भोग के आदर्श का उपासक था और पद्मा उस पर फिदा थी। चाहती थी उसे बाँधकर रखे, सम्पूर्णत: अपना बना ले; लेकिन प्रसाद चंगुल में न आता था।

सन्ध्या हो गयी थी। पद्मा सैर करने जा रही थी कि प्रसाद आ गये। सैर करना मुल्तवी हो गया। बातचीत में सैर से कहीं ज्यादा आनन्द था और पद्मा आज प्रसाद से कुछ दिल की बात कहने वाली थी। कई दिन के सोच-विचार के बाद उसने कह डालने ही का निश्चय किया था।

उसने प्रसाद की नशीली आँखों से आँखें मिलाकर कहा—'तुम यहीं मेरे बँगले में आकर क्यों नहीं रहते?'

प्रसाद ने कुटिल-विनोद के साथ कहा—'नतीजा यह होगा कि दो-चार महीने में यह मुलाकात भी बन्द हो जायेगी।'

'मेरी समझ में नहीं आया, तुम्हारा क्या आशय है।'

'आशय वही है, जो मैं कह रहा हूँ।'

'आखिर क्यों?'

'मैं अपनी स्वतन्त्रता न खोना चाहूँगा, तुम अपनी स्वतन्त्रता न खोना चाहोगी। तुम्हारे पास तुम्हारे आशिक आयेंगे, मुझे जलन होगी। मेरे पास मेरी प्रेमिकाएँ आयेंगी, तुम्हें जलन होगी। मनमुटाव होगा, फिर वैमनस्य होगा और तुम मुझे घर से निकाल दोगी। घर तुम्हारा है ही! मुझे बुरा लगेगा ही, फिर यह मैत्री कैसे निभेगी?'

दोनों कई मिनट तक मौन रहे। प्रसाद ने परिस्थिति को इतने स्पष्ट, बेलाग, लट्ठमार शब्दों में खोलकर रख दिया था कि कुछ कहने की जगह न मिलती थी!

आखिर प्रसाद ही को नुकता सूझा। बोला—'जब तक हम दोनों यह प्रतिज्ञा न कर लें कि आज से मैं तुम्हारा हूँ और तुम मेरी हो, तब तक एक साथ निर्वाह नहीं हो सकता।'

'तुम यह प्रतिज्ञा करोगे?'

'पहले तुम बतलाओ।'

'मैं करूँगी।'

'तो मैं भी करूँगा।'

'मगर इस एक बात के सिवा मैं और सभी बातों में स्वतंत्र रहूँगी!'

'और मैं भी इस एक बात के सिवा हर बात में स्वतंत्र रहूँगा।'

'मंजूर।'

'मंजूर!'

'तो कब से?'

'जब से तुम कहो।'

'मैं तो कहती हूँ, कल ही से।'

'तय। लेकिन अगर तुमने इसके विरुद्ध आचरण किया तो?'

'और तुमने किया तो?'

'तुम मुझे घर से निकाल सकती हो; लेकिन मैं तुम्हें क्या सजा दूँगा?'

'तुम मुझे त्याग देना, और क्या करोगे?'

'जी नहीं, तब इतने से चित्त को शान्ति न मिलेगी। तब मैं चाहूँगा तुम्हें जलील करना; बल्कि तुम्हारी हत्या करना।'

'तुम बड़े निर्दयी हो, प्रसाद?'

'जब तक हम दोनों स्वाधीन हैं, हमें किसी को कुछ कहने का हक नहीं, लेकिन एक बार प्रतिज्ञा में बँध जाने के बाद फिर न मैं उसकी अवज्ञा सह सकूँगा, न तुम सह सकोगी। तुम्हारे पास दण्ड का साधन है, मेरे पास नहीं है। कानून मुझे कोई भी अधिकार नहीं देगा। मैं तो केवल अपने पशुबल से प्रतिज्ञा का पालन कराऊँगा और तुम्हारे इतने नौकरों के सामने मैं अकेला क्या कर सकूँगा?'

'तुम तो चित्र का श्याम पक्ष ही देखते हो! जब मैं तुम्हारी हो रही हूँ, तो यह मकान, नौकर-चाकर और जायदाद सब कुछ तुम्हारा है। हम-तुम दोनों जानते हैं कि ईर्ष्या से ज्यादा घृणित कोई सामाजिक पाप नहीं है। तुम्हें मुझसे प्रेम है या नहीं, मैं नहीं कह सकती; लेकिन तुम्हारे लिए मैं सब कुछ सहने, सब कुछ करने को तैयार हूँ।'

'दिल से कहती हो पद्मा?'

'सच्चे दिल से।'

'मगर न-जाने क्यों तुम्हारे ऊपर विश्वास नहीं आ रहा है?'

'मैं तो तुम्हारे ऊपर विश्वास कर रही हूँ।'

'यह समझ लो, मैं मेहमान बनकर तुम्हारे घर में न रहूँगा, स्वामी बनकर रहूँगा।'

'तुम घर के स्वामी ही नहीं, मेरे स्वामी बनकर रहोगे। मैं तुम्हारी स्वामिनी बन कर रहूँगी।'

2

प्रो० प्रसाद और मिस पद्मा दोनों साथ रहते हैं और प्रसन्न हैं। दोनों ही ने जीवन का जो आदर्श मन में स्थिर कर लिया था, वह सत्य बन गया है। प्रसाद को केवल दो-सौ रुपये वेतन मिलता है; मगर अब वह अपनी आमदनी का दुगुना भी खर्च कर दे तो परवाह नहीं। पहले वह कभी-कभी शराब पीता था, अब रात-दिन शराब में मस्त रहता है। अब उसके लिए अलग अपनी कार है, अलग अपने नौकर हैं, तरह-तरह की बहुमूल्य चीजें मँगवाता रहता है और पद्मा बड़े हर्ष से उसकी सारी फिजूल-खर्चियाँ

बर्दाश्त करती है। नहीं, बर्दाश्त करने का प्रश्न नहीं। वह खुद उसे अच्छे-से-अच्छे सूट पहनाकर अच्छे-से-अच्छे ठाठ में रखकर, प्रसन्न होती है। जैसी घड़ी इस वक्त प्रो० प्रसाद के पास है, शहर के बड़े-बड़े रईस के पास न होगी और पद्मा जितना ही उससे दबती है प्रसाद उतना ही उसे दबाता है। कभी-कभी उसे नागवार भी लगता है, पर किसी अज्ञात कारण से अपने को उसके वश में पाती है। प्रसाद को जरा भी उदास या चिन्तित देखकर उसका मन चंचल हो जाता है। उस पर आवाजें कसी जाती हैं; फबतियाँ चुस्त की जाती हैं। जो उसके पुराने प्रेमी थे, वे उसे जलाने और कुढ़ाने का प्रयास भी करते हैं; पर वह प्रसाद के पास आते ही सब कुछ भूल जाती है। प्रसाद ने उस पर पूरा आधिपत्य पा लिया है और उसे इसका ज्ञान पद्मा को उसने बारीक आँखों से पढ़ा है और उसका आसन अच्छी तरह पा गया है।

मगर जैसे राजनीति के क्षेत्र में अधिकार दुरुपयोग की ओर जाता है, उसी तरह प्रेम के क्षेत्र में भी वह दुरुपयोग की ओर ही जाता है और जो कमजोर है, उसे तावान देना पड़ता है। आत्माभिमानी पद्मा अब प्रसाद की लौंडी थी और प्रसाद उसकी दुर्बलता का फायदा उठाने से क्यों चूकता? उसने कील की पतली नोक चुभा ली थी और बड़ी कुशलता से उत्तरोत्तर उसे अन्दर ठोंकता जाता था। यहाँ तक कि उसने रात को देर में घर आना शुरू किया। पद्मा को अपने साथ न ले जाता, उससे बहाना करता कि मेरे सिर में दर्द है और जब पद्मा घूमने जाती तो अपनी कार निकाल लेता और उड़ जाता। दो साल गुजर गये थे और पद्मा को गर्भ था। वह स्थूल भी हो चली थी। उसके रूप में पहले की-सी नवीनता और मादकता न रह गई थी। वह घर की मुर्गी थी, साग बराबर।

एक दिन इसी तरह पद्मा लौटकर आयी, तो प्रसाद गायब थे। वह झुँझला उठी। इधर कई दिन से वह प्रसाद का रंग बदला हुआ देख रही थी। आज उसने कुछ स्पष्ट बातें कहने का साहस बटोरा। दस बज गये, ग्यारह बज गये, बारह बज गये, पद्मा उसके इन्तजार में बैठी थी। भोजन ठण्डा हो गया, नौकर-चाकर सो गये। वह बार-बार उठती, फाटक पर जाकर नजर दौड़ाती। बारह-एक बजे के करीब प्रसाद घर आये।

पद्मा ने साहस तो बहुत बटोरा था; पर प्रसाद के सामने जाते ही उसे इतनी कमजोरी मालूम हुई। फिर भी उसने जरा कड़े स्वर में पूछा—'आज इतनी रात तक कहाँ थे? कुछ खबर है, कितनी रात गयी?'

प्रसाद को वह इस वक्त असुन्दरता की मूर्ति-सी लगी। वह एक विद्यालय की छात्रा के साथ सिनेमा देखने गया था। बोला—'तुमको आराम से सो जाना चाहिए था। तुम जिस दशा में हो, उसमें तुम्हें, जहाँ तक हो सके, आराम से रहना चाहिए।'

पद्मा का साहस कुछ प्रबल हुआ—'तुमसे मैं जो पूछती हूँ, उसका जवाब दो। मुझे जहन्नुम में भेजो!'

'तो तुम भी मुझे जहन्नुम में जाने दो।'

'तुम मेरे साथ दगा कर रहे हो, यह मैं साफ देख रही हूँ।'

'तुम्हारी आँखों की ज्योति कुछ बढ़ गयी होगी!'

'मैं इधर कई दिन से तुम्हारा मिजाज कुछ बदला हुआ देख रही हूँ।'

'मैंने तुम्हारे साथ अपने को बेचा नहीं है। अगर तुम्हारा जी मुझसे भर गया हो, तो मैं आज जाने को तैयार हूँ।'

'तुम जाने की धमकी क्या देते हो! यहाँ तुमने आकर कोई बड़ा त्याग नहीं किया है।'

'मैंने त्याग नहीं किया है? तुम यह कहने का साहस कर रही हो। मैं देखता हूँ, तुम्हारा मिजाज बिगड़ रहा है। तुम समझती हो, मैंने इसे अपंग कर दिया। मगर मैं इसी वक्त तुम्हें ठोकर मारने को तैयार हूँ, इसी वक्त, इसी वक्त!'

पद्मा का साहस जैसे बुझ गया था। प्रसाद अपना ट्रंक सँभाल रहा था। पद्मा ने दीन-भाव से कहा—'मैंने तो ऐसी कोई बात नहीं कही, जो तुम इतना बिगड़ उठे। मैं तो केवल तुमसे पूछ रही थी, कहाँ थे। क्या मुझे इतना भी अधिकार नहीं देना चाहते? मैं कभी तुम्हारी इच्छा के विरुद्ध कोई काम नहीं करती और तुम मुझे बात-बात पर डाँटते रहते हो। तुम्हें मुझ पर जरा भी दया नहीं आती! मुझे तुमसे कुछ भी तो सहानुभूति मिलनी चाहिए। मैं तुम्हारे लिए क्या कुछ करने को तैयार नहीं हूँ? और आज जो मेरी दशा हो गयी है, तो तुम मुझसे आँखें फेर लेते हो......'

उसका कण्ठ रुँध गया और मेज पर सिर रखकर फूट-फूटकर रोने लगी। प्रसाद ने पूरी विजय पायी।

3

पद्मा के लिए मातृत्व अब बड़ा ही अप्रिय प्रसंग था। उस पर एक चिंता मँडराती रहती। कभी-कभी वह भय से काँप उठती और पछताती। प्रसाद की निरंकुशता दिन-दिन बढ़ती जाती थी। क्या करे, क्या न करे। गर्भ पूरा हो गया था, वह कोर्ट न जाती थी। दिन-भर अकेली बैठी रहती। प्रसाद सन्ध्या समय आते, चाय-वाय पीकर फिर उड़ जाते, तो ग्यारह-बारह बजे के पहले न लौटते। वह कहाँ जाते हैं, यह भी उससे छिपा न था। प्रसाद को जैसे उसकी सूरत से नफरत थी। पूर्ण गर्भ, पीला मुख, चिन्तित, सशंक, उदास। फिर भी वह प्रसाद को श्रृंगार और आभूषणों से बाँधने की चेष्टा से बाज न आती थी। मगर वह जितना ही प्रयास करती, उतना ही प्रसाद का मन उसकी ओर से फिरता था। इस अवस्था में श्रृंगार उसे और भद्दा लगता।

प्रसव-वेदना हो रही थी। प्रसाद का पता नहीं। नर्स मौजूद थी, लेडी डाक्टर मौजूद थी; मगर प्रसाद का न रहना पद्मा की प्रसव-वेदना को और भी दारुण बना रहा था।

बालक को गोद में देखकर उसका कलेजा फूल उठा, मगर फिर प्रसाद को सामने न पाकर उसने बालक की ओर से मुँह फेर लिया। मीठे फल में जैसे कीड़े पड़ गये हों।

पाँच दिन सौर-गृह में काटने के बाद जैसे पद्मा जेलखाने से निकली—नंगी तलवार बनी हुई। माता बनकर वह अपने में एक अद्भुत शक्ति का अनुभव कर रही थी।

उसने चपरासी को चेक देकर बैंक भेजा। प्रसव-सम्बन्धी कई बिल अदा करने थे। चपरासी खाली हाथ लौट आया।

पद्मा ने पूछा—'रुपये?'

'बैंक के बाबू ने कहा, रुपये सब प्रसाद बाबू निकाल ले गये।'

पद्मा को गोली लग गयी। बीस हजार रुपये प्राणों की तरह संचित कर रखे थे, इसी शिशु के लिए। हाय! सौर से निकलने पर मालूम हुआ, प्रसाद विद्यालय की एक बालिका को लेकर इंग्लैण्ड की सैर करने चले गये। झल्लायी हुई घर में आयी, प्रसाद की तसवीर उठाकर जमीन पर पटक दी और उसे पैरों से कुचला। उसका जितना सामान था, उसे जमा करके

दियासलाई लगा दी और उसके नाम पर थूक दिया।

एक महीना बीत गया था। पद्मा अपने बँगले के फाटक पर शिशु को गोद में लिए खड़ी थी। उसका क्रोध अब शोकमय निराशा बन चुका था। बालक पर कभी दया आती, कभी प्यार आता, कभी घृणा होती। उसने सड़क पर देखा, एक यूरोपियन लेडी अपने पति के साथ अपने बालक को बच्चों की गाड़ी में बिठाये लिये चली जा रही थी। उसने हसरत-भरी आँखों से उस खुशनसीब जोड़े को देखा और उसकी आँखें सजल हो गयीं।

ज्योति

विधवा हो जाने के बाद बूटी का स्वभाव बहुत कटु हो गया था। जब बहुत जी जलता तो अपने मृत पति को कोसती—आप तो सिधार गये, मेरे लिये यह सारा जंजाल छोड़ गये! जब इतनी जल्दी जाना था, तो ब्याह न जाने किस लिए किया। घर भूनी भाँग नहीं, चले थे ब्याह करने। वह चाहती तो दूसरी सगाई कर लेती। अहीरों में इसका रिवाज है। देखने-सुनने में भी बुरी न थी। दो आदमी तैयार भी थे; लेकिन बूटी पतिव्रता कहलाने के मोह को न छोड़ सकी। और यह सारा क्रोध उतरता था, बड़े लड़के मोहन पर! जो अब सोलह साल का था। सोहन अभी छोटा था और मैना लड़की थी। ये दोनों अभी किसी लायक न थे। अगर यह तीनों न होते, तो बूटी को क्यों इतना कष्ट होता। जिसका थोड़ा-सा काम कर देती; वह रोटी-कपड़ा दे देता। जब चाहती किसी के सिर बैठ जाती। अब अगर कहीं बैठ जाये, तो लोग यही कहेंगे कि तीन-तीन लड़कों के होते इसे यह क्या सूझी। मोहन भरसक उसका भार हल्का करने की चेष्टा करता। गायों, भैंसों की सानी-पानी, दुहना-मथना यह सब कर लेता, लेकिन बूटी का मुँह सीधा न होता था। वह रोज एक-न-एक खुचड़ निकालती रहती और मोहन ने भी उसकी घुड़कियों की परवाह करना छोड़ दिया था। पति उसके सिर गृहस्थी का यह भार पटककर क्यों चला गया? उसे यही गिला थी। बेचारी का सर्वनाश ही कर दिया! न खाने का सुख मिला, न पहनने-ओढ़ने का, न और किसी बात का। इस घर में क्या आयी, मानो भट्ठी में पड़ गयी! उसकी वैधव्य साधना

और अतृप्त भोग-लालसा में सदैव द्वन्द्व-सा मचा रहता था और उसकी जलन में उसके हृदय की सारी मृदुता जलकर भस्म हो गयी थी। पति के पीछे और कुछ नहीं तो बूटी के पास चार-पाँच सौ के गहने थे, लेकिन एक-एक करके सब उसके हाथ से निकल गये। उसी मुहल्ले में, उसके बिरादरी में, कितनी औरतें थीं जो उससे जेठ होने पर भी गहने झमकाकर, आँखों में काजल लगाकर, माँग में सेंदुर की मोटी सी रेखा डालकर मानो उसे जलाया करती थीं; इसलिए जब उनमें से कोई विधवा हो जाती, तो बूटी को खुशी होती और यह सारी जलन वह लड़कों पर निकालती, विशेषकर मोहन पर। वह शायद सारे संसार की स्त्रियों को अपने ही रूप में देखना चाहती थी। कुत्सा में उसे विशेष आनन्द मिलता था। उसकी वंचित लालसा जल न पाकर ओस चाट लेने में ही संतुष्ट होती थी; फिर यह कैसे सम्भव था कि वह मोहन के विषय में कुछ सुने और पेट में डाल ले। ज्योंही मोहन सन्ध्या समय दूध बेचकर घर आया, बूटी ने कहा—'देखती हूँ, तू अब साँड़ बनने पर उतारू हो गया है।'

मोहन ने प्रश्न के भाव से देखा—'कैसा साँड़! क्या बात है?'

'तू रूपिया से छिप-छिपकर नहीं हँसता-बोलता? उस पर कहता है कैसा साँड़? तुझे लाज नहीं आती! घर में पैसे-पैसे की तंगी है और वहाँ उसके लिए पान लाये जाते हैं, कपड़े रँगाये जाते हैं।'

मोहन ने विद्रोह का भाव धारण किया—'अगर उसने मुझसे चार पैसे के पान माँगे तो क्या करता? कहता कि पैसे दो तो लाऊँगा। अपनी धोती रँगने को दी, तो उससे रँगाई माँगता?'

'टोले में एक तू ही बड़ा धन्ना सेठ है? और किसी से उसने क्यों न कहा?'

'यह वह जाने, मैं क्या बताऊँ।'

'तुझे अब छैला बनने की सूझती है! घर में भी कभी एक पैसे का पान लाया?'

'यहाँ पान किसके लिये लाता?'

'क्या तेरे लेखे घर में सब मर गये?'

'मैं न जानता था, तुम पान खाना चाहती हो?'

'संसार में एक रूपिया ही पान खाने जोग है?'

'शौक-सिंगार की भी तो उमिर होती है।'

बूटी जल उठी। उसे बुढ़िया कह देना उसकी सारी साधना पर पानी फेर देना था। बुढ़ापे में उन साधनाओं का महत्व ही क्या। जिस त्याग-कल्पना के बल पर वह सब स्त्रियों के सामने सिर उठाकर चलती थी, उस पर इतना कठोर घात! इन्हीं लड़कों के पीछे उसने अपनी जवानी धूल में मिला दी! उसके आदमी को मरे आज पाँच साल हुए। तब उसकी चढ़ती जवानी थी। तीन लड़के भगवान ने उसके गले मढ़ दिये, नहीं अभी वह है कै दिन की। चाहती तो आज वह भी ओठ लाल किये, पाँव में महावर लगाये, अनवट-बिछुये पहने मटकती फिरती। यह सब कुछ उसने इन लड़कों के कारन त्याग दिया और आज मोहन उसे बुढ़िया कहता है? रूपिया उसके सामने खड़ी कर दी जाये, तो चुहिया-सी लगे। फिर भी वह जवान है, और बूटी बुढ़िया है।

बोली—'हाँ और क्या। मेरे लिए तो अब फटे-चिथड़े पहनने के दिन हैं। जब तेरा बाप मरा तो मैं रूपिया से दो ही चार साल बड़ी थी। उस वक्त कोई घर कर लेती, तो तुम लोगों का कहीं पता न लगता। गली-गली भीख माँगते फिरते। लेकिन मैं कहे देती हूँ अगर तू फिर उससे बोला तो या तो तू ही घर में रहेगा या मैं ही रहूँगी।'

मोहन ने डरते-डरते कहा—'मैं उसे बात दे चुका हूँ अम्माँ।'

'कैसी बात?'

'सगाई की।'

'अगर रूपिया मेरे घर में आयी तो झाड़ू मारकर निकाल दूँगी। यह सब उसकी माँ की माया है। वह कुटनी मेरे लड़के को मुझसे छीने लेती है। राँड़ से इतना भी नहीं देखा जाता। चाहती है कि उसे सौत बनाकर छाती पर बैठा दें।'

मोहन ने व्यथित कण्ठ से कहा—'अम्मा, ईश्वर के लिए चुप रहो। क्यों अपना पानी आप खो रही हो। मैंने तो समझा था, चार दिन में मैना अपने घर चली जायेगी; तुम अकेली पड़ जाओगी, इसलिए उसे लाने की बात सोच रहा था। अगर तुम्हें बुरा लगता है तो जाने दो।'

'तू आज से यहीं आँगन में सोया कर।'

'और गायें-भैंसें बाहर पड़ी रहेंगी?'

'पड़ी रहने दे, कोई डाका नहीं पड़ा जाता।'

'मुझ पर तुझे इतना सन्देह है?'

'हाँ!'

'तो मैं यहाँ न सोऊँगा।'

'तो निकल जा मेरे घर से।'

'हाँ, तेरी यही इच्छा है तो निकल जाऊँगा।'

मैना ने भोजन पकाया। मोहन ने कहा, मुझे भूख नहीं है! बूटी उसे मनाने न आई। मोहन का युवक-हृदय माता के इस कठोर शासन को किसी तरह स्वीकार नहीं कर सकता। उसका घर है, ले ले। अपने लिए वह कोई दूसरा ठिकाना ढूँढ़ निकालेगा। रूपिया ने उसके रुखे जीवन में एक स्निग्धता भर दी थी। जब वह एक अव्यक्त कामना से चंचल हो रहा था, जीवन कुछ सूना-सूना लगता था, रूपिया ने नव-वसन्त की भाँति आकर उसे पल्लवित कर दिया। मोहन को जीवन में एक मीठा स्वाद मिलने लगा। कोई काम करता होता; पर ध्यान रूपिया की ओर लगा रहता। सोचता; उसे क्या दे दे कि वह प्रसन्न हो जाये! अब वह कौन मुँह लेकर उसके पास जाये? क्या उससे कहे कि अम्माँ ने मुझे तुझसे मिलने को मना किया है? अभी कल ही तो बरगद के नीचे दोनों में कैसी-कैसी बातें हुई थीं। मोहन ने कहा था, रूपा तुम इतनी सुन्दर हो; तुम्हारे सौ गाहक निकल आयेंगे। मेरे घर में तुम्हारे लिए क्या रक्खा है? इस पर रूपिया ने जो जवाब दिया था, वह तो संगीत की तरह अब भी उसके प्राणों में बसा हुआ था—'मैं तो तुमको चाहती हूँ मोहन, अकेले तुमको। परगने के चौधरी हो जाव, तब भी मोहन हो; मजूरी करने लगो, तब भी मोहन हो।' उसी रूपिया से आज वह जाकर कहे—'मुझे अब तुमसे कोई सरोकार नहीं है।'

नहीं, यह नहीं हो सकता। उसे घर की परवाह नहीं है। वह रूपिया के साथ माँ से अलग रहेगा। इस जगह न सही, किसी दूसरे मोहल्ले में सही। इस वक्त भी रूपिया उसकी राह देख रही होगी। कैसे अच्छे बीड़े लगाती है। कहीं अम्माँ सुन पावें कि वह रात को रूपिया के द्वार पर गया था तो परान ही दे दें। दे दें परान! अपने भाग तो नहीं बखानती कि ऐसी देवी बहू मिली जाती है। न जाने क्यों रूपिया से इतना चिढ़ती है। वह जरा पान खा लेती है, जरा साड़ी रँगकर पहनती है। बस यही तो।

चूड़ियों की झनकार सुनाई दी। रूपिया आ रही है। हाँ, वही है।

रूपिया उसके सिरहाने आकर बोली—'सो गये क्या मोहन? घड़ी भर से तुम्हारी राह देख रही हूँ। आये क्यों नहीं?'

मोहन नींद का मक्कर किये पड़ा रहा।

रूपिया ने उसका सिर हिलाकर फिर कहा—'क्या सो गये मोहन?'

उन कोमल उंगलियों के स्पर्श में क्या सिद्धि थी, कौन जाने। मोहन की सारी आत्मा उन्मत्त हो उठी। उसके प्राण मानो बाहर निकलकर रूपिया के चरणों में समर्पित हो जाने के लिए उछल पड़े। देवी वरदान के लिए सामने खड़ी है। सारा विश्व जैसे नाच रहा है। उसे मालूम हुआ, जैसे उसका शरीर लुप्त हो गया है, केवल वह एक मधुर स्वर की भाँति विश्व की गोद से चिमटा हुआ उसके साथ नृत्य कर रहा है।

रूपिया ने फिर कहा—'अभी से सो गये क्या जी?'

मोहन बोला—'हाँ, जरा नींद आ गई थी रूपा। तुम इस वक्त क्या करने आईं। कहीं अम्माँ देख लें, तो मुझे मार ही डालें।'

'तुम आज आये क्यों नहीं?'

'आज अम्माँ से लड़ाई हो गई।'

'क्या कहती थीं?'

'कहती थीं, रूपिया से बोलेगा तो परान दे दूँगी।'

'तुमने पूछा नहीं, रूपिया से क्यों चिढ़ती हो?'

'अब उनकी बात क्या कहूँ रूपा। वह किसी का खाना-पहनना नहीं देख सकतीं। अब मुझे तुमसे दूर रहना पड़ेगा।'

'मेरा जी तो न मानेगा।'

'ऐसी बात करोगी, तो मैं तुम्हें लेकर भाग जाऊँगा।'

'तुम मेरे पास एक बार रोज आ जाया करो। बस, और मैं कुछ नहीं चाहती।'

'और अम्माँ जो बिगड़ेंगी।'

'तो मैं समझ गई। तुम मुझे प्यार नहीं करते।'

'मेरा बस होता तो तुमको अपने परान में रख लेता।'

इसी समय घर के किवाड़ खटके। रूपिया भाग गई।

2

मोहन दूसरे दिन सोकर उठा तो उसके हृदय में आनन्द का सागर-सा भरा हुआ था। वह मोहन को बराबर डाँटता रहता था। सोहन आलसी था। घर के काम-धन्धे में जी न लगता था। आज भी वह आँगन में बैठा अपनी धोती में साबुन लगा रहा था। मोहन को देखते ही वह साबुन छिपाकर भाग जाने का अवसर खोजने लगा।

मोहन ने मुस्कराकर कहा—'क्या धोती बहुत मैली हो गयी है सोहन? धोबी को क्यों नहीं देते?'

सोहन को इन शब्दों में स्नेह की गन्ध आयी।

'छोबिन पैसे माँगती है।'

'तो पैसे अम्माँ से क्यों नहीं माँग लेते?'

'अम्माँ कौन पैसे दिये देती है।'

'तो मुझसे ले लो!'

यह कह उसने एक इकन्नी उसकी ओर फेंक दी। सोहन प्रसन्न हो गया। भाई और माता दोनों ही उसे धिक्कारते थे। बहुत दिनों बाद आज उसे स्नेह की मधुरता का स्वाद मिला। इकन्नी उठा ली और धोती को वहीं छोड़कर गाय को खोलकर ले चला।

मोहन ने कहा—'तुम रहने दो, मैं इसे लिए जाता हूँ।'

सोहन ने पगहिया भाई को देकर फिर पूछा—'तुम्हारे लिये चिलम रख लाऊँ?'

जीवन में आज पहली बार सोहन ने भाई के प्रति ऐसा सद्भाव प्रकट किया। इसमें क्या रहस्य है; यह मोहन की समझ में न आया। बोला—'आग हो तो रख लाओ।'

मैना सिर के बाल खोले आँगन में घरौंदा बना रही थी। मोहन को देखते ही उसने घरौंदा बिगाड़ दिया और अंचल से बाल छिपाकर रसोईघर में बरतन उठाने चली।

मोहन ने पूछा—'क्या खेल रही थी मैना?'

मैना डरी हुई बोली—'कुछ तो नहीं।'

'तू तो बहुत अच्छे घरौंदे बनाती है। जरा बना, देखूँ।'

मैना का रुँआसा चेहरा खिल उठा। प्रेम के शब्द में कितना जादू है। मुँह से निकलते ही जैसे सुगन्ध फैल गयी। जिसने सुना उसका हृदय खिल उठा। जहाँ भय था, वहाँ विश्वास चमक उठा। जहाँ कटुता थी, वहाँ अपनापा छलक पड़ा। चारों ओर चेतनता छोड़ गई। कहीं आलस्य नहीं, कहीं खिन्नता नहीं। मोहन का हृदय आज प्रेम से भरा हुआ है। उसमें सुगन्ध का विकर्षण हो रहा है।

मैना घरौंदा बनाने बैठ गई।

मोहन ने उसके उलझे हुए बालों को सुलझाते हुए कहा—तेरी गुड़िया का ब्याह कब होगा मैना, नेवता दे, कुछ मिठाई खाने को मिले।'

मैना का मन आकाश में उड़ने लगा। अब भैया पानी माँगे, तो वह लोटे को राख से खूब चमाचम करके पानी ले जायेगी।

'अम्माँ पैसे नहीं देती। गुड्डा तो ठीक हो गया है। टीका कैसे भेजूँ।'

'कितने पैसे लेगी?'

'एक पैसे के बतासे लूँगी और एक पैसे का रंग। जोड़े तो रंग जायेंगे कि नहीं।'

'तो दो पैसे में तेरा काम चल जायेगा?'

'तो दो पैसे दे दो भैया, तो मेरी गुड़िया का ब्याह धूमधाम से हो जाये।'

मोहन ने पैसे हाथ में लेकर मैना को दिखाये। मैना लपकी, मोहन ने हाथ ऊपर उठाया, मैना ने हाथ पकड़कर नीचे खींचना शुरू किया। मोहन ने उसे गोद में उठा लिया। मैना ने पैसे ले लिये और नीचे उतरकर नाचने लगी। फिर अपनी सहेलियों को विवाह का नेवता देने के लिए भागी।

उसी वक्त बूटी गोबर का झौवा लिये आ पहुँची। मोहन को खड़े देखकर कठोर स्वर में बोली—'अभी तक मटरगस्ती ही हो रही है। भैंस कब दुही जायेगी?'

आज बूटी को मोहन ने विद्रोह-भर जवाब न दिया। जैसे उसके मन में माधुर्य का कोई सोता-सा खुल गया हो। माता को गोबर का बोझ लिये देखकर उसने झौवा उसके सिर से उतार दिया।

बूटी ने कहा—'रहने दे, रहने दे, जाकर भैंस दुह, मैं तो गोबर लिये जाती हूँ।'

'तुम इतना भारी बोझ क्यों उठा लेती हो, मुझे क्यों नहीं बुला लेतीं?'

माता का हृदय वात्सल्य से गद्‌गद हो उठा।

'तू जा अपना काम देख। मेरे पीछे क्यों पड़ता है?'

'गोबर निकालने का काम मेरा है।'

'और दूध कौन दुहेगा?'

'वह भी मैं करूँगा।'

'तू इतना बड़ा जोधा है कि सारे काम कर लेगा!'

'जितना कहता हूँ उतना कर लूँगा?'

'तो मैं क्या करूँगी?'

'तुम लड़कों से काम लो; जो तुम्हारा धर्म है।'

'मेरी सुनता है कोई?'

3

आज मोहन बाजार से दूध पहुँचाकर लौटा, तो पान, कत्था सुपारी, एक छोटा-सा पानदान और थोड़ी-सी मिठाई लाया। बूटी बिगड़कर बोली—'आज पैसे कहीं फालतू मिल गये थे क्या? इस तरह उड़ावेगा तो कै दिन निबाह होगा?'

'मैंने तो एक पैसा भी नहीं उड़ाया अम्माँ। पहले मैं समझता था, तुम पान खाती ही नहीं।'

'तो अब मैं पान खाऊँगी!'

'हाँ और क्या। जिसके दो-दो जवान बेटे हों, क्या वह इतना शौक भी न करे।'

बूटी के सूखे कठोर हृदय में कहीं से कुछ हरियाली निकल गयी, एक नन्हीं-सी कोपल थी, लेकिन उसके अन्दर कितना जीवन, कितना रस था। उसने मैना और सोहन को एक-एक मिठाई दे दी और एक मोहन को देने लगी।

'मिठाई तो लड़कों के लिए लाया था अम्माँ।'

'और तू तो बूढ़ा हो गया, क्यों?'

'इन लड़कों के सामने तो बूढ़ा ही हूँ।'

'लेकिन मेरे सामने तो लड़का ही है।'

मोहन ने मिठाई ले ली। मैना ने मिठाई पाते ही गप से मुँह में डाल ली थी। वह केवल मिठास का स्वाद जीभ पर छोड़कर कब की गायब हो चुकी थी। मोहन की मिठाई को ललचाई आँखों से देखने लगी। मोहन ने आधा लड्डू तोड़कर मैना को दे दिया। एक मिठाई दोने में और बची थी। बूटी ने उसे मोहन की तरह बढ़ाकर कहा—'लाया भी तो इतनी-सी मिठाई। यह ले ले।'

मोहन ने आधी मिठाई मुँह में डालकर कहा—'यह तुम्हारा हिस्सा है, अम्माँ।'

'तुम्हें खाते देखकर मुझे जो आनन्द मिलता है, उसमें मिठास से ज्यादा स्वाद है।'

उसने आधी मिठाई सोहन को और आधी मोहन को दे दी; फिर पानदान खोलकर देखने लगी। आज जीवन में पहली बार उसे यह सौभाग्य प्राप्त हुआ। धन्य भाग कि पति के राज में जिस विभूति के लिए तरसती रही, वह लड़के के राज में मिली। पानदान में कई कुल्हियाँ हैं। और देखो, दो छोटी-छोटी चिमचियाँ भी हैं, ऊपर कड़ा लगा हुआ है। जहाँ चाहो लटकाकर ले जाव। ऊपर की तश्तरी में पान रखे जायेंगे। ज्योंही मोहन बाहर चला गया, उसने पानदान को माँज-धोकर उसमें चूना-कत्था भरा, सुपारी काटी, पान को भिगो कर तश्तरी में रखा। तब एक बीड़ा लगाकर खाया। उस बीड़े के रस ने जैसे उसके वैधव्य की कटुता को स्निग्ध कर दिया। मन की प्रसन्नता, व्यवहार में उदारता बन जाती है। अब वह घर में नहीं बैठ सकती। उसका मन इतना गहरा नहीं है कि इतनी बड़ी विभूति उसमें जाकर गुम हो जाये। एक पुराना आईना पड़ा हुआ था। उसने उसमें अपना मुँह देखा। ओठों पर लाली तो नहीं है। मुँह लाल करने के लिए उसने थोड़े ही पान खाया है।

धनिया ने आकर कहा—'काकी, तनक रस्सी दे दो, मेरी रस्सी टूट गई है।'

कल बूटी ने साफ कह दिया होता, मेरी रस्सी गाँव भर के लिए नहीं है। रस्सी टूट गई है तो बनवा लो। आज उसने धनिया को रस्सी निकालकर

प्रसन्न मुख से दे दी और सद्भाव से पूछा—'लड़के के दस्त बन्द हुए कि नहीं धनिया?'

धनिया ने उदास मन से कहा—'नहीं काकी, आज तो दिन भर दस्त आये। जाने दाँत आ रहे हैं।'

'पानी भर ले तो चल जरा देखूँ, दाँत ही हैं कि और कुछ फसाद है। किसी की नजर-वजर तो नहीं लगी?'

'अब क्या जाने काकी, कौन जाने किसी की आँख फूटी हो।'

'चँचल लड़कों को नजर का बड़ा डर रहता है।'

'जाते चुमकारकर बुलाया, झट उसकी गोद में चला जाता है। ऐसा हँसता है कि तुमसे क्या कहूँ।'

'कभी-कभी माँ की नजर भी लग जाया करती है।'

'ऐ नौज काकी, भला कोई अपने लड़के को नजर लगायेगा!'

'यही तो तू समझती नहीं। नजर आप-ही-आप लग जाती है।'

धनिया पानी लेकर आयी तो बूटी उसके साथ बच्चे को देखने चली।

'तू अकेली है! आजकल घर के काम-धंधे में बड़ा अंडस होता होगा।'

'नहीं अम्माँ, रूपिया आ जाती है, घर का कुछ काम कर देती है, नहीं अकेले तो मेरी मरन हो जाती।'

बूटी को आश्चर्य हुआ। रूपिया को उसने केवल तितली समझ रक्खा था।

'रूपिया!'

'हाँ काकी, बेचारी बड़ी सीधी है। झाड़ू लगा देती है, चौका बरतन कर देती है, लड़के को सँभालती है। गाढ़े समय कौन किसी की बात पूछता है काकी!'

'उसे तो अपने मिस्सी-काजल से छुट्टी नहीं मिलती होगी!'

'यह तो अपनी-अपनी रुचि है काकी। मुझे तो इस मिस्सी-काजल वाली ने जितना सहारा दिया, उतना किसी भक्तिन ने न दिया। बेचारी रात भर जागती रही। मैंने कुछ दे तो नहीं दिया। हाँ, जब तक जीऊँगी उसका जस गाऊँ।'

'तू उसके गुन अभी नहीं जानती धनिया। पान के लिए पैसे कहाँ से आते हैं? किनारदार साड़ियाँ कहाँ से आती हैं?'

'मैं इन बातों में नहीं पड़ती काकी। फिर शौक-सिंगार करने को किसका जी नहीं चाहता। खाने-पहनने की यही तो उमिर है।'

धनिया का घर आ गया। आंगन में रूपिया बच्चे को गोद में लिये थपक रही थी। बच्चा सो गया था।

धनिया ने बच्चे को खटोले पर सुला दिया। बूटी ने बच्चे के सिर पर हाथ रक्खा, पेट में धीरे-धीरे उंगली गड़ाकर देखा। नाभी पर हींग का लेप करने को कहा। रूपिया बेनिया लाकर उसे झलने लगी।

बूटी ने कहा—'ला बेनिया मुझे दे दे।'

'मैं डुला दूँगी तो क्या छोटी हो जाऊँगी।'

'तू दिन भर यहाँ काम-धन्धा करती रही है। थक गई होगी।'

'तुम इतनी भलीमानस हो, और यहाँ लोग कहते थे कि वह बिना गाली के बात नहीं करती। मारे डर के तुम्हारे पास न आयी।'

बूटी मुस्कराई।

'लोग झूठ तो नहीं कहते।'

'मैं आँखों की देखी मानूँ कि कानों की सुनी?'

आज भी रूपिया आँखों में काजल लगाये, पान खाये, रंगीन साड़ी पहने हुए थी; किन्तु आज बूटी को मालूम हुआ, इस फूल में केवल रंग नहीं है, सुगन्ध भी है। उसके मन में रूपिया से जो घृणा हो गई थी, वह किसी दैवी-मन्त्र में धुल-सी गई। कितनी सुशील लड़की है, कितनी लज्जातुर। बोली कितनी मीठी है। आजकल की लड़कियाँ अपने बच्चों की तो परवाह नहीं करतीं दूसरों के लिए कौन मरता है। सारी रात धनिया के लड़के को लिये जागती रही! मोहन ने कल की बातें इससे कह तो दी होंगी। दूसरी लड़की होती तो मेरी ओर से मुँह फेर लेती, मुझे जलाती, मुझसे ऐंठती। इसे तो जैसे कुछ मालूम ही न हो। हो सकता है कि मोहन ने इससे कुछ कहा ही न हो। हाँ, यही बात है।

आज रूपिया बूटी को बड़ी सुन्दर लगी। ठीक तो है, अभी शौक-सिंगार न करेगी तो कब करेगी। शौक-सिंगार इसलिए बुरा लगता है कि ऐसे आदमी अपने भोग-विलास में मस्त रहते हैं। किसी के घर में आग लग जाये, उनसे मतलब नहीं। उनका काम तो खाली दूसरों को रिझाना है। जैसे अपने रूप की दूकान सजाए, राह-चलतों को बुलाते हों कि जरा इस दूकान की सैर भी करते जाइए। ऐसे उपकारी प्राणियों का सिंगार बुरा नहीं लगता। नहीं,

बल्कि और अच्छा लगता है। इससे मालूम होता है कि इसका रूप जितना सुन्दर है, उतना ही मन भी सुन्दर है; फिर कौन नहीं चाहता कि लोग उसके रूप का बखान करें। किसे दूसरों की आँखों में खुब जाने की लालसा नहीं होती? बूटी का यौवन कब का विदा हो चुका; फिर भी यह लालसा उसे बनी हुई है। कोई उसे रस-भरी आँखों से देख लेता है, तो उसका मन कितना प्रसन्न हो जाता है। जमीन पर पाँव नहीं पड़ते; फिर रूपा तो अभी जवान है।

उस दिन से रूपा प्राय: दो-एक बार नित्य बूटी के घर आती। बूटी ने मोहन से आग्रह कर उसके लिए एक अच्छी-सी साड़ी मँगवा दी। अगर रूपा कभी बिना काजल लगाये या बेरंगी साड़ी पहने आ जाती, तो बूटी कहती—'बहू-बेटियों का यह जोगिया भेस अच्छा नहीं लगता है। यह भेस तो हम-जैसी बुढ़ियों के लिए है।'

रूपा ने एक दिन कहा—'तुम बूढ़ी काहे को हो गयीं अम्माँ! लोगों को इशारा मिल जाये, तो भौंरों की तरह तुम्हारे ऊपर मँडराने लगें। मेरे दादा तो तुम्हारे द्वार पर धरना देने लगें।'

बूटी ने मीठे तिरस्कार से कहा—'चल, मैं तेरी माँ की सौत बनकर जाऊँगी।'

'अम्माँ तो बूढ़ी हो गयीं!'

'तो क्या तेरे दादा अभी जवान बैठे हैं!'

'हाँ ऐया, बड़ी अच्छी मिट्टी है उनकी।'

बूटी ने उसकी ओर रस-भरी आँखों से देखकर पूछा—'अच्छा बता, मोहन से तेरा ब्याह कर दूँ?'

रूपा लजा गयी। मुख पर गुलाब की आभा दौड़ गयी!

आज मोहन दूध बेचकर लौटा तो बूटी ने कहा—'कुछ रुपये-पैसे जुटा मैं रूपा से तेरी बातचीत कर रही हूँ।'

धिक्कार

अनाथ और विधवा मानी के लिए जीवन में अब रोने के सिवा दूसरा अवलंब न था। वह पाँच ही वर्ष की थी जब पिता का देहान्त हो गया। माता ने किसी तरह उसका पालन किया। सोलह वर्ष की अवस्था में मुहल्ले वालों की मदद से उसका विवाह भी हो गया, पर साल के अन्दर ही माता और पति दोनों विदा हो गये। इस विपत्ति में उसे अपने चचा वंशीधर के सिवा और कोई ऐसा नजर न आया जो उसे आश्रय देता। वंशीधर ने अब तक जो व्यवहार किया था, उससे यह आशा न हो सकती थी कि वहाँ वह शान्ति के साथ रह सकेगी। पर, वह सब कुछ सहने और सब करने को तैयार थी। वह गाली, झिड़की, मार-पीट सब सह लेगी, कोई उस पर संदेह तो न करेगा, उस पर मिथ्या लांछन तो न लगेगा, शोहदों और लुच्चों से उसकी रक्षा होगी। वंशीधर को कुल-मर्यादा की कुछ चिन्ता हुई। मानी की याचना को अस्वीकार न कर सके।

लेकिन दो-चार महीनों में ही मानी को मालूम हो गया कि इस घर में बहुत दिनों तक उसका निबाह न होगा। वह घर का सारा काम करती, इशारों पर नाचती, सबको खुश रखने की कोशिश करती; पर न जाने क्यों चचा और चची दोनों उससे जलते रहते। उसके आते ही महरी अलग कर दी गयी। नहलाने-धुलाने के लिए एक लौंडा था, उसे भी जवाब दे दिया गया। पर मानी से इतना उबार होने पर भी चचा और चची न जाने क्यों उससे मुँह फुलाये रहते। चचा घुड़कियाँ जमाते, कभी चची कोसतीं, यहाँ तक कि

उसकी चचेरी बहन ललिता भी बात-बात पर उसे गालियाँ देती। घर भर में केवल उसके चचेरे भाई गोकुल को ही उससे सहानुभूति थी। उसी की बातों में कुछ आत्मीयता, कुछ स्नेह का परिचय मिलता था। वह अपनी माता का स्वभाव जानता था। अगर वह उसे समझाने की चेष्टा करता, या खुल्लम-खुल्ला मानी का पक्ष लेता, तो मानी को एक घड़ी घर में रहना कठिन हो जाता। इसलिए उसकी सहानुभूति मानी ही को दिलासा देने तक रह जाती थी। वह कहता—बहन, मुझे कहीं नौकर हो जाने दो, फिर तुम्हारे कष्टों का अन्त हो जायेगा। तब देखूँगा कौन तुम्हें तिरछी आँखों से देखता है। जब तक पढ़ता हूँ, तभी तक तुम्हारे बुरे दिन हैं। मानी ये स्नेह में डूबी बातें सुनकर पुलकित हो जाती और उसका रोआँ-रोआँ गोकुल को आशीर्वाद देने लगता।

2

आज ललिता का विवाह है। सबेरे से ही मेहमानो का आना शुरू हो गया है। गहनों की झनकार से घर गूँज रहा है। मानी भी मेहमानो को देख-देख कर खुश हो रही है। उसकी देह पर कोई आभूषण नहीं है और न उसे सुन्दर कपड़े ही दिये गये हैं, फिर भी उसका मुख प्रसन्न है।

आधी रात हो गई थी। विवाह का मुहूर्त्त निकट आ गया। जनवासे से चढ़ावे की चीजें आयीं। सभी औरतें उत्सुक हो-होकर उन चीजों को देखने लगीं। ललिता को आभूषण पहिनाये जाने लगे। मानी के हृदय में बड़ी इच्छा हुई कि जाकर वधू को देखे। अभी कल जो बालिका थी उसे आज वधू-वेश में देखने की इच्छा न रोक सकी। वह मुस्कराती हुई कमरे में घुसी। सहसा उसकी चाची ने झिड़ककर कहा—'तुझे यहाँ किसने बुलाया था, निकल जा यहाँ से!'

मानी ने बड़ी-बड़ी यातनाएँ सही थीं; पर आज की वह झिड़की उसके हृदय में बाण की तरह चुभ गयी। उसका मन उसे धिक्कारने लगा। 'तेरे छिछोरेपन का यही पुरस्कार है, यहाँ सुहागियों के बीच में तेरे आने की क्या जरूरत थी।' वह खिसियाई हुई कमरे से निकली और एकांत में बैठकर रोने के लिए ऊपर जाने लगी। सहसा जीने पर उसकी इन्द्रनाथ से मुठभेड़ हो गयी। इन्द्रनाथ गोकुल का सहपाठी और परम मित्र था। वह भी न्यौते में आया हुआ था। इस वक्त गोकुल को खोजने के लिए ऊपर आया था। मानी

को वह दो-एक बार देख चुका था और यह भी जानता था कि यहाँ उसके साथ बड़ा दुर्व्यवहार किया जाता है। चाची की बातों की भनक उसके कान में भी पड़ गई थी। मानी को ऊपर जाते देखकर वह उसके चित्त का भाव समझ गया और उसे सांत्वना देने के लिए ऊपर आया; मगर दरवाजा भीतर से बन्द था। उसने किवाड़ की दरार से भीतर झाँका। मानी मेज के पास खड़ी रो रही थी।

उसने धीरे से कहा—'मानी, द्वार खोल दो!'

मानी उसकी आवाज सुनकर कोने में छिप गयी और गम्भीर स्वर में बोली—'क्या है?'

इन्द्रनाथ ने गद्‌गद् स्वर में कहा—'तुम्हारे पैरों पड़ता हूँ मानी खोल दो।'

यह स्नेह में डूबा हुआ विनय मानी के लिए अभूतपूर्व था। इस निर्दय संसार में कोई उससे ऐसी विनती भी कर सकता है, इसकी उसने स्वप्न में भी कल्पना न की थी। मानी ने काँपते हुए हाथों से द्वार खोल दिया। इन्द्रनाथ झपटकर कमरे में घुसा, देखा कि छत के पंखे के कड़े से एक रस्सी लटक रही है। उसका हृदय काँप उठा। उसने तुरन्त जेब से चाकू निकाल कर रस्सी काट दी और बोला, क्या करने जा रही थी मानी? जानती हो इस अपराध का क्या दण्ड है?

मानी ने गर्दन झुकाकर कहा—'इस दण्ड से कोई और दण्ड कठोर हो सकता है? जिसकी सूरत से लोगों को घृणा हो, उसे मरने पर भी अगर कठोर दण्ड दिया जाये, तो मैं यही कहूँगी कि ईश्वर के दरबार में न्याय का नाम भी नहीं है। तुम मेरी दशा का अनुभव नहीं कर सकते।'

इन्द्रनाथ की आँखें सजल हो गयीं! मानी की बातों में कितना कठोर सत्य भरा हुआ था। बोला—'सदा ये दिन नहीं रहेंगे मानी। अगर तुम यह समझ रही हो कि संसार में तुम्हारा कोई नहीं है तो यह तुम्हारा भ्रम है। संसार में कम-से-कम एक मनुष्य ऐसा है जिसे तुम्हारे प्राण अपने प्राणों से भी प्यारे हैं!'

सहसा गोकुल आता हुआ दिखायी दिया। मानी कमरे से निकल गयी। इन्द्रनाथ के शब्दों ने उसके मन में एक तूफान-सा उठा दिया था। उसका क्या आशय है, यह उसकी समझ में न आया। फिर भी आज उसे अपना

जीवन सार्थक मालूम हो रहा था। उसके अंधकारमय जीवन में एक प्रकाश का उदय हो गया।

3

इन्द्रनाथ को वहाँ बैठे और मानी को कमरे से जाते देखकर गोकुल को खटक गया। उसकी त्योरियाँ बदल गयीं। कठोर स्वर में बोला—'तुम यहाँ कब आये?'

इन्द्रनाथ ने अविचलित भाव से कहा—'तुम्हीं को खोजता हुआ यहाँ आया था। तुम यहाँ न मिले तो नीचे लौटा जा रहा था। अगर मैं चला गया होता तो इस वक्त तुम्हें यह कमरा बन्द मिलता और पंखे के कड़े में एक लाश लटकती हुई नजर आती।'

गोकुल ने समझा, यह अपने अपराध को छिपाने के लिए कोई बहाना निकाल रहा है। तीव्र कंठ से बोला—'तुम यह विश्वासघात करोगे, मुझे ऐसी आशा न थी।'

इन्द्रनाथ का चेहरा लाल हो गया। वह आवेश में आकर खड़ा हो गया और बोला—'न मुझे यह आशा थी कि तुम मुझ पर इतना बड़ा लांछन रख दोगे। मुझे न मालूम था कि तुम मुझे इतना नीच और कुटिल समझते हो। मानी तुम्हारे लिए तिरस्कार की वस्तु हो, मेरे लिए वह श्रद्धा की वस्तु है और रहेगी। मुझे तुम्हारे सामने अपनी सफाई देने की जरूरत नहीं है; लेकिन मानी मेरे लिए उससे कहीं पवित्र है, जितनी तुम समझते हो। मैं नहीं चाहता था कि इस वक्त तुमसे ये बातें कहूँ। इसके लिए और अनुकूल परिस्थितियों की राह देख रहा था; लेकिन मुआमला आ पड़ने पर कहना ही पड़ रहा है। मैं यह तो जानता था कि मानी का तुम्हारे घर में कोई आदर नहीं; लेकिन तुम लोग उसे इतना नीच और त्याज्य समझते हो, यह आज तुम्हारी माता जी की बातें सुनकर मालूम हुआ। केवल इतनी-सी बात के लिए कि वह चढ़ावे के गहने देखने चली गयी थी, तुम्हारी माता ने उसे इस बुरी तरह झिड़का, जैसे कोई कुत्ते को भी न झिड़केगा। तुम कहोगे इसे मैं क्या करूँ, मैं कर ही क्या सकता हूँ, जिस घर में एक अनाथ स्त्री पर इतना अत्याचार हो, उस घर का पानी पीना भी हराम है। अगर तुमने अपनी माता को पहले ही दिन समझा दिया होता, तो आज यह नौबत न आती। तुम इस इलजाम से नहीं

बच सकते। तुम्हारे घर में आज विवाह का उत्सव है, मैं तुम्हारे माता-पिता से कुछ बातचीत नहीं कर सकता; लेकिन तुमसे कहने में कोई संकोच नहीं है कि मैं मानी को अपनी जीवन-सहचरी बनाकर अपने को धन्य समझूँगा। मैंने समझा था अपना कोई ठिकाना करके तब यह प्रस्ताव करूँगा, पर मुझे भय है कि और विलम्ब करने में शायद मानी से हाथ धोना पड़े; इसलिए तुम्हें और तुम्हारे घर वालों को चिन्ता से मुक्त करने के लिए मैं आज ही यह प्रस्ताव किये देता हूँ।'

गोकुल के हृदय में इन्द्रनाथ के प्रति ऐसी श्रद्धा कभी न हुई थी। उस पर ऐसा सन्देह करके वह बहुत ही लज्जित हुआ। उसने यह अनुभव भी किया कि माता के भय से मैं मानी के विषय में तटस्थ रहकर कायरता का दोषी हुआ हूँ। यह केवल कायरता थी और कुछ नहीं। कुछ झेंपता हुआ बोला—'अगर अम्माँ ने मानी को इस बात पर झिड़का तो यह उनकी मूर्खता है, मैं उनसे अवसर मिलते ही पूछूँगा।'

इन्द्रनाथ—'अब पूछने-पाछने का समय निकल गया। मैं चाहता हूँ कि तुम मानी से इस विषय में सलाह करके मुझे बतला दो! मैं नहीं चाहता कि अब वह यहाँ क्षण-भर भी रहे। मुझे आज मालूम हुआ कि वह गर्विणी प्रकृति की स्त्री है और सच पूछो तो मैं उसके स्वभाव पर मुग्ध हो गया हूँ। ऐसी स्त्री अत्याचार नहीं सह सकती!'

गोकुल ने डरते-डरते कहा—'लेकिन तुम्हें मालूम है—वह विधवा है।'

जब हम किसी के हाथों अपना असाधारण हित होते देखते हैं तो हम अपनी बुराइयाँ उसके सामने खोलकर रख देते हैं। हम उसे दिखाना चाहते हैं कि हम आपकी इस कृपा के सर्वथा अयोग्य नहीं हैं।

इन्द्रनाथ ने मुस्कराकर कहा—'जानता हूँ, सुन चुका हूँ और इसीलिए तुम्हारे बाबूजी से कुछ कहने का मुझे अब तक साहस नहीं हुआ; लेकिन न जानता तो भी इसका मेरे निश्चय पर कोई असर न पड़ता। मानी विधवा ही नहीं, अछूत हो उससे भी गई-बीती अगर कुछ हो सकती है, वह भी हो फिर भी मेरे लिए वह रमणी-रत्न है। हम छोटे-मोटे कामों के लिए तजर्बेकार आदमी खोजते हैं; मगर जिसके साथ हमें जीवन-यात्रा करनी है, उसमें तजर्बे का होना ऐब समझते हैं। मैं न्याय का गला घोटने वालों में नहीं हूँ। विपत्ति

से बढ़कर तजर्बा सिखाने वाला कोई विद्यालय आज तक नहीं खुला। जिसने इस विद्यालय में डिग्री ले ली उसके हाथों में हम निश्चिन्त होकर जीवन की बागडोर दे सकते हैं। किसी रमणी का विधवा होना मेरी आँखों में दोष नहीं, गुण है।'

गोकुल ने प्रसन्न होकर कहा—'लेकिन तुम्हारे घर के लोग?'

इन्द्रनाथ ने दृढ़ता से कहा—'मैं अपने घर वालों को इतना मूर्ख नहीं समझता कि इस विषय में आपत्ति करें; लेकिन वे आपत्ति करें तो मैं अपनी किस्मत अपने हाथ में ही रखना पसन्द करता हूँ। मेरे बड़ों को मुझ पर अनेक अधिकार हैं। बहुत-सी बातों में मैं उनकी इच्छा को कानून समझता हूँ; लेकिन जिस बात को मैं अपनी आत्मा के विकास के लिए शुभ समझता हूँ; उसमें मैं किसी से दबना नहीं चाहता; मैं इस गर्व का आनन्द उठाना चाहता हूँ कि मैं स्वयं अपने जीवन का निर्माता हूँ!'

गोकुल ने कुछ शंकित होकर कहा—'और अगर मानी न मंजूर करे।'

इन्द्रनाथ को यह शंका बिल्कुल निर्मूल जान पड़ी। बोले—'तुम इस समय बच्चों की-सी बातें कर रहे हो गोकुल। यह मानी हुई बात है कि मानी आसानी से मंजूर न करेगी। वह इस घर में ठोकरें खायेगी, झिड़कियाँ सहेगी, गालियाँ सुनेगी; पर इसी घर में रहेगी। युगों के संस्कारों को मिटा देना आसान नहीं है; लेकिन हमें उसको राज़ी करना पड़ेगा। उसके मन में संचित संस्कारों को निकालना पड़ेगा। मैं विधवाओं के पुनर्विवाह के पक्ष में नहीं हूँ। मेरा ख्याल है कि पतिव्रत का यह अलौकिक आदर्श संसार का अमूल्य रत्न है और हमें बहुत सोच समझकर उस पर आघात करना चाहिए; लेकिन मानी के विषय में वह बात ही नहीं उठती। प्रेम और भक्ति नाम से नहीं, व्यक्ति से होती है। जिस पुरुष की उसने सूरत भी नहीं देखी, उससे उसे प्रेम नहीं हो सकता। केवल रस्म की बात है। इस आडम्बर की, इस दिखावे की हमें परवाह न करनी चाहिए। देखो, शायद कोई तुम्हें बुला रहा है। मैं भी चलता हूँ। दो-तीन दिन में फिर मिलूँगा; मगर ऐसा न हो कि तुम संकोच में पड़कर सोचते-विचारते रह जाओ और दिन निकलते चले जायें।'

गोकुल ने उसके गले में हाथ डालकर कहा—'मैं परसों खुद ही आऊँगा।'

4

बारात बिदा हो गयी थी। मेहमान भी रुखसत हो गये थे। रात के नौ बज गये थे। विवाह के बाद की नींद मशहूर है। घर के सभी लोग सरेशाम से सो रहे थे। कोई चारपाई पर, कोई तख्त पर, कोई जमीन पर, जिसे जहाँ जगह मिल गयी, वहीं सो रहा था। केवल मानी घर की देखभाल कर रही थी, और ऊपर गोकुल अपने कमरे में बैठा हुआ समाचार पत्र पढ़ रहा था।

सहसा गोकुल ने पुकारा—'मानी, एक ग्लास ठंडा पानी तो लाना, बड़ी प्सास लगी है।'

मानी पानी लेकर ऊपर गयी और मेज पर पानी रखकर लौटना ही चाहती थी कि गोकुल ने कहा—'जरा मानी, तुमसे कुछ कहना है।'

मानी ने कहा—'अभी फुरसत नहीं है भाई, सारा घर सो रहा है। कहीं कोई घुस आये तो लोटा-थाली भी न बचे!'

गोकुल ने कहा—'घुस आने दो, मैं तुम्हारी जगह होता तो चोरों से मिलकर चोरी करवा देता। मुझे इसी वक्त इन्द्रनाथ से मिलना है। मैंने उससे आज मिलने का वचन दिया है—देखो संकोच मत करना, मैं जो बात पूछ रहा हूँ उसका जल्द उत्तर देना। देर होगी तो वह घबरायेगा। इन्द्रनाथ को तुमसे प्रेम है, यह तुम जानती हो न?'

मानी ने मुँह फेरकर कहा—'यही बात कहने के लिए मुझे बुलाया था। मैं कुछ नहीं जानती।'

गोकुल—'खैर, यह वह जाने और तुम जानो। वह तुमसे विवाह करना चाहता है। वैदिक रीति से विवाह होगा। तुम्हें स्वीकार है?'

मानी की गर्दन शर्म से झुक गई। वह कुछ जवाब न दे सकी।

गोकुल ने फिर कहा—'दादा और अम्माँ से यह बात नहीं कही गयी, इसका कारण तुम जानती ही हो। वह तुम्हें घुड़कियाँ दे-देकर, जला-जलाकर चाहे मार डालें, पर विवाह करने की सम्मति कभी न देंगे। इससे उनकी नाक कट जायेगी। इसलिए अब इसका निर्णय तुम्हारे ही ऊपर है। मैं तो समझता हूँ, तुम्हें स्वीकार कर लेना चाहिए। इन्द्रनाथ तुमसे प्रेम करता है ही; यों भी निष्कलंक चरित्र का आदमी है और बला का दिलेर। भय तो उसे छू ही नहीं गया। मुझे तुम्हें सुखी देखकर सच्चा आनन्द होगा!'

मानी के हृदय में एक वेग उठ रहा था, मगर मुँह से आवाज न निकली।

गोकुल ने अबकी खीझकर कहा—'देखो मानी, यह चुप रहने का समय नहीं है, सोचती क्या हो?'

मानी ने काँपते हुए स्वर में कहा—'हाँ!'

गोकुल के हृदय का बोझ हल्का हो गया। मुस्कराने लगा। मानी शर्म के मारे वहाँ से भाग गई।

5

शाम को गोकुल ने अपनी माँ से कहा—'अम्माँ, इन्द्रनाथ के घर आज कोई उत्सव है। उसकी माता अकेली घबड़ा रही थीं कि कैसे काम होगा? मैंने कहा, मानी को भेज दूँगा, तुम्हारी आज्ञा हो तो मानी को पहुँचा दूँ। कल-परसों तक चली आयेगी।'

मानी उसी वक्त वहाँ आ गयी। गोकुल ने उसकी ओर कनखियों से ताका। मानी लज्जा से गड़ गयी। भागने का रास्ता न मिला।

माँ ने कहा—'मुझसे क्या पूछते हो, वह जाये तो ले जाओ!'

गोकुल ने कहा—'कपड़े पहन कर तैयार हो जाओ, तुम्हें इन्द्रनाथ के घर चलना है।'

मानी ने आपत्ति की—'मेरा जी अच्छा नहीं है, मैं न जाऊँगी।'

गोकुल की माँ ने कहा—'चली क्यों नहीं जाती, क्या वहाँ कोई पहाड़ खोदना है।'

मानी एक सफेद साड़ी पहनकर ताँगे पर बैठी, तो उसका हृदय काँप रहा था और बार-बार आँखों में आँसू भर आते थे, उसका हृदय बैठा जाता था, मानो नदी में डूबने जा रही हो।

ताँगा कुछ दूर निकल गया तो उसने गोकुल से कहा—'भैया मेरा जी न जाने कैसा हो रहा है, लौट चलो, तुम्हारे पैर पड़ती हूँ।'

गोकुल ने कहा—'तू पागल है। वहाँ सब लोग तेरी राह देख रहे हैं और तू कहती है लौट चलो।'

मानी—'मेरा मन कहता है कोई अनिष्ट होने वाला है।'

गोकुल—'और मेरा मन कहता है तू रानी बनने जा रही है।'

मानी—'दस-पाँच दिन ठहर क्यों नहीं जाते। कह देना मानी बीमार है।'

गोकुल—'पागलों की-सी बातें न करो।'

मानी—'लोग कितना हँसेंगे?'

गोकुल—'मैं शुभ कार्य में किसी की परवा नहीं करता।'

मानी—'अम्माँ तुम्हें घर में घुसने न देंगी। मेरे कारण तुम्हें भी झिड़कियाँ मिलेंगी।'

गोकुल—'इसकी कोई परवा नहीं है। उनकी तो यह आदत ही है।'

ताँगा पहुँच गया। इन्द्रनाथ की माता विचारशील महिला थीं। उन्होंने आकर वधू को उतारा और भीतर ले गयीं।

6

गोकुल यहाँ से घर चला तो ग्यारह बज रहे थे। एक ओर तो शुभ कार्य के पूरा करने का आनन्द था, दूसरी ओर भय था कि कल मानी न जायेगी तो लोगों को क्या जवाब दूँगा। उसने निश्चय किया चलकर सब साफ-साफ कह दूँ। छिपाना व्यर्थ है। आज नहीं कल, कल नहीं परसों तो सब कुछ कहना ही पड़ेगा आज ही क्यों न कह दूँ।

यह निश्चय करके वह घर में दाखिल हुआ।

माता ने किवाड़ खोलते हुए कहा—'इतनी रात तक क्या करने लगे? उसे भी क्यों न लेते आए, कल सबेरे चौका-बरतन कौन करेगा?'

गोकुल ने सिर झुकाकर कहा—'वह तो अब शायद लौटकर न आवे अम्माँ। उसके वहीं रहने का प्रबन्ध हो गया है।'

माता ने आँख फाड़कर कहा—'क्या बकता है, भला वह वहाँ कैसे रहेगी?'

गोकुल—'इन्द्रनाथ से उसका विवाह हो गया है।'

माता मानो आकाश से गिर पड़ी। उन्हें कुछ सुध न रही कि मेरे मुँह से क्या निकल रहा है कुलांगार, भड़वा, हरामजादा, और न जाने क्या-क्या

कहा। यहाँ तक कि गोकुल का धैर्य चरम सीमा का उल्लंघन कर गया। उसका मुँह लाल हो गया, त्योरियाँ बढ़ गयीं। बोला—'अम्माँ, बस करो, अब मुझमें इससे ज्यादा सुनने की सामर्थ्य नहीं है। अगर मैंने कोई अनुचित कर्म किया होता तो आपकी जूतियाँ खाकर भी सिर न उठाता; मगर मैंने कोई अनुचित कर्म नहीं किया। मैंने वही किया जो ऐसी दशा में मेरा कर्तव्य था और जो हर एक भले आदमी को करना चाहिए। तुम मूर्ख हो, तुम्हें कुछ नहीं मालूम कि समय की क्या प्रगति है। इसलिए अब तक मैंने धैर्य के साथ तुम्हारी गालियाँ सुनीं। तुमने, और मुझे दु:ख के साथ कहना पड़ता है कि पिता जी ने भी, मानी के जीवन को नारकीय बना रक्खा था। तुमने उसे ऐसी-ऐसी ताड़नाएँ दीं जो कोई अपने शत्रु को भी न देगा। इसीलिए न कि वह तुम्हारी आश्रित थी? इसीलिए न कि वह अनाथिनी थी? अब वह तुम्हारी गालियाँ खाने न आवेगी। जिस दिन तुम्हारे घर विवाह का उत्सव हो रहा था, तुम्हारे ही एक कठोर वाक्य से आहत होकर वह आत्महत्या करने जा रही थी। इन्द्रनाथ उस समय ऊपर न पहुँच जाते तो आज हम, तुम और सारा घर हवालात में बैठे होते।'

माता ने आँखें मटकाकर कहा—'आहा! कितने सपूत बेटे हो तुम कि सारे घर को संकट से बचा लिया। क्यों न हो! अभी बहन की बारी है। कुछ दिन में मुझे ले जाकर किसी के गले बाँध आना। फिर तुम्हारी चाँदी हो जायेगी। यह रोजगार सबसे अच्छा है। पढ़-लिखकर क्या करोगे।'

गोकुल मर्म-वेदना से तिलमिला उठा। व्यथित कंठ से बोला—'ईश्वर न करे कि कोई बालक तुम-जैसी माता के गर्भ से जन्म ले। तुम्हारा मुँह देखना भी पाप है।'

यह कहता हुआ वह घर से निकल पड़ा और उन्मत्तों की तरह एक तरफ चल खड़ा हुआ। जोर के झोंके चल रहे थे; पर उसे ऐसा मालूम हो रहा था कि साँस लेने के लिए हवा नहीं है।

7

एक सप्ताह बीत गया; पर गोकुल का कहीं पता नहीं। इन्द्रनाथ को बम्बई में एक जगह मिल गयी। वह वहाँ चला गया था। वहाँ रहने का प्रबन्ध करके वह अपनी माता को तार देगा और तब सास और बहू वहाँ चली जायेंगी।

वंशीधर को पहले संदेह हुआ कि गोकुल इन्द्रनाथ के घर छिपा होगा; पर जब वहाँ पता न चला तो उन्होंने सारे शहर में खोज-पूछ शुरू की। जितने मिलने वाले, स्नेही, सम्बन्धी थे, सभी के घर गये; पर सब जगह से साफ जवाब पाया। दिन भर दौड़-धूप कर शाम को घर आते तो स्त्री को आड़े हाथों लेते—और कोसो लड़के को, पानी पी-पीकर कोसो। न जाने तुम्हें कभी बुद्धि आयेगी भी या नहीं। गयी थी चुड़ैल, जाने देती। एक बोझ सिर से टला। एक महरी रख लो काम चल जायेगा। जब वह न थी, तो घर क्या भूखों मरता था। विधवाओं के पुनर्विवाह चारों ओर तो हो रहे हैं, यह कोई अनहोनी बात नहीं है। हमारे वश की बात होती तो इस विधवा-विवाह के पक्षपातियों को देश से निकाल देते, शाप देकर जला देते; लेकिन यह हमारे वश की बात नहीं। फिर तुमसे इतना भी न हो सका कि मुझसे तो पूछ लेतीं। मैं जो उचित समझता, करता। क्या तुमने यह समझा था, मैं दफ्तर से लौटकर आऊँगा ही नहीं, वहीं मेरी अन्त्येष्टि हो जायेगी। बस लड़के पर टूट पड़ीं। अब रोओ, खूब दिल खोलकर।

सन्ध्या हो गयी थी। वंशीधर स्त्री को फटकारें सुनाकर द्वार पर उद्वेग की दशा में टहल रहे थे। रह-रहकर मानी पर क्रोध आता था। इसी राक्षसी के कारण मेरे घर का सर्वनाश हुआ। न जाने किस बुरी साइत में आयी कि घर को मिटाकर छोड़ा! वह न आयी होती, तो आज क्यों यह बुरे दिन देखने पड़ते। कितना होनकार, कितना प्रतिभाशाली लड़का था। न जाने कहाँ गया।

एकाएक एक बुढ़िया उनके समीप आयी और बोली—'बाबू साहब, यह खत लायी हूँ। ले लीजिए।'

वंशीधर ने लपककर बुढ़िया के हाथ से पत्र ले लिया, उनकी छाती आशा से धक-धक करने लगी। गोकुल ने शायद यह पत्र लिखा होगा। अँधेरे में कुछ न सूझा, पूछा—'कहाँ से लायी है?'

बुढ़िया ने कहा—'वही जो बाबू हुसेनगंज में रहते हैं; जो बंबई में नौकर हैं, उन्हीं की बहू ने भेजा है।'

वंशीधर ने कमरे में जाकर लैम्प जलाया और पत्र पढ़ने लगे। मानी का खत था। लिखा था—

'पूज्य चाचा जी, अभागिनी मानी का प्रणाम स्वीकार कीजिए।

मुझे यह सुनकर अत्यन्त दुःख हुआ कि गोकुल भैया कहीं चले गये

और अब तक उनका पता नहीं है। मैं ही इसका कारण हूँ। यह कलंक मेरे ही मुख पर लगना था, वह भी लग गया। मेरे कारण आपको इतना शोक हुआ इसका मुझे बहुत दु:ख है; मगर भैया आवेंगे अवश्य, इसका मुझे विश्वास है। मैं इसी नौ बजेवाली गाड़ी से बंबई जा रही हूँ। मुझसे जो कुछ अपराध हुए हैं, उन्हें क्षमा कीजिएगा और चाची से मेरा प्रणाम कहिएगा। मेरी ईश्वर से यही प्रार्थना है कि गोकुल भैया सकुशल घर लौट आवें। ईश्वर की इच्छा हुई तो भैया के विवाह में आपके चरणों के दर्शन करूँगी।

वंशीधर ने पत्र फाड़कर पुर्जे-पुर्जे कर डाला। घड़ी में देखा तो आठ बज रहे थे। तुरन्त कपड़े पहने, सड़क पर आकर एक्का किया और स्टेशन चले।

8

बंबई मेल प्लेटफार्म पर खड़ा था। मुसाफिरों में भगदड़ मची हुई थी। खोंचे वालों की चीख-पुकार से कान में पड़ी आवाज न सुनाई देती थी। गाड़ी छूटने में थोड़ी ही देर थी। मानी और उसकी सास एक जनाने कमरे में बैठी हुई थीं। मानी सजल नेत्रों से सामने ताक रही थी। अतीत चाहे दु:खद ही क्यों न हो, उसकी स्मृतियाँ मधुर होती हैं। मानी आज उन बुरे दिनों को स्मरण करके सुखी हो रही थी। गोकुल से अब न जाने कब भेंट होगी। चाचा जी आ जाते उनके दर्शन कर लेती। कभी-कभी बिगड़ते थे तो क्या, उसके भले ही के लिए डाँटते थे। वह आवेंगे नहीं। अब तो गाड़ी छूटने में थोड़ी ही देर है। कैसे आवें, समाज में हलचल न मच जायेगी। भगवान की इच्छा होगी तो अब की जब यहाँ आऊँगी तो जरूर उनके दर्शन करूँगी।

एकाएक उसने लाला वंशीधर को आते देखा। वह गाड़ी से निकलकर बाहर खड़ी हो गयी और चाचा जी की ओर बढ़ी। उनके चरणों पर गिरना चाहती थी कि वह पीछे हट गये और आँखें निकालकर बोले—'मुझे मत छू दूर रह, अभागिनी कहीं की। मुँह में कालिख लगाकर मुझे पत्र लिखती है। तुझे मौत भी नहीं आती! तूने मेरे कुल का सर्वनाश कर दिया। आज तक गोकुल का पता नहीं है। तेरे ही कारण वह घर से निकला और तू अभी तक मेरी छाती पर मूँग दलने को बैठी है। तेरे लिए क्या गंगा में पानी नहीं है? मैं तुझे ऐसी कुलटा, ऐसी हरजाई समझता, तो पहले दिन ही तेरा गला घोंट

देता। अब मुझे अपनी भक्ति दिखलाने चली है! तुझ जैसी पापिष्ठाओं का मरना ही अच्छा है, पृथ्वी का बोझ कम हो जायेगा।'

प्लेटफार्म पर सैकड़ों आदमियों की भीड़ लग गयी थी, और वंशीधर निर्लज्ज भाव से गालियों की बौछार कर रहे थे। किसी की समझ में न आता था, क्या माजरा है; पर मन में सब लाला को धिक्कार रहे थे।

मानी पाषाण-मूर्ति के समान खड़ी थी। मानो वहीं जम गयी हो। उसका सारा अभिमान चूर-चूर हो गया। ऐसा जी चाहता था, धरती फट जाये और मैं समा जाऊँ, कोई वज्र गिराकर उसके जीवन—अधम जीवन—का अन्त कर दे। इतने आदमियों के सामने उसका पानी उतर गया! उसकी आँखों से आँसू की एक बूँद भी न निकली, हृदय में आँसू न थे। उसकी जगह एक दावानल-सा दहक रहा था जो मानो वेग से मस्तिष्क की ओर बढ़ता जाता था। संसार में कौन जीवन इतना अधम होगा!

सास ने पुकारा—'बहू, अन्दर आ जाओ।'

9

गाड़ी चली तो माता ने कहा—'ऐसा बेशर्म आदमी मैंने नहीं देखा। मुझे तो ऐसा क्रोध आ रहा था कि उसका मुँह नोच लूँ।'

मानी ने सिर ऊपर न उठाया।

माता फिर बोली—'न जाने इन सड़ियलों को कब बुद्धि आयेगी, अब तो मरने के दिन भी आ गये। पूछो, तेरा लड़का भाग गया तो हम क्या करें; अगर ऐसे पापी न होते यह वज्र ही क्यों गिरता।'

मानी ने फिर मुँह न खोला। शायद उसे कुछ सुनाई न देता था। शायद उसे अपने अस्तित्व का ज्ञान भी न था। वह टकटकी लगाये खिड़की की ओर ताक रही थी। उस अन्धकार में उसे न जाने क्या सूझ रहा था।

कानपुर आया। माता ने पूछा—'बेटी, कुछ खायेगी? थोड़ी सी मिठाई खा लो; दस कब के बज गये।'

मानी ने कहा—'अभी तो भूख नहीं है अम्माँ, फिर खा लूँगी।'

माता सोई। मानी भी लेटी; पर चचा की वह सूरत आँखों के सामने खड़ी थी और उनकी बातें कानों में गूँज रही थीं—'आह! मैं इतनी नीच हूँ,

ऐसी पतित, कि मेरे मर जाने से पृथ्वी का भार हल्का हो जाएगा! क्या कहा था, तू अपने माँ-बाप की बेटी है तो फिर मुँह मत दिखाना। न दिखाऊँगी। जिस मुँह पर कालिमा लगी हुई हो उसे किसी को दिखाने की इच्छा भी नहीं है।'

गाड़ी अन्धकार को चीरती हुई चली जा रही थी। मानी ने अपना ट्रन्क खोला अपने आभूषण निकाल कर उसमें रख दिये। फिर इन्द्रनाथ का चित्र निकालकर उसे देर तक देखती रही। उसकी आँखों में गर्व की एक झलक-सी दिखाई दी। उसने तस्वीर रख दी और आप-ही-आप—नहीं-नहीं, मैं तुम्हारे जीवन को कलंकित नहीं कर सकती। तुम देवतुल्य हो, तुमने मुझ पर दया की है! मैं अपने पूर्व-संस्कारों का प्रायश्चित कर रही थी। तुमने मुझे उठाकर हृदय से लगा लिया; लेकिन मैं तुम्हें कलंकित न करूँगी। तुम्हें मुझसे प्रेम है। तुम मेरे लिए अनादर, अपमान, निन्दा सब सह लोगे; पर मैं तुम्हारे जीवन का भार न बनूँगी।

गाड़ी अन्धकार को चीरती चली जा रही थी। मानो आकाश की ओर इतनी देर तक देखती रही कि सारे तारे अदृश्य हो गये और अन्धकार में उसे अपनी माता का स्वरूप दिखायी दिया—ऐसा उज्ज्वल, ऐसा प्रत्यक्ष कि उसने चौंककर आँखें बन्द कर लीं। फिर कमरे के अन्दर देखा तो माता जी सो रही थीं।

10

न जाने कितनी रात गुजर चुकी थी। दरवाजा खुलने की आहट से माता जी की आँख खुल गयी। गाड़ी तेजी से चली जा रही थी; मगर बहू का पता न था। वह आँखें मलकर उठ बैठीं और पुकारा—'बहू! बहू; कोई जवाब न मिला।'

उनका हृदय धक-धक करने लगा। ऊपर के बर्थ पर नजर डाली, पेशाबखाने में देखा, बेंचों के नीचे देखा, बहू कहीं न थी। तब वह द्वार पर आकर खड़ी हो गयी। शंका हुई, यह द्वार किसने खोला? कोई गाड़ी में तो नहीं आया! उनका जी घबड़ाने लगा। उन्होंने किवाड़ बन्द कर दिये और जोर-जोर से रोने लगीं। किससे पूछें? डाक गाड़ी अब न जाने कितनी देर में रुकेगी। कहती थी, बहू मरदानी गाड़ी में बैठो। पर मेरा कहना न माना।

कहने लगी, अम्माँ जी, आपको सोने की तकलीफ होगी। यही आराम दे गयी?

सहसा उसे खतरे की जंजीर याद आयी। उसने जोर-जोर से कई बार जंजीर खींची। कई मिनट के बाद गाड़ी रुकी। गार्ड आया। पड़ोस के कमरे से दो-चार आदमी और भी आये। फिर लोगों ने सारा कमरा तलाश किया। नीचे तख्ते को ध्यान से देखा। रक्त का कोई चिह्न न था। असबाब की जाँच की। बिस्तर, सन्दूक, सन्दूकची, बर्तन सब मौजूद थे। ताले भी सबके बन्द थे। कोई चीज गायब न थी। अगर बाहर से कोई आदमी आता तो चलती गाड़ी से जाता कहाँ? एक स्त्री को लेकर गाड़ी से कूद जाना असम्भव था। सब लोग इन लक्षणों से इसी नतीजे पर पहुँचे कि मानी द्वार खोलकर बाहर झाँकने लगी होगी और मुठिया हाथ से छूट जाने के कारण गिर पड़ी होगी। गार्ड भला आदमी था। उसने नीचे उतरकर एक मील तक सड़क के दोनों तरफ तलाश किया। मानी का कोई निशान न मिला। रात को इससे ज्यादा और क्या किया जा सकता था। माता जी को कुछ लोग आग्रहपूर्वक एक मरदाने डब्बे में ले गये। यह निश्चय हुआ कि माता जी अगले स्टेशन पर उतर पड़ें और सबेरे इधर-उधर दूर तक देख-भाल की जाये। विपत्ति में हम परमुखापेक्षी हो जाते हैं। माता जी उसका मुँह देखती, कभी उसका। उसकी याचना से भरी हुई आँखें मानो सबसे कह रही थीं—कोई मेरी बच्ची को खोज क्यों नहीं लाता? हाय! अभी तो बेचारी की चूँदरी भी मैली नहीं हुई। कैसे-कैसे साधों और अरमानो से भरी पति के पास जा रही थी! कोई उस दुष्ट वंशीधर से जाकर कहता क्यों नहीं—ले तेरी मनोभिलाषा पूरी हो गयी—जो तू चाहता था, वह पूरा हो गया। क्या अब भी तेरी छाती नहीं जुड़ाती!

वृद्धा बैठी रो रही थी और गाड़ी अन्धकार को चीरती चली गयी।

11

रविवार का दिन था। संध्या समय इन्द्रनाथ दो-तीन मित्रों के साथ अपने घर की छत पर बैठा हुआ था। आपस में हास-परिहास हो रहा था। मानी का आगमन इस परिहास का विषय था।

एक मित्र बोले—'क्यों इन्द्र, तुमने तो वैवाहिक जीवन का कुछ अनुभव किया है हमें क्या सलाह देते हो? बनायें कहीं घोसला, या यों ही

डालियों पर बैठे-बैठे दिन काटें। पत्र-पत्रिकाओं को देखकर तो यही मालूम होता है कि वैवाहिक जीवन और नरक में कुछ थोड़ा ही-सा अन्तर है।'

इन्द्रनाथ ने मुस्कराकर कहा—'यह तो तकदीर का खेल है भाई, सोलहों आना तकदीर का। अगर एक दशा में वैवाहिक जीवन नरक-तुल्य है, तो दूसरी दशा में स्वर्ग से कम नहीं।'

दूसरे मित्र बोले—'इतनी आजादी तो भला क्या रहेगी?'

इन्द्रनाथ—'इतनी क्या, इसका शतांश भी न रहेगी। अगर तुम रोज सिनेमा देखकर बारह बजे घर लौटना चाहते हो, नौ बजे सोकर उठना चाहते हो और दफ्तर से चार बजे लौटकर ताश खेलना चाहते हो, तो तुम्हें विवाह करने से कोई सुख न होगा। और जो हर महीने सूट बनवाते हो, तब शायद साल भर में भी न बनवा सको।'

'श्रीमती जी तो आज रात की गाड़ी से आ रही हैं?'

'हाँ मेल से। मेरे साथ चलकर उन्हें रिसीव करोगे न?'

'यह भी पूछने की बात है! अब घर कौन जाता है; मगर कल दावत खिलानी पड़ेगी।'

सहसा तार के चपरासी ने आकर इन्द्रनाथ के हाथ में तार का लिफाफा रख दिया।

इन्द्रनाथ का चेहरा खिल उठा। झट तार खोलकर पढ़ने लगा। एक बार पढ़ते ही उसका हृदय धक से हो गया, साँस रुक गयी, सिर घूमने लगा। आँखों की रोशनी लुप्त हो गयी, जैसे विश्व पर काला परदा पड़ गया हो। उसने तार को मित्रों के सामने फेंक दिया और दोनों हाथों से मुँह ढाँपकर फूट-फूटकर रोने लगा। दोनों मित्रों ने घबड़ाकर तार उठा लिया और उसे पढ़ते ही हतबुद्धि से ही दीवार की ओर ताकने लगे। क्या सोच रहे थे और क्या हो गया!

तार में लिखा था—'मानी गाड़ी से कूद पड़ी। उसकी लाश लालपुर से तीन मील पर पायी गयी। मैं लालपुर में हूँ। तुरन्त आओ।'

एक मित्र ने कहा—'किसी शत्रु ने झूठी खबर न भेज दी हो।'

दूसरे मित्र ने कहा—'हाँ, कभी-कभी लोग ऐसी शरारतें करते हैं।'

इन्द्रनाथ ने शून्य नेत्रों से उनकी ओर देखा; पर मुँह से कुछ बोले नहीं!

कई मिनट तीनों आदमी निर्वाक निस्पन्द बैठे रहे। एकाएक इन्द्रनाथ खड़े हो गये और बोले—'मैं इसी गाड़ी से जाऊँगा।'

बम्बई से नौ बजे रात को गाड़ी छूटती थी। दोनों मित्रों ने चटपट बिस्तर आदि बाँधकर तैयार कर दिया। एक ने बिस्तर उठाया, दूसरे ने ट्रंक। इन्द्रनाथ ने चटपट कपड़े पहने और स्टेशन चले। निराशा आगे थी; आशा रोती हुई पीछे।

12

एक सप्ताह गुजर गया था। लाला वंशीधर दफ्तर से आकर द्वार पर बैठे ही थे कि इन्द्रनाथ ने आकर प्रणाम किया। वंशीधर उसे देखकर चौंक पड़े, उसके अनपेक्षित आगमन पर नहीं, उसकी विकृत दशा पर; मानो वीतराग शोक सामने खड़ा हो, मानो कोई हृदय से निकली हुई आह मूर्तिमान हो गयी हो।

वंशीधर ने पूछा—'तुम बम्बई चले गये थे न?'

इन्द्रनाथ ने जवाब दिया—'जी हाँ, आज ही आया हूँ।'

वंशीधर ने तीखे स्वर में कहा—'गोकुल को तो तुम ले बीते!'

इन्द्रनाथ ने अपनी अंगूठी की ओर ताकते हुए कहा—'वह मेरे घर पर हैं।'

वंशीधर के उदास मुख पर हर्ष का प्रकाश दौड़ गया। बोले—'तो यहाँ क्यों नहीं आये? तुमसे कहाँ उसकी भेंट हुई? क्या बम्बई चला गया था?'

'जी नहीं, कल मैं गाड़ी से उतरा तो स्टेशन पर मिल गये।'

'तो जाकर लिवा आओ न, जो किया अच्छा किया।'

यह कहते हुए वह घर में दौड़े। एक क्षण में गोकुल की माता ने उसे अन्दर बुलाया।

वह अन्दर गया तो माता ने उसे सिर से पाँव तक देखा—'तुम बीमार थे क्या भैया? चेहरा क्यों इतना उतरा है।'

इन्द्रनाथ ने कुछ उत्तर न दिया।

गोकुल की माता ने पानी का लोटा रखकर कहा—'हाथ-मुँह धो डालो बेटा, गोकुल है तो अच्छी तरह? कहाँ रहा इतने दिन! तब से सैकड़ों

मन्नतें मान डालीं। आया क्यों नहीं?'

इन्द्रनाथ ने हाथ-मुँह धोते हुए कहा—'मैंने तो कहा था चलो, लेकिन डर के मारे नहीं आते।'

'और था कहाँ इतने दिन?'

'कहते थे, देहातों में घूमता रहा।'

'तो क्या तुम अकेले बम्बई से आये हो?'

'जी नहीं, अम्माँ भी आयी हैं।'

गोकुल की माता ने कुछ सकुचाकर पूछा—'मानी तो अच्छी तरह है?'

इन्द्रनाथ ने हँसकर कहा—'जी हाँ, अब वह बड़े सुख से हैं। संसार के बन्धनों से छूट गयी।'

माता ने अविश्वास करके कहा—'चल नटखट कहीं का। बेचारी को कोस रहा है, मगर इतनी जल्दी बम्बई से लौट क्यों आये?'

इन्द्रनाथ ने मुस्कराते हुए कहा—'क्या करता! माता जी का तार बम्बई में मिला कि मानी ने गाड़ी से कूदकर प्राण दे दिये! वह लालपुर में पड़ी हुई थी, दौड़ा हुआ आया। वहीं दाह-क्रिया की। आज घर चला आया। अब मेरा अपराध क्षमा कीजिए।'

वह और कुछ न कह सका। आँसुओं के वेग ने गला बन्द कर दिया। जेब से एक पत्र निकालकर माता के सामने रखता हुआ बोला—'उनके संदूक में यही पत्र मिला है।'

गोकुल की माता कई मिनट तक मर्माहत-सी बैठी जमीन की ओर ताकती रहीं। शोक और उससे अधिक पश्चात्ताप ने सिर को दबा रक्खा था। फिर पत्र उठाकर पढ़ने लगी।

'स्वामी!'

जब यह पत्र आपके हाथों में पहुँचेगा तब तक मैं इस संसार से विदा हो जाऊँगी! मैं बड़ी अभागिनी हूँ। मेरे लिए इस संसार में स्थान नहीं है। आपको भी मेरे कारण क्लेश और निन्दा ही निन्दा मिलेगी। मैंने सोचकर देखा और यही निश्चय किया कि मेरे लिए मरना ही अच्छा है। मुझ पर आपने जो दया की थी, उसके लिए आपको क्या प्रतिदान करूँ? जीवन में

मैंने कभी किसी वस्तु की इच्छा नहीं की; परन्तु मुझे दु:ख है कि आपके चरणों पर सिर रख कर न मर सकी। मेरी अन्तिम याचना है कि मेरे लिए आप शोक न कीजिएगा। 'ईश्वर आपको सदा सुखी रक्खे।'

माता जी ने पत्र रख दिया और आँखों से आँसू बहने लगे। बरामदे में वंशीधर निस्पंद खड़े थे और जैसे मानी लज्जानत उनके सामने खड़ी थी।

सुभागी

और लोगों के यहाँ चाहे जो होता हो, तुलसी महतो अपनी लड़की सुभागी को लड़के रामू से जौ-भर भी कम प्यार न करते थे। रामू जवान होकर भी काठ का उल्लू था। सुभागी ग्यारह साल की बालिका होकर भी घर के काम में इतनी चतुर, और खेती-बारी के काम में इतनी निपुण थी कि उसकी माँ लक्ष्मी दिल में डरती रहती कि कहीं लड़की पर देवताओं की आँख न पड़ जाये। अच्छे बालकों से भगवान को भी तो प्रेम है। कोई सुभागी का बखान न करे, इसलिए वह अनायास ही उसे डाँटती रहती थी। बखान से लड़के बिगड़ जाते हैं, यह भय तो न था, भय था—नजर का! वही सुभागी आज ग्यारह साल की उम्र में विधवा हो गयी।

घर में कुहराम मचा हुआ था। लक्ष्मी पछाड़ें खाती थी। तुलसी सिर पीटते थे। उन्हें रोते देखकर सुभागी भी रोती थी। बार-बार माँ से पूछती—क्यों रोती हो अम्माँ, मैं तुम्हें छोड़कर कहीं न जाऊँगी, तुम क्यों रोती हो? उसकी भोली बातें सुनकर माता का दिल और भी फटा जाता था। वह सोचती थी—ईश्वर तुम्हारी यही लीला है! जो खेल खेलते हो, वह दूसरों को दुःख देकर! ऐसा तो पागल करते हैं। आदमी पागलपन करे तो उसे पागलखाने भेजते हैं; मगर तुम जो पागलपन करते हो, उसका कोई दंड नहीं। ऐसा खेल किस काम का कि दूसरे रोयें और तुम हँसो। तुम्हें तो लोग दयालु कहते हैं। यही तुम्हारी दया है!

और सुभागी क्या सोच रही थी? उसके पास कोठरी भर रुपये होते,

तो वह उन्हें छिपाकर रख देती। फिर एक दिन चुपके से बाजार चली जाती और अम्माँ के लिए अच्छे-अच्छे कपड़े लाती, दादा जब बाकी माँगने आते, तो चट रुपये निकालकर दे देती, अम्माँ-दादा कितने खुश होते।

2

जब सुभागी जवान हुई तो लोग तुलसी महतो पर दबाव डालने लगे कि लड़की का घर कहीं कर दो। जवान लड़की का यों फिरना ठीक नहीं। जब हमारी बिरादरी में इसकी कोई निन्दा नहीं है, तो क्यों सोच-विचार करते हो?

तुलसी ने कहा—'भाई मैं तो तैयार हूँ; लेकिन जब सुभागी भी माने। वह किसी तरह राजी नहीं होती।'

हरिहर ने सुभागी को समझाकर कहा—'बेटी, हम तेरे ही भले को कहते हैं। माँ बाप अब बूढ़े हुए, उनका क्या भरोसा। तुम इस तरह कब तक बैठी रहोगी?'

सुभागी ने सिर झुकाकर कहा—'चाचा, मैं तुम्हारी बात समझ रही हूँ; लेकिन मेरा मन घर करने को नहीं कहता। मुझे आराम की चिंता नहीं है। मैं सब कुछ झेलने को तैयार हूँ। और जो काम तुम कहो, वह सिर-आँखों के बल करूँगी; मगर घर बसाने को मुझसे न कहो। जब मेरा चाल-कुचाल देखना तो मेरा सिर काट लेना। अगर मैं सच्चे बाप की बेटी हूँगी, तो बात की भी पक्की हूँगी। फिर लज्जा रखनेवाले तो भगवान हैं, मेरी क्या हस्ती है कि अभी कुछ कहूँ।'

उजड्ड रामू बोला—'तुम अगर सोचती हो कि भैया कमावेंगे और मैं बैठी मौज करूँगी, तो इस भरोसे न रहो। यहाँ किसी ने जनम भर का ठीका नहीं लिया है।'

रामू की दुल्हन रामू से भी दो अंगुल ऊँची थी। मटककर बोली—'हमने किसी का करज थोड़े ही खाया कि जनम भर बैठे भरा करें। यहाँ तो खाने को भी महीन चाहिए, पहनने को भी महीन चाहिए, यह हमारे बूते की बात नहीं।'

सुभागी ने गर्व से भरे हुए स्वर में कहा—'भाभी, मैंने तुम्हारा आसरा कभी नहीं किया और भगवान ने चाहा तो कभी करूँगी भी नहीं। तुम अपनी

देखो, मेरी चिन्ता न करो।'

रामू की दुल्हन को जब मालूम हो गया कि सुभागी घर न करेगी, तो और भी उसके सिर हो गयी। हमेशा एक-न-एक खुचड़ लगाये रहती। उसे रुलाने में जैसे उसको मजा आता था। वह बेचारी पहर रात से उठकर कूटने-पीसने में लग जाती, चौका-बरतन करती, गोबर पाथती। फिर खेत में काम करने चली जाती। दोपहर को आ कर जल्दी-जल्दी खाना पका कर सबको खिलाती। रात को कभी माँ के सिर में तेल डालती, कभी उसकी देह दबाती। तुलसी चिलम के भक्त थे। उन्हें बार-बार चिलम पिलाती। जहाँ तक अपना बस चलता, माँ-बाप को कोई काम न करने देती। हाँ, भाई को न रोकती। सोचती, यह तो जवान आदमी हैं, यह काम न करेंगे तो गृहस्थी कैसे चलेगी।

मगर रामू को यह बुरा लगता। अम्मा और दादा को तिनका तक नहीं उठाने देती और मुझे पीसना चाहती है। यहाँ तक कि एक दिन वह जामे से बाहर हो गया। सुभागी से बोला—'अगर उन लोगों का बड़ा मोह है, तो क्यों नहीं अलग लेकर रहती हो। तब सेवा करो तो मालूम हो कि सेवा कड़वी लगती है कि मीठी। दूसरों के बल पर वाहवाही लेना आसान है। बहादुर वह है, जो अपने बल पर काम करे।'

सुभागी ने तो कुछ जवाब न दिया। बात बढ़ जाने का भय था। मगर उसके माँ-बाप बैठे सुन रहे थे। महतो से न रहा गया। बोले—'क्या है रामू, उस गरीबिन से क्यों लड़ते हो?'

रामू पास आकर बोला—'तुम क्यों बीच में कूद पड़े, मैं तो उसको कहता था।'

तुलसी—'जब तक मैं जीता हूँ, तुम उसे कुछ नहीं कह सकते। मेरे पीछे जो चाहे करना। बेचारी का घर में रहना मुश्किल कर दिया।'

रामू—'आपको बेटी बहुत प्यारी है, तो उसे गले बाँध कर रखिए। मुझसे तो नहीं सहा जाता।'

तुलसी—'अच्छी बात है। अगर तुम्हारी यह मरजी है, तो यही होगा मैं कल गाँव के आदमियों को बुलाकर बँटवारा कर दूँगा। तुम चाहे छूट जाव, सुभागी नहीं छूट सकती।'

रात को तुलसी लेटे तो वह पुरानी बात याद आयी, जब रामू के जन्मोत्सव में उन्होंने रुपये कर्ज लेकर जलसा किया था, और सुभागी पैदा

हुई, तो घर में रुपये रहते हुए भी उन्होंने एक कौड़ी न खर्च की। पुत्र को रत्न समझा था, पुत्री को पूर्व-जन्म के पापों का दण्ड। वह रत्न कितना कठोर निकला और यह दण्ड कितना मंगलमय।

3

दूसरे दिन महतो ने गाँव के आदमियों को जमा करके कहा—'पंचो, अब रामू का और मेरा एक में निबाह नहीं होता। मैं चाहता हूँ कि तुम लोग इन्साफ से जो कुछ मुझे दे दो, वह लेकर अलग हो जाऊँ। रात-दिन की किच-किच अच्छी नहीं।'

गाँव के मुख्तार बाबू सजनसिंह बड़े सज्जन पुरुष थे। उन्होंने रामू को बुलाकर पूछा—'क्यों जी, तुम अपने बाप से अलग रहना चाहते हो? तुम्हें शर्म नहीं आती कि औरत के कहने से माँ-बाप को अलग किये देते हो? राम! राम!'

रामू ने ढिठाई के साथ कहा—'जब एक में गुजर न हो, तो अलग हो जाना ही अच्छा है।'

सजनसिंह—'तुमको एक में क्या कष्ट होता है?'

रामू—'एक बात हो तो बताऊँ।'

सजन०—'कुछ तो बतलाओ।'

रामू—'साहब, एक में मेरा इनके साथ निबाह न होगा। बस मैं और कुछ नहीं जानता।'

यह कहता हुआ रामू वहाँ से चलता बना।

तुलसी—'देख लिया आप लोगों ने इसका मिजाज! आप चाहे चार हिस्सों में तीन हिस्से उसे दे दें, पर अब मैं इस दुष्ट के साथ न रहूँगा। भगवान ने बेटी को दुःख दे दिया, नहीं मुझे खेती-बारी लेकर क्या करना था। जहाँ रहता वहीं कमाता खाता! भगवान ऐसा बेटा सातवें बैरी को भी न दें। *लड़के से लड़की भली, जो कुलवंती होय।*'

सहसा सुभागी आकर बोली—'दादा, यह सब बाँट-बखरा मेरे ही कारन तो हो रहा है, मुझे क्यों नहीं अलग कर देते। मैं मेहनत मजूरी करके अपना पेट पाल लूँगी। अपने से जो कुछ बन पड़ेगा, तुम्हारी सेवा करती

रहूँगी; पर रहूँगी अलग। यों घर का बारा बाँट होते मुझसे नहीं देखा जाता। मैं अपने माथे यह कलंक नहीं लेना चाहती।'

तुलसी ने कहा—'बेटी, हम तुझे न छोड़ेंगे चाहे संसार छूट जाये! रामू का मैं मुँह नहीं देखना चाहता, उसके साथ रहना तो दूर रहा।'

रामू की दुल्हन बोली—'तुम किसी का मुँह नहीं देखना चाहते, तो हम भी तुम्हारी पूजा करने को व्याकुल नहीं हैं।'

महतो दाँत पीसते हुए उठे कि बहू को मारें, मगर लोगों ने पकड़ लिया।

4

बँटवारा होते ही महतो और लक्ष्मी को मानो पेंशन मिल गयी। पहले तो दोनों सारे दिन, सुभागी के मना करने पर भी कुछ-न-कुछ करते ही रहते थे; पर अब उन्हें पूरा विश्राम था। पहले दोनों दूध-घी को तरसते थे। सुभागी ने कुछ रुपये बचाकर एक भैंस ले ली। बूढ़े आदमियों की जान तो उनका भोजन है। अच्छा भोजन न मिले तो वे किस आधार पर रहें। चौधरी ने बहुत विरोध किया। कहने लगे, घर का काम यों ही क्या कम है कि तू यह नया झंझट पाल रही है। सुभागी उन्हें बहलाने के लिए कहती—'दादा, दूध के बिना मुझे खाना नहीं अच्छा लगता।'

लक्ष्मी ने हँसकर कहा—'बेटी, तू झूठ कब से बोलने लगी। कभी दूध हाथ से तो छूती नहीं, खाने की कौन कहे। सारा दूध हम लोगों के पेट में ठूँस देती है।'

गाँव में जहाँ देखो सबके मुँह से सुभागी की तारीफ। लड़की नहीं देवी है। दो मरदों का काम भी करती है, उस पर माँ-बाप की सेवा भी किये जाती है। सजनसिंह तो कहते, यह उस जन्म की देवी है।

मगर शायद महतो को यह सुख बहुत दिन तक भोगना न लिखा था।

सात-आठ दिन से महतो को जोर का ज्वर चढ़ा हुआ था। देह पर कपड़े का तार भी नहीं रहने देते। लक्ष्मी पास बैठी रो रही थी। सुभागी पानी लिए खड़ी है। अभी एक क्षण पहले महतो ने पानी माँगा था; पर जब तक वह पानी लावे, उनका जी डूब गया और हाथ-पाँव ठंडे हो गये। सुभागी

उनकी यह दशा देखते ही रामू के घर गयी और बोली—'भैया, चलो, देखो आज दादा न जाने कैसे हुए जाते हैं। सात दिन से ज्वर नहीं उतरा।'

रामू ने चारपाई पर लेटे-लेटे कहा—'तो क्या मैं डाक्टर-हकीम हूँ कि देखने चलूँ? जब तक अच्छे थे, तब तक तो तुम उनके गले का हार बनी हुई थीं। अब जब मरने लगे तो मुझे बुलाने आयी हो!'

उसी वक्त उसकी दुल्हन अन्दर से निकल आयी और सुभागी से पूछा—'दादा को क्या हुआ है दीदी?'

सुभागी के पहले रामू बोल उठा—'हुआ क्या है, अभी कोई मरे थोड़े ही जाते हैं।'

सुभागी ने फिर उससे कुछ न कहा, सीधे सजनसिंह के पास गयी। उसके जाने के बाद रामू हँसकर स्त्री से बोला—'त्रियाचरित्र इसी को कहते हैं।'

स्त्री—'इसमें त्रियाचरित्र की कौन बात है? चले क्यों नहीं जाते?'

रामू—'मैं नहीं जाने का। जैसे उसे लेकर अलग हुए थे, वैसे उसे लेकर रहें। मर भी जायें तो न जाऊँ।'

स्त्री—(हँसकर) 'मर जायेंगे तो आग देने तो जाओगे, तब कहाँ भागोगे?'

रामू—'कभी नहीं? सब कुछ उनकी प्यारी सुभागी कर लेगी।'

स्त्री—'तुम्हारे रहते वह क्यों करने लगी!'

रामू—'जैसे मेरे रहते उसे लेकर अलग हुए और कैसे!'

स्त्री—'नहीं जी, यह अच्छी बात नहीं है। चलो देख आवें। कुछ भी हो, बाप ही तो हैं। फिर गाँव में कौन मुँह दिखाओगे?'

रामू—'चुप रहो, मुझे उपदेश मत दो।'

5

उधर बाबू साहब ने ज्योंही महतो की हालत सुनी, तुरन्त सुभागी के साथ भागे चले आये। यहाँ पहुँचे तो महतो की दशा और खराब हो चुकी थी। नाड़ी देखी तो बहुत धीमी थी। समझ गये कि जिन्दगी के दिन पूरे हो गये। मौत का आतंक छाया हुआ था। सजल नेत्र होकर बोले—'महतो भाई,

कैसा जी है?'

महतो जैसे नींद से जागकर बोले—'बहुत अच्छा है भैया! अब तो चलने की बेला है। सुभागी के पिता अब तुम्हीं हो। उसे तुम्हीं को सौंपे जाता हूँ।'

सजनसिंह ने रोते हुए कहा—'भैया महतो, घबड़ाओ मत, भगवान ने चाहा तो तुम अच्छे हो जाओगे। सुभागी को तो मैंने हमेशा अपने बेटी समझा है और जब तक जिऊँगा ऐसा ही समझता रहूँगा। तुम निश्चिंत रहो। मेरे रहते सुभागी या लक्ष्मी को कोई तिरछी आँख से न देख सकेगा। और कुछ इच्छा हो तो वह भी कह दो।'

महतो ने विनीत नेत्रों से देखकर कहा—'और कुछ नहीं कहूँगा भैया। भगवान तुम्हें सदा सुखी रखे।'

सजन०—'रामू को बुलाकर लाता हूँ। उससे जो भूल-चूक हो क्षमा कर दो।'

महतो—'नहीं भैया। उस पापी हत्यारे का मुँह मैं नहीं देखना चाहता।'

इसके बाद गोदान की तैयारी होने लगी।

6

रामू को गाँव भर ने समझाया; पर वह अन्त्येष्टि करने पर राजी न हुआ। कहा, जिस पिता ने मरते समय मेरा मुँह देखना स्वीकार न किया, वह मेरा न पिता है, न मैं उसका पुत्र हूँ।

लक्ष्मी ने दाह-क्रिया की। इन थोड़े से दिनों में सुभागी ने न जाने कैसे रुपये जमा कर लिए थे कि जब तेरही का सामान आने लगा तो गाँव वालों की आँखें खुल गयीं। बरतन, कपड़े, घी, शक्कर, सभी समान इफ़रात से जमा हो गये। रामू देख-देख जलता था। और सुभागी उसे जलाने ही के लिये सबको यह सामान दिखाती थी।

लक्ष्मी ने कहा—'बेटी, घर देखकर खर्च करो। अब कोई कमानेवाला नहीं बैठा है, आप ही कुआँ खोदना और पानी पीना है।'

सुभागी बोली—'बाबूजी का काम तो धूम-धाम से ही होगा अम्माँ, चाहे घर रहे या जाये। बाबूजी फिर थोड़े ही आवेंगे। मैं भैया को दिखा देना

चाहती हूँ कि अबला क्या कर सकती है। वह समझते होंगे इन दोनों के किये कुछ न होगा। उनका यह घमंड तोड़ दूँगी।'

लक्ष्मी चुप हो रही। तेरही के दिन आठ गाँव के ब्राह्मणों का भोज हुआ। चारों तरफ वाह-वाही मच गयी।

पिछले पहर का समय था; लोग भोजन करके चले गये थे। लक्ष्मी थक कर सो गयी थी। केवल सुभागी बची हुई चीजें उठा-उठाकर रख रही थी कि ठाकुर सजनसिंह ने आकर कहा—'अब तुम भी आराम करो बेटी। सबेरे यह सब काम कर लेना।'

सुभागी ने कहा—'अभी थकी नहीं हूँ दादा। आपने जोड़ लिया कुल कितने रुपये उठे?'

सजन०—'वह पूछकर क्या करोगी बेटी?'

'कुछ नहीं यों ही पूछती थी।'

'कोई तीन सौ रुपये उठे होंगे।'

सुभागी ने सकुचाते हुए कहा— 'मैं इन रुपयों की देनदार हूँ।'

'तुमसे तो मैं माँगता नहीं। महतो मेरे मित्र और भाई थे। उनके साथ कुछ मेरा भी तो धर्म है।'

'आपकी यही दया क्या कम है कि मेरे ऊपर इतना विश्वास किया, मुझे कौन 300/- देता?'

सजनसिंह सोचने लगे। इस अबला की धर्म-बुद्धि का कहीं वारपार भी है या नहीं।

7

लक्ष्मी उन स्त्रियों में थी जिनके लिए पति-वियोग जीवन-स्रोत का बन्द हो जाना है। पचास वर्ष के चिर-सहवास के बाद अब यह एकांत जीवन उसके लिए पहाड़ हो गया। उसे अब ज्ञात हुआ कि मेरी बुद्धि, मेरा बल, मेरी सुमति मानो सबसे मैं वंचित हो गयी।

उसने कितनी बार ईश्वर से विनती की थी, मुझे स्वामी के सामने उठा लेना; मगर उसने यह विनती स्वीकार न की। मौत पर अपना काबू नहीं, तो क्या जीवन पर भी काबू नहीं है?

वह लक्ष्मी जो गाँव में अपनी बुद्धि के लिए मशहूर थी, जो दूसरे को सीख दिया करती थी, अब बौरही हो गयी है। सीधी-सी बात करते नहीं बनती।

लक्ष्मी का दाना-पानी उसी दिन से छूट गया। सुभागी के आग्रह पर चौके में जाती; मगर कौर कंठ के नीचे न उतरता। पचास वर्ष हुए एक दिन भी ऐसा न हुआ कि पति के बिना खाये खुद खाया हो। अब उस नियम को कैसे तोड़े?

आखिर उसे खाँसी आने लगी। दुर्बलता ने जल्द ही खाट पर डाल दिया। सुभागी अब क्या करे! ठाकुर साहब के रुपये चुकाने के लिए दिलोजान से काम करने की जरूरत थी। यहाँ माँ बीमार पड़ गयी। अगर बाहर जाये तो माँ अकेली रहती है। उनके पास बैठे तो बाहर का काम कौन करे। माँ की दशा देखकर सुभागी समझ गयी कि इनका परवाना भी आ पहुँचा। महतो को भी तो यही ज्वर था!

गाँव में और किसे फुरसत थी कि दौड़-धूप करता। सजनसिंह दोनों वक्त आते, लक्ष्मी को देखते, दवा पिलाते, सुभागी को समझाते, और चले जाते; मगर लक्ष्मी की दशा बिगड़ती जाती थी। यहाँ तक कि पन्द्रहवें दिन वह भी संसार से सिधार गयी। अन्तिम समय रामू आया और उसके पैर छूना चाहता था, पर लक्ष्मी ने उसे ऐसी झिड़की दी कि वह उसके समीप न जा सका। सुभागी को उसने आशीर्वाद दिया—'तुम्हारी-जैसी बेटी पाकर तर गयी। मेरा क्रिया-कर्म तुम्हीं करना। मेरी भगवान से यही अरजी है कि उस जन्म में भी तुम मेरी कोख पवित्र करो।'

8

माता के देहान्त के बाद सुभागी के जीवन का केवल एक लक्ष्य रह गया—सजनसिंह के रुपये चुकाना। 300/- पिता के क्रिया-कर्म में लगे थे। लगभग 200/- माता के काम में लगे। 500/- का ऋण था और उसकी अकेली जान! मगर वह हिम्मत न हारती थी। तीन साल तक सुभागी ने रात को रात और दिन को दिन न समझा। उसकी कार्य-शक्ति और पौरुष देखकर लोग दाँतों उंगली दबाते थे। दिन भर खेती-बारी का काम करने के बाद वह रात को चार-चार पसेरी आटा पीस डालती। तीसवें दिन 15/- लेकर

वह सजनसिंह के पास पहुँच जाती। इसमें कभी नागा न पड़ता। यह मानो प्रकृति का अटल नियम था।

अब चारों ओर से उसकी सगाई के पैगाम आने लगे। सभी उसके लिए मुँह फैलाये हुए थे। जिसके घर सुभागी जायेगी, उसके भाग्य फिर जायेंगे। सुभागी यही जवाब देती—'अभी वह दिन नहीं आया।'

जिस दिन सुभागी ने आखिरी किस्त चुकाई, उस दिन उसकी खुशी का ठिकाना न था। आज उसके जीवन का कठोर व्रत पूरा हो गया।

वह चलने लगी तो सजनसिंह ने कहा—'बेटी, तुमसे मेरी एक प्रार्थना है। कहो कहूँ, कहो न कहूँ, मगर वचन दो कि मानोगी।'

सुभागी ने कृतज्ञ भाव से देखकर कहा—'दादा, आपकी बात न मानूँगी तो किसकी बात मानूँगी। मेरा तो रोयाँ-रोयाँ आपका गुलाम है।'

सजनसिंह—'अगर तुम्हारे मन में यह भाव है, तो मैं न कहूँगा। मैंने अब तक तुमसे इसलिए नहीं कहा कि तुम अपने को मेरा देनदार समझ रही थीं। अब रुपये चुक गये। मेरा तुम्हारे ऊपर कोई एहसान नहीं है, रत्ती भर भी नहीं। बोलो कहूँ?'

सुभागी—'आपकी जो आज्ञा हो।'

सजनसिंह—'देखो इनकार न करना, नहीं मैं फिर तुम्हें अपना मुँह न दिखाऊँगा।'

सुभागी—'क्या आज्ञा है?'

सजनसिंह—'मेरी इच्छा है कि तुम मेरी बहू बनकर मेरे घर को पवित्र करो। मैं जात-पाँत का कायल हूँ, मगर तुमने मेरे सारे बन्धन तोड़ दिये! मेरा लड़का तुम्हारे नाम का पुजारी है। तुमने उसे बाहर देखा है। बोलो, मंजूर करती हो?'

सुभागी—'दादा, इतना सम्मान पाकर पागल हो जाऊँगी।'

सजनसिंह—'तुम्हारा सम्मान भगवान कर रहे हैं बेटी! तुम साक्षात् भगवती का अवतार हो।'

सुभागी—'मैं तो आपको अपना पिता समझती हूँ। आप जो कुछ करेंगे, मेरे भले ही के लिए करेंगे। आपके हुक्म को कैसे इनकार कर सकती हूँ।'

सजनसिंह ने उसके माथे पर हाथ रखकर कहा—'बेटी, तुम्हारा सोहाग अमर हो। तुमने मेरी बात रख ली। मुझ-सा भाग्यशाली संसार में और कौन होगा?
